Das Buch

»Drei Jahre war ich alt, als der Karren des Fuhrmanns mich absetzte; und so begann mein Leben auf dem Dorf mit Schrecken und Verwirrung.« Der kleine Knirps, der da unbemerkt in der Aufregung des Umzugs vorübergehend abhanden kommt, ist Laurie Lee. An jenem Tag im Juni 1917 zieht seine tatkräftige Mutter mit drei Töchtern und einem Sohn aus der ersten Ehe ihres Mannes und drei eigenen Söhnen in das weltabgeschiedene Dörfchen Slad. Ohne Mann, denn der hat sich rechtzeitig nach London abgesetzt und überläßt es dieser ebenso genialen wie einfältigen Frau, seine »beiden Familien« großzuziehen. Eine neue Welt tut sich vor dem Kind auf ...

Der Autor

Laurie Lee, am 26. Juni 1914 in Cotswolds/Gloucestershire geboren, bereiste von 1935 bis 1939 die Mittelmeerländer und war bis 1943 bei verschiedenen Filmgesellschaften tätig. In Deutschland ist er vor allem durch seine autobiographischen Romane ›Des Sommers ganze Fülle‹ und ›An einem hellen Morgen ging ich fort‹ bekannt geworden, er schreibt aber auch Gedichte und Dramen.

Laurie Lee:
Des Sommers ganze Fülle
Roman

Deutsch von Grete Felten

Deutscher
Taschenbuch
Verlag

dtv

Ungekürzte Ausgabe
Juli 1991
Deutscher Taschenbuch Verlag GmbH & Co. KG,
München

Titel der englischen Originalausgabe:
›Cider with Rosie‹ (The Hogarth Press, London 1959)

Deutsche Erstveröffentlichung: München 1964
Umschlaggestaltung: Celestino Piatti
Gesamtherstellung: C. H. Beck'sche Buchdruckerei,
Nördlingen
Printed in Germany · ISBN 3-423-11410-X

Meinen Brüdern und Schwestern
– den halben und den ganzen

Erstes Licht

Drei Jahre war ich alt, als der Karren des Fuhrmanns mich absetzte; und so begann mein Leben auf dem Dorf mit Schrecken und Verwirrung.

Das Junigras, in dem ich stand, ging mir über den Kopf, und ich weinte. Noch nie zuvor war Gras mir so nahe auf den Leib gerückt. Es ragte über mir und rings um mich in die Höhe, jeder einzelne Halm vom Sonnenlicht getigert. Es hatte scharfe Kanten, war dunkel und bösartig grün, dicht wie ein Wald und von Heuschrecken belebt, die zirpten und ratschten und wie Affen durch die Luft sprangen.

Verlassen und verloren wußte ich nicht, wohin mich wenden. Der Erde entströmte eine tropische Hitze, sie roch widerlich scharf nach Nesseln und Knollen. Schneewolken aus Holunderblüten türmten sich am Himmel und überschütteten mich mit Schwaden und Schwällen ihrer süßbetäubenden Schwüle. Hoch über mir schossen rasende Lerchen empor mit schrillem Geschrei, als sollte der Himmel in Stücke reißen.

Zum erstenmal in meinem Leben sah ich weit und breit keinen Menschen. Zum erstenmal in meinem Leben war ich allein in einer Welt, deren Verhalten ich weder vorhersagen noch ergründen konnte; einer Welt von Vögeln, die kreischten, von Pflanzen, die stanken, von Insekten, die unversehens aufsprangen. Verloren war ich und hatte keine Hoffnung, daß man mich je wieder fände. Ich legte den Kopf zurück und brüllte, und die Sonne traf mich hart ins Gesicht, roh wie ein Schläger.

Aus diesem taghellen Alptraum weckte mich wie so manches Mal das Erscheinen meiner Schwestern. Sie kamen rufend die steile, zerklüftete Böschung heraufgeklettert, teilten das hohe Gras und fanden mich. Rosengesichter, vertraut und voller Leben; leuchtende Antlitze, wie riesige Schilde zwischen mir und dem Himmel aufgehängt; Gesichter voller Lachen und weißer Zähne (mit Lücken dazwischen), die man wie Geister durch Gebrüll beschwören konnte und die die Angst mit breitem Schelten und mit ihrer Zärtlichkeit verscheuchten. Sie beugten sich über mich – eine, zwei, die dritte –, die Münder von Johannisbeeren rot verschmiert und die Hände vom Saft noch tropfend.

»Komm, komm, nun ist's schon wieder gut, jammere doch nicht mehr. Komm jetzt runter, heim, da kriegst du viel, viel Johannisbeeren.«

Und Marjorie, die Älteste, hob mich in ihre lange braune Mähne, trabte mit mir den Weg hinab und durch den steilen, rosenüberwucherten Garten und setzte mich auf der Schwelle des Hauses ab, das unser Zuhause war, wenn ich's auch nicht glauben konnte.

Das war der Tag unserer Ankunft im Dorf, im letzten Sommer des Ersten Weltkrieges. Der Ankunft in einem ländlichen Haus, das in einem halben Morgen Gartenland auf dem steilabfallenden Ufer über einem See stand; ein Haus mit drei Stockwerken und einem Keller und einem eingemauerten Schatz, mit einer Pumpe und Apfelbäumen, mit Flieder und Erdbeeren, Krähen im Rauchfang, Fröschen im Keller, Schwamm an der Decke – und das alles für dreieinhalb Shilling die Woche.

Wo ich vorher gelebt habe, weiß ich nicht. Mein Leben hat auf dem Karren angefangen, auf dem mich der Fuhrmann die weiten, sanftgeschwungenen Hügel zum Dorf hinaufbrachte, von dem er mich ins hohe Gras fallen ließ und verlor. Man hatte mich für diese Fahrt in ein Fahnentuch gewickelt, das mich vor der Sonne schützen sollte, und als ich da herausrollte und laut heulend in dem schwirrenden Dschungel jenes sommerlichen Ufers stand – da wurde ich eigentlich erst geboren. Und für die anderen alle, für unsere ganze achtköpfige Familie, begann da das Leben.

Doch an jenem ersten Tage wußten wir alle nicht ein noch aus. Das Chaos war über uns hereingebrochen mit Wagenladungen von Hausrat, und ich kroch über den Küchenboden durch Wälder aus starrenden Stuhlbeinen und schimmernde Felder aus Glas. Wir waren an einen fremden Strand gespült und begannen auszuschwärmen, um seine Quellen und Schätze zu erkunden. Solange es hell war an diesem ersten Tag, plünderten die Schwestern die Büsche im Garten. Die Johannisbeeren waren gerade reif, in roten, schwarzen und gelben Trauben prangten sie von wilden Rosen durchflochten. Hier war Fülle, wie sie die Mädchen nie zuvor erlebt hatten, kreischend flogen sie von Busch zu Busch und zupften die Beeren wie eifrige Spatzen.

Auch Mutter wurde ihren Pflichten untreu, verführt vom verwilderten Reichtum des so lange vernachlässigten Gartens. Den ganzen Tag trabte sie ein und aus, erhitzt und geschwätzig, und füllte Blumen in jeden Topf und Krug, den sie am Küchenboden finden konnte. Blumen aus dem Garten, Gänseblümchen von der Uferböschung, Wiesenkerbel, Gräser, Farne und Laubwerk – ganze Arme voll quollen durch die Tür herein, bis es schien, als sei das dämmerige Innere ganz und gar überwältigt von der Welt da draußen, ein stiller, grüner Weiher, überflutet von den honigsüßen Gezeiten des Sommers.

Das wilde Durcheinander am Boden war mein Floß, darauf saß ich und starrte durch das grüne Fenster, das der Gartenhang füllte. Ich sah die langen schwarzen Strümpfe der Mädchen mit der weißen Haut darüber, wie sie hochflogen zwischen den Johannisbeerbüschen. Alle Augenblicke kam eine von ihnen in die Küche gestürzt, stopfte mir ganze Hände voll zerquetschter Beeren in den aufgesperrten Mund und lief wieder hinaus. Und je mehr ich bekam, um so lauter rief ich nach mehr, wie ein fetter junger Kuckuck, wenn er gefüttert wird.

Der Tag mit seinem Jauchzen, Zirpen und Klingen nahm kein Ende. Niemand tat etwas Rechtes, und es gab nichts zu essen als Beeren und Brot. Ich kroch unter den Nippsachen auf dem unvertrauten Boden umher – gläsernen Fischen,

Porzellanhunden, Schäfern und Schäferinnen, bronzenen Reitern, stehengebliebenen Uhren, Barometern und Photographien bärtiger Männer. Ich suchte sie eines ums andere auf, denn sie waren ja die Heiligtümer und Male einer vage erinnerten Landschaft. Doch als ich sah, wie die Sonne die Wände entlangwanderte und die geschliffenen Krüge in der Ecke regenbogenfarben aufleuchten ließ, sehnte ich mich danach, daß wieder Ordnung einzöge.

Dann, ganz plötzlich, war der Tag zu Ende und das Haus eingerichtet. Jeder Stecken, jede Tasse, jedes Bild war unverrückbar an seinen Platz gebannt, die Betten waren bezogen, Vorhänge hingen an den Fenstern, die Strohmatten waren ausgelegt, und das Haus war Heim geworden. Ich kann mich nicht erinnern, wie es geschah, aber auf einmal war er zu spüren, der Geist des Hauses, mit seinem Geruch, mit Chaos und zwingender Kraft, als wäre es nie anders gewesen. Das Haus hatte seine Ordnung und sein Gesicht, und das kam wie die Abenddämmerung an jenem ersten Tage. Aus ihrer unbehaglichen Verlassenheit flogen die über den Küchenboden verstreuten Dinge jedes an seinen Platz, um ein für allemal dort zu bleiben.

Und von jenem Tag an wuchsen wir heran. Die innere Ordnung des Hauses wurde so manches Mal aufgewirbelt wie die Schneeflocken im gläsernen Würfel; dann flogen Betten, Stühle und Nippes aus einem Zimmer ins andere, verfolgt von der stürmischen Tatkraft der Mutter und der Schwestern. Aber immer kamen diese Dinge wieder im festen Bezirk der Wände zur Ruhe, nichts wich und nichts wankte, und so blieb es zwanzig Jahre lang.

Nun maß ich dieses erste Jahr meines Wachstums am Gelände, das sich mir weiter und weiter erschloß, an den neuen Fertigkeiten des Anziehens und Herumstreifens, die mir allmählich zufielen. Ich konnte die Küchentür aufmachen, wenn ich mich zu einer Kugel zusammenzog, dann emporsprang und mit der Faust auf die Klinke schlug. Ich konnte in das hohe

Bett klettern, wenn ich das Eisengestänge als Leiter benutzte. Ich konnte pfeifen, aber meine Schuhe zuschnüren konnte ich nicht. Das Leben wurde zu einer Reihe von Experimenten, die Kummer brachten oder den Lohn des Gelingens; ein Sinnen über Ordnungen und Geheimnisse des Hauses, wenn die Zeit golden in der Schwebe hing und der Körper nach Springen und Klettern in die irre Starrheit eines Insekts verfiel, versteinert gleichsam und lange Stunden nur atmend und schauend. Dann sah man die Staubkörnchen fallen im sonnigen Zimmer, verfolgte eine Ameise vom Anfang bis zum Ende ihres Lebens, musterte die Astknoten in der Schlafzimmerdecke – sie liefen im ungewissen Licht der Morgendämmerung dahin wie Neger oder schlüpften verstohlen von Brett zu Brett, doch im wächsernen Licht des Tages kamen sie wieder zur Ruhe, nicht spukhafter jetzt als dunkle Versteinerungen.

Ein ganzes Weltsystem bildeten diese Astknoten an der Schlafzimmerdecke, und meine Augen streiften über sie hin, Reisende ohne Ziel in jenem Licht der Frühe, des langen Erwachens, zu dem ein Kind verurteilt ist. Sie waren Inselgruppen in einem Meer aus blutfarbenem Firnis, sie waren Heere, die sich aufgestellt und gegen mich vereinigt hatten, sie waren das Alphabet einer unheimlichen Sprache, das erste Buch, das ich zu lesen lernte. Dieses Haus mit seinen bröckelnden Wänden, seinen Geräuschen und Schatten, mit den erdachten Füchsen unter den Dielenbrettern war der Mittelpunkt, von dem aus ich meine Kreise zog und auf Pfaden vorrückte, die sich Zoll um Zoll verlängerten, wie meine Kräfte Tag für Tag zunahmen. Von Stein zu Stein in dem Hof ohne Fährten sandte ich meine Sinne aus, eine winzige Nußschale, in der ich über unergründliche Ozeane segelte wie ein Wilder aus der Südsee, der von Insel zu Insel springt quer über den Pazifik. Augen und Nase und wühlende Finger witterten und eroberten ein neues Grasbüschel, einen Farn, eine Wegschnecke, den Schädel eines Vogels, eine Kuhle mit bunten Schneckenhäusern. Die ganze Sommerewigkeit jener ersten

Tage lang weitete ich meine Welt, ich füllte die weißen Flecke aus, merkte mir die sicheren Häfen, die Staubwüsten und die Pfützen, die Schmutzhaufen und die buntbewimpelten Büsche. Dann kehrte ich klopfenden Herzens wieder und wieder zu den vielen lockenden Schrecknissen dieser Welt zurück: zu den Vogelknochen, die sich im Käfig aus alten Ruten spreizten, den schwarzen Fliegen im Winkel, den schleimig-toten; zu vertrockneten Fetzen von Schlangenhaut und der wimmelnd verwesenden, von lautlosem Leben tosenden Stadt, dem von Maden eroberten Katzenkadaver.

Einmal wahrgenommen, gingen diese Überreste in den Bereich des schon Vertrauten ein (dachte man an sie, dröhnten einem die Ohren), und man sah sie erst wieder, wenn man sich stark genug fühlte. Dies war die erste Berührung mit Opfern jener zerstörenden Gewalt, von der ich wußte, daß sie Tag und Nacht am Werke war und die ich doch nie dabei ertappte. Trotzdem war ich dankbar für diese Opfer. Wohl war der Anblick qualvoll und haftete in meinen Träumen, aber sie zogen den ersten unendlichen Möglichkeiten des Entsetzens doch auch Grenzen. Sie läuterten die Phantasie, indem sie zeigten, daß auch der Schrecken sein Maß hatte.

Die Spülküchentür war die Einfahrt zum Hafen, von hier aus erfuhr ich die Felsen und Riffe und merkte, wo sichere Durchfahrt war. Ich entdeckte den Leib des Hauses und wie er sich aufbaute, seine Schatzkammern und Irrgänge, die Quellpunkte seiner zauberischen Kraft, und die Gestalt der grünsprossenden Garteninsel, auf der es stand. Mutter und Schwestern segelten wie stolze Galeonen an mir vorüber in fliegenden Gewändern, und ich erfaßte die Gerüche und die Geräusche, die in ihrem Kielwasser folgten, wogendes Atmen, karbolgeschwängerte Luft, Gesang und Gezeter und zerschellendes Steinzeug.

Wie prächtig stellten sie sich dar, die Mädchen, wenn sie in voller Takelung über mir aufragten, mit wehendem Haar und gebauschten Blusen, die weiß sich breitenden Arme zur Arbeit oder zum Waschen entblößt. Und jeden Augenblick legten sie an bei mir, man wurde geküßt und zugeknöpft oder hoch in die Luft geschwenkt wie ein zappelnder Fisch, um aufgefangen und in ihrem spitzenbesetzten Linnen geborgen zu werden.

Die Spülküche war fündig für alles, was zur Notdurft des Lebens gehörte. Hier entdeckte ich das Wasser – ein ganz anderes Element als der grüne gärende Schaum, der in der Tonne im Garten stank. Man konnte es in reinen blauen Schwällen aus der Erde pumpen, man konnte sich an den Pumpengriff hängen, und es sprühte heraus wie flüssiger Himmel. Und es zerbrach und lief und glänzte auf dem Fliesenboden oder zitterte in einem Krug oder beschwerte einem die Kleider mit Kälte. Man konnte es trinken, konnte damit malen, es mit Seife schaumigmachen, Käfer darüber schwimmen oder es in Blasen in die Luft fliegen lassen. Man konnte den Kopf hineinstecken und die Augen aufmachen und den Eimerhenkel von innen sehen und den angehaltenen Atem brausen hören und den Mund auf und zu klappen wie ein Fisch und den Kalk schmecken, der in der Erde war. Zauberischer Stoff, mit dem man alles machen konnte, einsperren und verspritzen oder in Löcher verschwinden lassen, niemals aber verbrennen oder zerbrechen oder vernichten. Die Spülküche war das Reich des Wassers dort wo die alte Pumpe stand. Dort war auch sonst alles, was mit Wasser zu tun hatte: am Montag immer der dicke Dampf mit dem beißenden Stärkegeruch; kochende Seifenbrühe, die schwoll und schwappte, zischelte und flüsterte, regenbogenfarben in der Sonne schillerte und aus Millionen Fenstern aufblitzte. Sprudelndes Wallen, Mühsal und Murren, Spülen und Klopfen von Laken und Hemden und dazu Mutter, die keuchend mit ihren roten Armen wie mit Rudern durch die dampfenden Wogen fuhr. Dann kam die Wäsche auf einem Stock heraus aus dem Kessel, wie Blätterteig oder gewobene Lauge oder Laken aus Schnee modelliert.

Hier war es auch, wo Fliesen und Stiefel geschrubbt wurden, Arme und Hälse, rotes und weißes Gemüse. Tritt ein in das morgendliche Chaos dieses Raumes, und der ganze Garten liegt tropfnaß auf dem Tisch ausgebreitet. Möhren, wie zu Kupferpfennigen zerhackt, Rettiche, Lauch, Kartoffeln, gewässert und von ihrer Schmutzkruste befreit, Aufschnappen dichtbesetzter Erbsenschoten, schlanke Hülsen mit grünen Perlen, Herausreißen klebriger Bohnen aus ihren wolligen Nestern.

Zum heimlichen Plünderer geworden unter allen diesen Zurüstungen, knabberte man sich seinen Weg wie eine Ratte durch Wurzeln und Blätter. Erbsen rollten unter die Zunge, frisch kalt, wie festes Wasser, die Zähne kauten grüne Apfelschale, säuerlich herb, und die süße weiße Stärke der Rüben. Vertrieben durch Schläge nasser, mehlbestäubter Hände kehrte man doch zurück, verdrießlich, in stummer Lüsternheit. Fetzen Teiges, geknetet und warm, formten sich zu Männern und Frauen – und was allein das salzlose Fleisch ihrer Arme und Beine schmackhaft machte, war einzig die Illusion, ein Menschenfresser zu sein.

Reichliche Mahlzeiten wurden zugerüstet an diesem Ort, riesige Kessel Gemüse für den unstillbaren Hunger von acht Mäulern. Eintöpfe aus allem, was an diesen reichen Ufern wuchs, mit Salbei gewürzt, mit Oxo gefärbt und mit ein paar Hammelknochen ausstaffiert. Es ist wahr, Fleisch bekamen wir damals nicht viel; manchmal ein Pfund magere Rippen zum Kochen, oder auch einmal ein Kaninchen, das ein Nachbar vor die Tür legte. Aber Grünes gab es in der guten Jahreszeit in Hülle und Fülle, dazu Linsen und Brot zum Sattwerden. Acht bis zehn Laibe kamen jeden Tag ins Haus, und niemals wurden sie hart. Wir rissen sie in Stücke, wenn die Kruste noch warm war, und wir wurden es nicht leid, denn wir fanden alles mögliche darin – Bindfaden, Nägel, Papier und einmal eine Maus; zu jener Zeit ging es noch unbekümmert zu in den Backstuben. Die Linsen kochten immer in einem großen Kessel, in dem auch das Wasser für unsere Bäder am Samstag abend heißgemacht wurde. Das spärliche Holzfeuer reichte gerade für ein einziges Bad, und da stieg einer nach dem anderen hinein. Ich war der zweitjüngste, und so war mein Wasser auch immer das zweitschmutzigste – ein Privileg, das sich auswirkt bis auf den heutigen Tag.

Als ich eines Morgens in dem weißgetünchten Schlafzimmer erwachte, schlug ich die Augen auf und fand mich blind. So weit ich sie auch aufriß und dahin starrte, wo das Zimmer sein mußte – nichts war zu sehen als ein goldener Schimmer, der flach über meinen zitternden Augenlidern lag. Ich tastete nach meinem Körper – er war da. Ich hörte Vögel singen. Und doch war nichts von der ganzen Welt zu sehen als nur dieses zitternde gelbe Licht. War ich tot, fragte ich mich? War ich im Himmel? Was immer es war, ich fand es abscheulich. Zu früh war ich aus einem Traum von Krokodilen erwacht und für diese neue Unbill nicht gerüstet. Da hörte ich die Schritte der Mädchen auf der Treppe.

»Marge!« schrie ich, »ich kann nichts sehen!« Und ich fing kräftig an zu brüllen.

Nackte Füße klatschten eilig über die Dielen, und ich hörte Schwester Marjorie kichern.

»Schau ihn bloß an«, sagte sie. »Spring und hol einen Lappen, Doth, die Augen sind ihm wieder ganz verklebt.«

Kalt und scharf fuhr der Waschlappen über mein Gesicht, besprengte mich mit Wasser, und ich war wieder in der Welt. Bett und Balken und das sonnenhelle Fensterviereck und die Schwestern, die sich über mich neigten.

»Wer war das?« plärrte ich.

»Niemand, dummer Bub. Deine Augen waren zugeklebt, und sonst weiter nichts.« Der süße Leim des Schlafs; das war schon öfter passiert, aber irgendwie vergaß ich's immer wieder. Ich drohte also den Mädchen, ich würde ihnen auch die Augen zukleben; ich war wach, ich konnte sehen, ich war glücklich. So lag ich und schaute zu dem kleinen grünen Fenster hinaus. Die Welt draußen leuchtete rot und feurig. Niemals hatte ich sie so gesehen.

»Doth?« fragte ich, »was ist denn mit den Bäumen los?«

Dorothy zog sich gerade an. Langsam und schlaftrunken beugte sie sich zum Fenster hinaus, und das Licht sickerte durch ihr Nachthemd, wie Sand durch ein Sieb läuft.

»Nichts ist los«, sagte sie.

»Eben doch«, beharrte ich. »Sie gehen kaputt.«

Dorothy kratzte sich den dunklen Schopf und riß den Mund zum Gähnen auf; weiße Federn flogen ihr aus dem Haar.

»Da fallen nur die Blätter ab. Wir haben jetzt Herbst. Im Herbst fällt immer das Laub.«

Herbst? Im Herbst. Den hatten wir also. Und da fielen immer die Blätter ab, und es roch immer so. Ich stellte mir vor, daß es nun so blieb, unwandelbar, für immer, und diese naßflammenden Wälder würden immerzu brennen wie Moses' Busch und ebenso selbstverständlich zu diesem neuentdeckten Land gehören wie der ewige Schnee zum Nordpol. Warum waren wir nur an solch einen Ort gekommen?

Marjorie, die hinuntergegangen war, um das Frühstück vorbereiten zu helfen, kam plötzlich die Treppe wieder heraufgepoltert.

»Doth«, flüsterte sie; es klang aufgeregt und erschrocken. »Doth ... er ist wieder mal da. Hilf Loll beim Anziehen und komm dann schnell runter.«

Wir gingen hinunter und sahen ihn am Ofen sitzen, lächelnd, naß und kalt. Ich kletterte an den Frühstückstisch und starrte ihn an, den Fremdling. Er schien mir weniger ein Mensch zu sein als ein Haufen von Dingen, die alle mit dem Wald zu tun hatten. Sein Gesicht war rot und runzlig und leuchtete wie ein Pilz. Blätter hingen ihm im schmutzverfilzten Haar, Laub und Zweige an den zerlumpten Kleidern und über dem ganzen Mann. Seine Schuhe sahen aus wie die weiche schwarze Erde, die man unter Bäumen findet, wenn man dort gräbt. Mutter gab ihm Porridge und Brot, und er lächelte uns allen matt zu.

»Es muß doch schrecklich sein jetzt im Wald«, sagte unsere Mutter.

»Ich habe ein paar Säcke«, erwiderte er und löffelte seinen Haferbrei. »Die halten die Nässe ab.«

Das stimmte nicht; sie mußten ja das Wasser aufsaugen wie ein Docht und ihn in Feuchtigkeit einhüllen.

»Sie sollten kein solches Leben führen«, sagte Mutter. »Sie sollten wieder nach Hause gehen.«

»Nein«, lächelte der Mann. »Das kann ich nicht. Die würden mich fassen, eh man bis drei zählt.«

Mutter schüttelte traurig den Kopf, seufzte und machte ihm den Teller noch einmal voll. Wir Buben waren hingerissen vom Anblick des Mannes; die heiklen Mädchen wußten nicht recht, was sie aus ihm machen sollten. Aber ein Landstreicher war er nicht, sonst hätte er nicht in der Küche gesessen. Er hatte vier glänzende Medaillen in der Tasche, die holte er immer heraus, rieb sie blank und legte sie wie Geld auf den Tisch. Niemand von den Leuten, die wir kannten, sprach wie er, ja oft brauchte er Worte, die wir gar nicht kannten. Aber Mutter verstand ihn offenbar, sie stellte ihm Fragen, betrachtete die Photographien, die er im Hemd trug, und seufzte immer und schüttelte den Kopf. Er erzählte allerlei von Gefechten und vom Fliegen in der Luft, und für uns war das alles voller Wunder.

Er stammte nicht aus unserer Gegend. Eines Morgens ganz früh hatte er auf der Schwelle gestanden und um eine Tasse Tee gebeten. Mutter hatte ihn hereingeholt und ihm ein ganzes Frühstück vorgesetzt. Er hatte Blut im Gesicht gehabt und schien sehr schwach. Jetzt saß er in einer Küche mit einer Frau und einer Herde Kinder, seine Augen strahlten, und der ganze Bart lachte. Er erzählte uns, er schlafe im Wald, und ich fand das großartig. Außerdem war er Soldat, das hatte nämlich Mutter gesagt.

Über den Krieg wußte ich Bescheid; alle meine Onkel waren dort; seit meiner Geburt schon hörte ich immer wieder davon erzählen. Manchmal kletterte ich in den Rohrstuhl am Ofen, schloß die Augen und sah, wie braune Männer in der Schlacht über ein Feld liefen. Drei Jahre war ich alt, und sah sie doch in die Luft greifen und sterben und fühlte mich älter als sie.

Das Äußere dieses Mannes freilich war nicht das eines Soldaten. Da fehlten die Messingknöpfe, Ledergürtel und gewachster Schnurrbart, wie ich es von meinen Onkeln kannte. Ihm wuchs der Bart über das ganze Gesicht, und seine Uniform war zerrissen. Aber die Mädchen behaupteten steif und fest, er sei ein Soldat, und sie sagten das flüsternd wie ein Geheimnis. Und wenn er zum Frühstück in unser Haus herunterkam und mit rundem Rücken am Ofen saß, von Feuchtigkeit dampfend und mit Laub und Schmutz bedeckt, malte ich mir aus, wie er da oben im Wald schlief. Ich stellte mir vor, daß er schlief, dann eben einmal in die Schlacht ging und schließlich zu uns kam, um eine Tasse Tee zu trinken. Er war der Krieg, und der Krieg war dort oben; am liebsten hätte ich gefragt: »Wie steht's mit dem Krieg da oben im Wald?« Doch das sagte er uns nie. Er saß da, trank schluckend und schnaufend seinen Tee, und das Feuer zog die Feuchtigkeit aus seinen Kleidern, als stiegen Geister von ihm auf. Wenn er unseren Blicken begegnete, lächelte er aus seinem Bart heraus. Und als Bruder Jack mit einem Löffel auf ihn schoß und sagte »Ich bin ein Soldat«, erwiderte er leise: »Gewiß, du wärst jederzeit ein besserer als ich, mein Junge.«

Als er das sagte, fragte ich mich, was wohl dem Krieg zugestoßen sei. Trug der Mann diese Lumpen, weil er so ein schlechter Soldat war? Hatte er den Krieg im Walde verloren?

Als er nicht mehr wiederkam, wußte ich, daß es so war. Die Mädchen sagten, ein Polizist habe ihn in einem Wagen fortgeschafft. Und Mutter seufzte und war traurig. Bei einem Wetter, das neu für mich war, kalt und laut von stürmischen Winden, verschwand meine Mutter, um meinen Vater zu besuchen. Das war weit weg, mit den Augen nicht mehr erreichbar, und ich kann mich an ihr Weggehen nicht erinnern. Aber plötzlich waren nur die Mädchen im Hause, die mit Besen und Wischtüchern umherstolperten, stritten und zankten und uns zu Bett brachten, wie es gerade paßte. Das Haus und das Essen hatten einen neuen Geruch, und die Mahlzeiten kamen auf den Tisch wie üble Zaubertricks, kalt, halbgar oder schwarz verbrannt. Marjorie war immer außer Atem und an allen Enden zugleich; mit ihren vierzehn Jahren hatte sie die ganze Familie zu versorgen. Meine Strümpfe rutschten herunter, und unten blieben sie. Lange Zeiten lief ich ungewaschen umher. Schwarze Blätter wehten ins Haus und häuften sich in den Winkeln; es regnete, die Fußböden schwitzten und die Wäsche füllte in der Küche alle Leinen und tropfte traurig überallhin.

Doch zu essen gab es immer; und die Mädchen liefen kichernd und aufgeregt umher, erschöpft von ihrem Spiel, das doch verloren war. Mit der Zeit stieg die Flut der Unordnung so hoch im Hause, daß ich die einzelnen Zimmer nicht mehr unterscheiden konnte. Ich lebte in Freiheit und wühlte draußen im Schmutz, bis ich schwarz war wie ein Dachs. Und meine Nase lief, wie sie wollte, und wurde so wenig kontrolliert wie meine Füße. Ich ließ meine Stiefel die Ablaufrinne hinabsegeln, ich zerschnitt Laken zu Wickelgamaschen und marschierte wie ein Soldat durch die Laubmoräste. Mit sicherem Gefühl für die einmalige Gelegenheit schweifte ich weit umher, verschlang alles mögliche rohe Zeug, bunte Beeren, Zweige und Larven, verdarb mir jeden Tag den Magen und kam mir wie ein Held vor dabei.

Während dieser ganzen Zeit flogen die Schwestern durch das Haus, sprangen treppauf und treppab; bedrängt von allen Seiten, weil es da hereinregnete, dort die Buben von Schmutz starrten, das Bügeleisen die Laken versengte, Kasserollen anbrannten und Kessel überkochten. Das Puppenhaus wurde zum Tollhaus, und die Mädchen waren wie erschöpfte Vögel, die sich vom Wirbelsturm treiben lassen. Doth kicherte hilflos, Phyl weinte in das Gemüse und Marjorie sagte oft, wenn der Tag um war: »Ich möchte mich hinlegen und sterben, wenn nur irgendwo zum Hinlegen Platz wäre.«

Es war absolut keine Überraschung für mich, als ich vom

Ende der Welt erfuhr. Alles deutete ja darauf hin. Der Himmel hing tief herein, und schwarze Wolken trieben an ihm dahin; der Wald toste Tag und Nacht, aufgerührt wie ein brausendes Meer. Eines Abends saßen wir alle um den Küchentisch und knackten Walnüsse mit unserem besten Messingleuchter, als Marjorie aus der Stadt heimkam. Sie glänzte vom Regen und war mit Brot und Semmeln beladen. Und sie war sehr bleich.

»Der Krieg ist aus«, sagte sie. »Er ist zu Ende.«

»Nein«, sagte Dorothy.

»Beim Kaufmann haben sie's mir gesagt«, erklärte Marjorie. »Und sie haben Backpflaumen verschenkt.« Sie schüttelte uns welche auf den Tisch, und wir aßen sie, wie sie waren.

Die Mädchen machten Tee und unterhielten sich über die Neuigkeit. Und ich war mir klar, daß jetzt die Welt unterging. Solange ich lebte, war Krieg gewesen, und der Krieg war die Welt. Jetzt war der Krieg vorbei. Also mußte das Ende der Welt gekommen sein. Anders konnte ich das nicht verstehen.

»Wir wollen rausgehen und sehen was passiert«, schlug Doth vor.

»Du weißt doch, daß wir die Kleinen nicht alleinlassen können«, sagte Marge.

Also gingen wir mit. Es war dunkel, und im Dorf hallten die schimmernden Dächer wider vom Brausen des Gesangs. Wir wanderten Hand in Hand durch den Regen, den Hang hinauf und die Straße entlang. In einem Garten knisterte ein Freudenfeuer, und eine Frau sprang in seinem Schein umher, rot wie ein Teufel, einen Krug in der Hand, sie stieß Schreie aus, die nichts mit Singen zu tun hatten. Auch weiterhin brannten in den Gärten überall noch Feuer. Und ein Mann trat auf uns zu und küßte die Mädchen, hüpfte auf der Straße umher und drehte sich auf einer Fußspitze. Dann fiel er in den Schmutz, und da lag er und zappelte mit den Beinen wie ein Frosch und grölte mit lauter Stimme ein Lied.

Ich wollte stehenbleiben. So einen Mann hatte ich noch nie

gesehen, so wild und so lustig. Aber wir eilten weiter. Wir kamen zur Schenke und schauten durchs Fenster hinein. Der Schanktisch schien in Flammen zu stehen, so viele Lichter brannten da. Durch die regennassen Scheiben sah es aus, als schwöllen die rosenfarbenen Menschen an und gingen in Flammen auf. Sie atmeten Rauch aus, tranken Feuer aus goldenen Krügen, und ich hörte ihr mächtiges Getöse in scheuer Bewunderung. Jetzt war nichts mehr unmöglich. Und wirklich: ein Mann stand auf und zerknackte ein Glas wie eine Nuß in den Händen, um sie dann lachend hochzuheben, damit alle seine Wunden sähen. Aber das Blut wurde verschluckt von dem blutroten Licht ringsum. Zwei andere Männer drehten sich aus der Tür, einander fest in den Armen haltend. Ringend und fluchend fielen sie über die Mauer und rollten im Dunklen den Hang hinunter.

Irgendwo kreischte eine Frau, die wir nicht sahen. »Jimmy, Jimmy!« jammerte sie. »Oh, Jimmy! Das gibt Mord und Totschlag! Ich hol den Pfarrer, jawohl! Oh, Jimmy!«

»Hört euch das bloß an«, sagte Dorothy erschrocken und glücklich.

»Die Kleinen sollten im Bett liegen«, meinte Marjorie.

»Wart nur noch eine Minute. Eine Minute nur. Das kann doch nichts schaden.«

Dann fing der Schornstein vom Schulhaus Feuer. Eine Funkenfontäne schoß hoch in die Nacht, wand und wiegte sich mit dem Wind, fiel und tanzte die Straße entlang. Der Kamin zischte wie ein Feuerwerk, mächtige Flammenraketen schossen heraus und fraßen das winzige Haus leer, so daß ich meinte, nun müßten auch Tische und Stühle, Messer und Gabeln strahlend und brennend hinterherkommen. Die bemoosten Dachziegel glimmten schwefelig verrußt, gelbe Rauchschwaden quollen aus Spalten im Kamin. Wir standen im Regen und sahen wie verzaubert zu, als wäre das Schauspiel eigens für diesen Tag aufgehoben. Als hätte man das Haus zusammen mit allem Unrat des Jahres aufgespart, um es jetzt in Flammen und Jubel aufgehen zu lassen.

Wie sie alle brüllten, sich balgten und sangen, trunken vom Bier und vom Anblick des Feuers. Aber was würde nun geschehen, da doch der Krieg zu Ende war? Was würde aus meinen Onkeln werden, die im Krieg lebten? Was aus unserem Vater, der wie alle eine Uniform trug, aber eine besondere, die ihn von den anderen unterschied? Sein Bild hing über dem Klavier, stolz und schneidig: ich verwechselte ihn immer mit dem Kaiser. Würde er sterben, weil der Krieg jetzt aus war?

Als wir auf den rotflammenden Schulkamin starrten und den Brand über das ganze Tal hin rochen, wußte ich, daß etwas Bedeutsames vorging. Jeden Augenblick erwartete ich, daß mein Leben, nachdem es schon so lange gedauert hatte, mit Pauken und Trompeten seinen Abschluß fände. Oh, Kriegsende und Weltende! Der Regen hatte meine Schuhe durchweicht, und meine Mutter war verschwunden. Nie und nimmer würde ich morgen erleben.

Erste Namen

Nun war also Frieden, aber ich spürte keinen Unterschied. Unsere Mutter kam von weither wieder nach Hause zurück und erzählte begeistert, wie toll es zugegangen war, wie fremde Menschen auf der Straße stehengeblieben und einander um den Hals gefallen waren, wie sie Denkmäler erklommen und Frieden, Frieden gerufen hatten. Aber was war nun eigentlich der Frieden? Das Essen schmeckte genau wie früher, das Wasser kam kühl wie immer aus der Pumpe, das Haus fiel nicht ein und wurde auch nicht größer. Ein dunkler, trauriger Hungerwinter zog ein, und das Dorf füllte sich mit fremden

Männern, die in Hemdsärmeln und Militärhosen herumstanden, kurze Pfeifen rauchten, sich kratzten und schweigend über die Gärten hinstarrten.

Ich konnte beim besten Willen nicht an diesen Frieden glauben. Kein Engel hatte ihn verkündet; er hatte weder am Ablauf meiner Tage und Nächte etwas geändert, noch hatte er den Schlamm im Hof golden aufglänzen lassen. So kam er mir bald aus dem Sinn, und ich machte mich wieder daran, die Geheimnisse in Haus, Hof und Garten zu ergründen. Im Garten boten sich noch Winkel voller Unkraut an, schwarzgewordene Kohlköpfe und Blumenstengel, und die Steine lagen umher wie eh und je. Das Haus hatte noch immer seine warmen und kalten Bereiche, dunkle Höhlen und raunende Dielen, Regionen des Schreckens und segenbringende Heiligtümer, und dazu eine unendliche Zahl von großen und kleinen Dingen, die sich bogen und klemmten, knirschten und seufzten, sich öffneten und schlossen, klirrten und sangen, zwickten, kratzten, schnitten, brannten, sich drehten, umkippten und in Stücke gingen. Dann war da ein Schrank, in dem es nach Pfeffer roch, ein Keller, in dem es hallte, ein Klavier, das summte, es gab zusammengeknäulte vertrocknete Spinnen, Brüder, gegen die man rannte, und die ewig trostspendenden Frauen.

Ich war damals noch so klein, daß ich bei meiner Mutter schlief, und das schien mir des Lebens letztes Ziel. Wir schliefen miteinander im Schlafzimmer im ersten Stock auf einer mit Wolle gefüllten Matratze in einem Bett mit Messingstäben und Vorhängen. Ich allein war damals Mutters Traumgefährte, erwählt als einziger aus der ganzen Familie für ihre besondere Liebe, und das nahm ich hin als mein gutes Recht.

In der grenzenlosen Nacht genoß ich so in Mutters dichtes Haar geschmiegt meinen üppigen Schlaf, träge geborgen an dem warmen Körper, vollkommen glücklich im bergenden Bett. Weit weg von dem weitläufigen Haus und dem trennenden Tag lagen wir beide dann, allein beieinander. Die Dunkelheit empfand ich wie eine Schlehenfrucht, schwer und reif für die tastende Hand. Es war eine Dunkelheit voller Wonne und unbeschwerter Schlaffheit, in der es keine Ecken und Kanten gab, in der alles richtig saß und paßte und in der nun doch alles gegenwärtig war, was man ersehnt und erseufzt hatte.

Meine Mutter schlief, der Tageshetze ledig, wie ein glückliches Kind; in ihr Nachthemd gekuschelt atmete sie ohne Arg, aus ihrem Kopfkissen klang ein sanftes Glucksen. In ihren Traumreisen ließ sie nicht von mir, wie ein Fallschirm hing ich auf ihrem Rücken; doch sie drehte sich auf die andere Seite, und ihr großer müder Körper umschloß mich, so daß ich geborgen war wie eine Maus im Heuschober.

Ängstlich gehütet und tief waren diese wortlosen Nächte, wenn wir uns aneinanderschmiegten und im Schlafe murmelten, ein Geheimnis, das ich den wachen Tag hindurch bewahrte und das mich über alle die anderen hinaushob. Nur für mich allein kam die Nacht heran, für mich, der ich Fürst war über ihre Dunkelheit, der ich als einziger wußte um die gewaltige Hilflosigkeit des mütterlichen Schlafes, um ihr totes Antlitz und die blinden nackten Arme. Frühmorgens, wenn sie aufstand und wieder in die Küche stolperte – selbst dann war ich nicht gänzlich verlassen, ich rollte in das Tal, das ihr Schlaf mir ließ, lag tief in seinem Lavendelduft geborgen, vergrub mein Gesicht in das Nest, das sie mir überlassen hatte, und schlief wieder ein.

Zu jener Zeit – drei Jahre war ich alt – dachte ich nicht anders, als daß ich für immer Mutters Bett teilen würde. Nie hatte ich auch nur eine Nacht fern von ihr verbracht – ich erinnerte mich jedenfalls an keine. Aber ich wurde rasch größer; ich war nicht mehr das Baby; Bruder Tony wartete schon in seiner Wiege. Als ich die ersten Andeutungen auffing, daß man mich in das Bubenzimmer umsiedeln wollte, konnte ich's einfach nicht glauben. Mutter würde das doch gewiß nicht zugeben. Wie sollte sie denn ohne mich die Nacht bestehen!

Meine Schwestern wollten mich mit Schmeichelworten beruhigen. »Du bist ja nun ein großer Mann«, sagten sie. »Du wirst nun bei Harold und Jack schlafen«, hieß es. »Was sagst du dazu?« Was sollte ich dazu sagen? – ich fand es empörend. Ich stellte mich an wie ein Verrückter und schlug noch ein paar Nächte heraus, meine letzten Nächte in jenem flaumigen Bett. Dann änderten die Mädchen die Melodie: »Es ist nur für ein Weilchen. Später kannst du wieder zur Mama.« Ich traute ihnen nicht recht, aber Mutter schwieg, so streckte ich die Waffen und ging.

Nie wieder wurde ich in meiner Mutter Bett zurückgerufen. Es war das erstemal in meinem Leben, daß ich verraten wurde, daß ich die Bitterkeit des Älterwerdens zu spüren bekam und lernen mußte, wie sanft und gnadenlos sich Frauen verweigern können. Es wurde nicht wieder davon gesprochen, und ich nahm es hin. Ich wurde ein wenig härter, ein wenig kälter, und richtete meine Aufmerksamkeit auf die Welt draußen, die nun allmählich deutlicher umrissen aus dem Nebel auftauchte...

Der Hof und das Dorf gewannen Wirklichkeit zuerst durch Furcht und Zauber. Spiegelungen ihrer Geister und meiner Einbildungskraft füllten die ersten unbeschriebenen Blätter mit dämonischen Figuren. Die Herzschläge, die in meinem Kopfe klopften, waren nun nicht mehr nur das Ticken einer inneren Uhr, sondern die Tritte von Gespenstern, die von draußen kamen. Das waren Geschöpfe der »Welt«, und sie wollten mich holen; sie kamen das Tal herauf, Körbe über die Köpfe gestülpt, und grunzten im Takt meines Blutes. Wahrscheinlich rührte das alles von Kopfschmerzen her, die ich so früh schon hatte – jedenfalls verlebte ich angstvolle Tage in Erwartung dieser Gespenster. Doch wie unermüdlich sie auch tappen mochten: nie kamen sie weiter als bis zum Rande des Dorfes.

War dieses Unbehagen auf den hellen Tag beschränkt und nur mir allein zugedacht, so hielt die Nacht natürlich manch anderes bereit, das mir weit mehr Grund zum Klagen gab – verlöschende Kerzen, Türen, die sich schlossen und einen im

Dunkeln ließen, Gesichter, in denen oben und unten vertauscht war, nachtdunkle Spalte im Boden, die die Phantasie zum Sieden brachten, daß einem die Zähne klapperten und ein Angstgeschrei auskam. Und dazu gab es noch die Alten Männer, die in den Wänden wohnten, unter den Dielen und unten im Klosett als Aufpasser und Richter, offenbar uralte verrottete Götter voll unerbittlicher Bosheit. Diese Alten Männer überwachten uns Buben unablässig, und unsere Schwestern hatten keinerlei Hemmungen sie zu beschwören – sie waren gewiß ein vollkommener Ersatz in einem Hause, in dem kein Vater regierte.

Aber es gab auch einen echten alten Heiden aus Fleisch und Blut, der uns alle eine Zeitlang beherrschte. Seine Besuche im Dorf waren selten, aber wohlbedacht, und wenn er erschien, war es, als ginge eine überlegene und zugleich bösartige Macht unter uns um, die freilich am stärksten auf die Frauen wirkte.

Als ich ihn zum erstenmal wirklich sah, spürte ich es salzig auf meiner Zunge. Ich kann mich noch gut erinnern. Es war eine bitterkalte, mondklare Winternacht, und wir saßen wie üblich in der Küche. Das Feuer lummerte, die Kerzen flackerten, die Mädchen plauderten schläfrig. Ich war, mit dem Kopf auf der Tischplatte, schon halb eingeschlafen, als Marjorie plötzlich »Sssst!« machte.

Sie hatte etwas gehört, natürlich, irgend jemand hörte ja immer irgend etwas, ich ermunterte mich also und spitzte die Ohren. Die anderen verhielten in äußerster Gespanntheit; sie lauschten ja auch, wenn nur eine Feder zu Boden fiel. Zuerst hörte ich nichts. Eine Eule schrie in den Eiben, und von einer anderen Baumgruppe her kam ein Antwortruf. Dann sagte Dorothy »Horch!« und Mutter machte »Pst!«, und schon hatte uns die Angst in ihren Klauen.

Wie eine führerlose Herde von Hinden und Jungtieren hoben wir alle auf einmal unsere Köpfe. Da hörten wir es, weit weg, drunten auf der Gasse, noch schwach, aber doch unverkennbar – das Schleifen von Metall auf gefrorenem Boden und zwischenhinein Kettengerassel.

Die Mädchen tauschten angstvoll wissende Blicke, die funkelnden Augen vom Verhängnis geweitet. »Das ist er!« flüsterten sie mit zitternder Stimme. »Er ist wieder ausgebrochen! Das ist er!«

Und er war es auch. Mutter verriegelte die Tür und blies die Lampen und Kerzen aus. Dann kuschelten wir uns aneinander in der vom Herdfeuer geröteten Dunkelheit und warteten auf sein unheilvolles Nahen.

Das Kettenschleifen klang lauter und näher, kam rasselnd durch die Nacht, glitt auf uns zu die ferne Gasse herauf, unaufhaltsam, Schritt für Schritt im weißen Mondlicht. Die Mädchen wanden sich auf ihren Stühlen und brachen in ein gräßliches Kichern aus, als wären sie plötzlich verrückt geworden. »Pst«, mahnte Mutter. »Seid still. Rührt euch nicht...« Ihr Gesicht war von Angst verzerrt.

Da ließen die Mädchen die Köpfe hängen und warteten zitternd. Näher und näher klirrten die Ketten. Die Gasse herauf, um die Ecke, oben am Ufer entlang – jetzt, mit stampfendem Schritt, war er da... Die Mädchen konnten nicht länger an sich halten, sie sprangen wie rasend auf, drängten mit gierigen Schreien durch die nur vom Herdfeuer erhellte Küche und rissen die dunklen Gardinen zurück...

Stolz in der Finsternis schritt das Tier vorüber, das Haupt königlich von Hörnern gekrönt, milchweiß klafften die Augen, wenn sie das Mondlicht traf, zottig hing das Haar um den mächtigen Körper. Es schritt steif wie auf Stelzen einher, schwang den silbrigen Bart, und von der struppigen Kraft seiner Schultern und Schenkel hingen die schweren Ketten, die es zerrissen hatte.

»Jones' Bock«, wisperte unsere Dorothy, und die beiden Worte klangen wie eine Beschwörung. Denn das war nicht einfach ein streunendes Tier, sondern ein Geschöpf aus uralten Träumen, der Mondnachtwandler der Dorfstraßen, halb Gefangener, halb König der Brünste. Er war groß und zottig wie ein Shetlandpony, und alle Männer fürchteten ihn; Squire Jones hielt ihn an einen Pfahl gekettet, der wahrhaftig fünf

Fuß tief in den Boden gerammt war. Doch wenn die Nächte mondhell waren oder sommerklar, dann hielten ihn weder Pfahl noch Ketten. Dann schnaubte er und bäumte sich, zerriß seine Ketten und zog durch das Dorf auf der Fährte seiner Begierde.

Ich hatte schon oft von ihm gehört, und nun sah ich ihn endlich; automatenhaft steif stakte er die Straße entlang. Alt wie ein Gott trug er seine Ketten gleich einem Ornat, er strömte einen scharfen Salzgeruch aus und witterte alle paar Schritte, als suche er Freund oder Opfer. Aber er blieb allein, niemand stellte sich ihm, er zog durch ein menschenleeres Dorf. Töchter und Frauen spähten aus verdunkelten Schlafstuben, Männer lauerten im Schatten mit Äxten. Und er ging seinen Weg, furchterregend, im Dunstkreis seiner Kraft und weiß im Licht des Monds...

»Habt ihr je so einen großen Ziegenbock gesehen?« fragte Dorothy mit einem Seufzer.

»Der wirft dich um und tritt auf dir herum. Sie sagen, er hat Miss Cohen umgestoßen.«

»Stell dir vor, er käm dir entgegen, wenn du allein nach Hause gehst...«

»Was würdest du bloß machen?«

»Ich würde vor Angst verrückt. Und du, Phyl?«

Phyl antwortete nicht; sie war verschwunden und hockte verstört in der Speisekammer.

Jones' schrecklicher Bock war für mich eine Erscheinung, die ganz und gar in jene Zeit paßte, Teil eines Dorfes, das Tiere und Geister ebenso leicht hervorbringen konnte wie menschliche Wesen. Alle schienen Glieder der gleichen Gemeinde, nur ihre Eigenschaften waren grundverschieden – manche waren wohlgesinnt, andere mußte man meiden um jeden Preis; da gab es welche, die nur in bestimmten Mondphasen erschienen, andere, die nur am hellen Tage oder nur um Mitternacht sich zeigten, und solche, die Unheil oder Glück prophezeiten oder Menschen in den Wahnsinn trieben, jedes nach seiner Art. Es gab den Totenvogel, die Kutsche, Miss Barracloughs Gans, das Henkerhaus und das Schaf mit zwei Köpfen.

Ein zweiköpfiges Schaf ist weiter nichts Besonderes, aber unseres war alt und konnte sprechen. Es lebte ganz allein unter den Catswoodlärchen und ließ sich nur sehen, wenn es blitzte. Es konnte wohltönend zweistimmig singen und sich stundenlang selbst ins Kreuzverhör nehmen; gehört hatte es so mancher, den sein Weg durch jenes Gehölz führte, aber gesehen hatten es begreiflicherweise nur wenige. Träfe man es in einem Gewitter und hätte die Geistesgegenwart Fragen zu stellen, so verkündete es einem, wann und wie man sterben mußte – so sagten wenigstens die Leute. Aber niemand fand so recht Geschmack an den Gaben dieses Tieres. Und wenn die Schafsblitze über den Catswoodlärchen aufleuchteten, hielt man es doch für sicherer, den Ort zu meiden.

Die Kutsche von Bulls Cross war ein anderes schlimmes Vorzeichen, und sie kam immer nur um Mitternacht. Bulls Cross war ein von Heidekraut überwachsener Sattel, der sich am Ende des Tales erhob. Einst hatten sich hier Poststraßen und Viehpfade gekreuzt, die Berkeley mit Birdlip und Bisley mit Gloucester-Market verbanden. Spuren der alten Poststraßen waren im Grasboden ebenso unverloren wie im Gedächtnis der älteren Dorfbewohner. Und hier oben konnte man stets um Mitternacht, vor allem aber in der Neujahrsnacht, eine silbergraue Kutsche sehen, von feurigen Pferden gezogen, die mit Donnergepolter durchgingen. Es knallte wie Pistolenschüsse, wenn das Geschirr zerriß, man hörte die Passagiere aufschreien, Holz zersplittern, den Kutscher verzweifelte Rufe ausstoßen. Die Erscheinung spiegelte ein längst vergangenes Unglück, das jeden Tag um Mitternacht von neuem vor sich ging. Nur wer nie wirklich Zeuge gewesen war, prahlte damit – die es gesehen hatten, sprachen nicht davon. Denn wer sein Erlebnis ausplauderte, fiel unter den Fluch – an den wir alle glaubten –, er wurde weißhaarig über Nacht, die Zähne fielen ihm aus, und später wurde er zu Tode getrampelt. So hörte man gewöhnlich aus zweiter Hand von dem Spuk. »Die Kutsche – gestern hat sie wieder jemand gesehn. Harry Lazbury, heißt's. Er kam grad aus Painswick, sein Rad hat er geschoben. Da hat er's hingeschmissen und ist wie verrückt nach Hause gerannt.« Wir zweifelten nicht, daß der arme Harry einem schrecklichen Tode entgegengehe; die Kutsche spukte wieder in unseren Köpfen und glitt dahin, ein weißes Gespenst auf schaukelnden Rädern, regelmäßig wie die Wagen der Post.

So unbedeutend die Tragödie gewesen sein mochte, die hinter dem Spuk stand, sie haftete hartnäckig in der Erinnerung und ließ uns nicht los. Die umgekippte Kutsche, die zersplitterte Deichsel, Räder, die krumm gegen den Mond starrten, Pferde, die einander die Schädel zertrümmerten, der Tod der Reisenden im Moor – kein außergewöhnlicher Unfall, aber er war bei uns passiert, und er konnte noch immer ein Entsetzen erregen, das die so viel gewaltigeren Katastrophen neuerer Zeit nicht hatten verblassen lassen. Was den Schauplatz betrifft – ich möchte auch heute noch nicht um Mitternacht über Bulls Cross gehen, diese wüste, windgepeitschte Wildnis von Heide und Moor. Es war eine seltsame Tundra, wie eine Insel des Nichts hoch oben über den bevölkerten Tälern. Und wenn es auch keinerlei Behausungen dort gab, so schienen doch die schweigenden Mulden befleckt von Begegnungen Fremder. Wer immer in den Tagen, da man noch ritt oder zu Fuß ging, dieses Niemandsland passierte, mißtraute jedem, der seinen Weg kreuzte, oder hatte selbst böse Absichten und war auf Gewalt aus, auf Raub und Schändung oder Mord. Für die Dörfer ringsum war es ein leeres Stück Horizont, eine Blöße zwischen den Wäldern, eine vom Wind gezeichnete Hochfläche, die aller Augen auf sich zog – ganz der richtige Ort für einen Galgen. So hatte denn auch viele Jahre lang ein Galgen dort gestanden, an den die alten Leute sich noch erinnerten.

Unterhalb Bulls Cross breitete sich ein feuchtes gelbes Gehölz, das wir unter dem Namen Deadcombe Bottom kannten.

Meine Brüder und ich entdeckten da unten eine Hütte mit verfallenem Dach, die in einem verwilderten Garten stand. Dort spielten wir oft in den modrigen Stuben, liefen die verrotteten Treppen hinauf und pflückten und verschlangen die kleinen sauren Äpfel, die um die eingeschlagenen Fenster hingen. Es war eine feuchte, dunkle Ruine in den dumpfigen Gründen des Waldes; in den Zimmern roch es nach altem Stroh und Pilzen. Und hinter der Tür, blutrot von Rost, war ein nackter eiserner Haken.

Zu dieser stillen Trümmerstätte, wo kein Vogellied und kein Sonnenstrahl hindrangen, zog es uns immer wieder. Hier konnten wir machen, was wir wollten, kaputtschlagen was immer uns behagte, und seltsamerweise störte uns nie jemand auf. Erst später erfuhren wir, was es mit diesem Orte auf sich hatte: es war die Hütte des Henkers von Bulls Cross gewesen, hier hatte er mit seinem Sohn gehaust, hatte sein Geschäft getrieben und sich dann später hier umgebracht.

Das Häuschen im Wald war mit Bedacht ausgesucht, es lag nicht weit von seiner Arbeitsstätte und doch verborgen. Es waren karge Zeiten, er hatte alle Hände voll zu tun, der verschwiegene und geschickte Mann. Nacht um Nacht machte er seinen Weg hügelauf, um den Galgen mit Verbrechern aus der Gegend zu beladen. An einem stürmischen düsteren Abend rief man ihn wie üblich heraus und übergab ihm einen zitternden Knaben. An Arbeit im Dunkeln gewöhnt, machte er kurzen Prozeß mit dem Jungen und hielt dann ein, um seine Pfeife anzuzünden. Schon wollte er sich zum Gehen wenden, als der Mond hinter einer Wolke hervortrat und den Galgen in sein weißes Licht tauchte – da erkannte der Henker in dem regenüberströmten Gesicht, das schief auf ihn herabstarrte, seinen Sohn. Er sagte kein Wort zu den Männern, die bei ihm standen. Er ging nur in sein Haus zurück, schlug einen Haken in die Wand, befestigte eine Schlinge daran und erhängte sich.

Seit damals hatte niemand mehr im Henkerhaus gewohnt. Es zerfiel in Deadcombe Bottom, wo wir spielten und Äpfel kauten und an jenem Haken schaukelten und Löcher in die feuchten Wände schlugen...

Als ich etwa fünf Jahre alt war, fing ich an, mit ein paar Nachbarn Bekanntschaft zu schließen – meist Sonderlinge in Kleidung und Benehmen, an deren Namen und Treiben ich mich noch erinnere. Da waren zunächst der Kohlstrunk-Charlie, Albert der Teufel und Painswick-Percy.

Kohlstrunk-Charlie war der Dorfschläger, ein Raufbold von einem Schweinehirt mit hagerem Gesicht und Gamaschenbeinen, der nur für seine Säue und für Raufereien lebte. Er züchtete Streitigkeiten, wie andere Leute Pflanzen ziehen, erzeugte sie aus nichts, ließ sie in der Hitze seiner Kampflust aufgehen und düngte sie täglich mit Blut. Jeden Abend ging er mit seinem Kohlstrunk bewaffnet los, bereit, den ersten Mann niederzuschlagen, der ihm unter die Augen kam. »Was'n los, Charlie? Ich hab doch keinen Streit mit dir.« »Wumm!« sagte Charlie und schlug zu. Männer fielen von ihren Fahrrädern oder machten auf der Hinterhand kehrt, wenn sie Old Charlie kommen sahen. Mit seiner habichtbraunen Nase und den haarigen Armen sah er aus wie ein Wiking, den es aufs Land verschlagen hat. Oft stellte er sich vor dem Wirtshaus auf, schwang seinen großen Knüttel über dem Kopf, sagte »Wumm! Krach!« wie ein Comic-Held und forderte jeden, der da kam, zum Kampf heraus. Selbst oft blutig geschlagen, ließ er so manchen Mann in seinem Blute liegen, ehe er wieder heimkroch zu seinen Schweinen. Kohlstrunk-Charlie brachte das Dorf dazu, die Türen zu verriegeln, nicht anders als Jones' Bock.

Ein anderes Schrecknis war Albert der Teufel – ein taubstummer Bettler mit einem Rumpf wie ein schwarzer Käfer, kurzen Beinen und einem Puppenmund. Er hatte glasige Augen mit einem absonderlich zwingenden Blick, der jedermann Unruhe ins Herz senkte. Man sagte, er könne Mädchen mit einem Blick ins Unglück stürzen, Männern ihre Manneskraft nehmen, Leute verrückt und Speck ranzig machen und anderes Unheil im Haus anrichten. Darum legten die Leute Geld und etwas zu essen auf die Gartenmauer und schlossen sich in ihren Örtchen ein, wenn er auf einem Bettelgang ins Dorf kam und wir sein singendes Gurgeln näher kommen hörten.

Painswick-Percy wiederum war ein Clown, ein zerlumpter Dandy, der in Cutaway und Gamaschen über den Berg kam und den Dorfmädchen schöne Augen machte. Harmlos und ein halber Narr, war er ein Schürzenjäger nur mit der Zunge, aber was er sagte, genügte, um den Mädchen die Köpfe zu verdrehen und sie in Lust und Schrecken aufkreischen zu lassen. Er hatte ein spitzes rosiges Gesicht und den leichten Körper eines Tänzers, und die Mädchen liefen ihm überallhin nach, reizten ihn mit Neckereien zu immer frecheren Einfällen und banden ihm Schleifen an die langen Rockschöße. Dann wirbelte er auf Zehenspitzen herum und warf ihnen unversehens eine gedrechselte Bemerkung hin, die sanft und glatt hinter lächelnden Zähnen hervorkam – da kreischten die Mädchen auf und liefen hinunter ans Ufer; aufgeregt, mit roten Köpfen versteckten sie sich in den Büschen und fragten einander ungläubig, ob es denn die Möglichkeit sei, ob Percy denn wirklich gesagt habe, was sie eben gehört hätten. Er war ein feiner, kecker Mensch voller Anmut, aber er starb schon bald im Wahnsinn.

Dann war da noch Fischwilly, der jeden Freitag von Tür zu Tür hausieren ging mit Körben voll Makrelen, so alt, daß nicht einmal meine Leute sie essen konnten. Willy hatte eine Hängelippe und traurige Augen, wegen des Fischhandels war ihm sein Mädchen weggelaufen. Da lehnte er nun an unserer Tür, schnaufte und kratzte sich und lamentierte über diesen Verlust. Aber der Transport klappte nicht und das Meer war weit, und es ließ sich nicht verheimlichen, daß der arme Willy stank.

Dann kann ich mich auch noch an Raffzahn-Tom erinnern, der Säcke voll Wurzelholz als Brennmaterial verkaufte. Und an Hasenscharten-Harry, an Hinke-Davis, Klauen-Fill und an den Grinser. Die drei ersten waren immer wieder auftauchende Landstreicher, aber der letzte war ein verrückter Bauer. Ich kann mir schwer einen unglücklicheren Menschen vorstellen; er war ein melancholischer Menschenhasser, aber eine Lähmung hatte ihm den Mund zu einem anhaltenden strahlenden Lächeln verzerrt. So fühlte sich jeder, der ihm begegnete, durch dieses Lächeln zu einem freundlichen Gruß bewogen. Und er wünschte sie sämtlich in die unterste Hölle – nicht ohne jedem ein sonniges Lächeln zu zeigen.

Bei Tage hatte Bulls Cross zwei regelmäßige Kunden: John Jack und Emmanuel Twinning. John Jack verbrachte seine Zeit am Wegweiser von Bulls Cross, von wo er düsteren Blicks nach Wales hineinstarrte. Still und wild, sah er ein wenig wie ein Russe aus; er lebte mit seiner Schwester Nancy zusammen, die ihm im Laufe der Jahre fünf außerordentlich schöne Kinder geboren hatte. Emmanuel Twinning dagegen war ein sanfter Mensch von hohem Alter, der sich seine Anzüge selbst aus Krankenhausdecken nähte und nicht weit weg mit einem Pferd zusammen hauste.

Emmanuel und der Schecke hatten vieles gemeinsam, bis hin zur Küchenbenutzung, und fast jeden Abend sah man sie ihre grauen Köpfe aus dem Fenster stecken. Sah man den alten Mann allein, so wirkte er wie ein Bewohner himmlischer Regionen, so blau und fern, daß die Mädchen immer sangen:

> O komm, o komm, E-ma-ha-ha-nu-el,
> erlös dein armes Is-ra-ha-ha-el!...

Da schenkte er uns dann ein mildes Lächeln und bewegte die Lippen im Takt des Chorals. Er war so alt, so fern und so seltsam – nie kam mir ein Zweifel, daß dieses Lied auf ihn zielte. Er trug himmelblaue Decken, und sein Name war Emmanuel; es war leicht sich vorzustellen, er sei Gott.

In dem langen heißen Sommer des Jahres 1921 befiel eine schlimme Trockenheit das Land. Quellen versiegten, die

Brunnen füllten sich mit Fröschen, und das Wasser aus unserer Küchenpumpe, das sonst so süß war, wurde braun und schmeckte nach Nägeln. Für meine Leute war die Trockenheit eine Erleichterung, für das übrige Dorf jedoch eine Heimsuchung. Wochenlang hing ein heißer blauer Himmel über uns, Bäume verdorrten, das Getreide verbrannte auf den Feldern, und die alten Leute sagten, die Sonne habe ihre gewohnte Bahn verlassen und wir alle müßten bald sterben. Man veranstaltete Bittgottesdienste und flehte um Regen, aber wir gingen da nicht hin, denn gerade vor dem Regen hatten wir ja die allergrößte Angst. Als die Dürre anhielt, ließ man das Beten sein und nahm Zuflucht zu Prozeduren, die eher auf den Teufel zielten. Schließlich marschierten Soldaten mit Gewehren auf die Berggipfel und fingen an, auf die vorüberziehenden Wolken zu schießen. Als ich ihre trockenen Salven hörte, die die Stille durchbrachen wie splitterndes Holz, da wußte ich, daß unser langer Waffenstillstand abgelaufen war. Und wirklich, ob nun das Beten schuld war oder das Schießen oder einfach der Kreislauf in der Natur, die Dürre hatte bald darauf ein Ende, und es fing an zu regnen, wie es nie zuvor geregnet hatte.

Ich weiß noch, wie ich in der Nacht aufwachte vom Geschrei meiner Mutter und dem gewaltigen Toben in der Finsternis draußen und dem Krachen der sturmgepeitschten Bäume. Angst, die alte Angst war wieder da, und wie immer kam sie in tiefer Nacht.

»Steht auf!« rief Mutter. »Es kommt schon! Steht auf, sonst müssen wir alle ertrinken!«

Ich hörte sie herumpoltern und an die Wände trommeln, als sei das Jüngste Gericht nahe. Wenn Mutter Alarm schlug, dann konnte man nicht liegen bleiben und überlegen, Vernunft kam da nicht zum Zuge; es sträubte sich das Haar, man sprang aus dem Bett und stolperte mit den anderen die Treppe hinunter.

Die Schwierigkeit war bei uns, daß wir den Naturgewalten völlig ausgeliefert waren; unser Haus klebte nämlich so an der steilen Uferböschung, daß es den herabstürmenden Wassermassen genau im Wege stand. Alle Güsse des Himmels schienen auf unsere Tür zu zielen, und eine einzige kleine Schleuse sollte das Wasser schlucken. War sie verstopft, was im Handumdrehen geschah, so strömte die Flut in unsere Küche, und da eine Hintertür für den Abfluß fehlte, zweifelte ich damals nicht, daß wir wirklich in Gefahr waren zu ertrinken.

»Tod und Teufel«, jammerte Mutter. »Verdammt und zugenäht! Jesus erbarm dich!«

Wir lamentierten und griffen nach Besen, um dann hinauszulaufen und gegen das Unwetter anzugehen. Den Ablauf fanden wir schon verstopft und den Hof voller Wasser. Das Klatschen des Regens übertönte unser Schreien und Jammern, nun hieß es fegen, nichts als fegen.

Wie gräßlich war es, mitten in der Nacht so aufgescheucht zu werden von diesen schlafmordenden Trompetenstößen, wenn es finster war, der Wind heulte und unsichtbar der Regen herunterrauschte, wenn die Bäume ächzten, die Wolken barsten, Donner rollten, Blitze knatterten, die Wasserflut immer höher stieg und unsere Mutter den Verstand verlor. Die Mädchen in ihren Nachthemden hielten tropfende Kerzen, während wir Buben nach Leibeskräften mit unseren Besen auf den Abfluß losgingen. Der Regen schlug hart wie mit Ruten durch unsere Hemden, wir zitterten vor Angst und Kälte.

»Mehr Besen!« schrie Mutter, die vor Aufregung hüpfte. »So lauf doch jemand, in Gottes Namen! Stärker kehren, Buben! Ihr lieben Heiligen im Himmel, jetzt reicht's schon an die Schwelle!«

Das Wasser gurgelte und kreiste trübe um uns herum, trieb dicke gelbe Blasen zu trübem Schaum, schwappte und spritzte, wo der Platzregen auftraf, und näherte sich Zoll um Zoll unserer Tür. Den Regen hatten wir über dem Wasser schon vergessen, wir fegten, als gälte es unser Leben, die nassen Kerzen zischten und gingen eine nach der anderen aus, und Mutter zündete Fackeln aus Zeitungspapier an, während wir uns im Donnergrollen mit dem Wasser herumschlugen, das uns bis an die Knie reichte, schreiend und spritzend, naß bis auf die Haut, den Tränen nahe und von urgewaltigen Ängsten bedrängt. Manchmal kam das Wasser wirklich ins Haus, zwei oder drei Zoll hoch. Wie eine dicke Karamelcrème glitt es die Stufen hinab und breitete sich bis in alle Ecken auf dem Fußboden aus. In einem solchen Fall steigerten sich Mutters Klagegesänge zu antiker Größe, und die ganze Welt wurde zur Zeugenschaft aufgerufen. Pathetische Beschwörungen klangen durch die Nacht; die Götter wurden beschuldigt, die Heiligen zur Ordnung gerufen, und die Parzen bekamen einen schweren Verweis.

Am nächsten Morgen sah es dann in der Küche furchtbar aus, die Läufer starrten von Schmutz und Schlamm, und nun begann ein langes, trübseliges Herumwirtschaften, wenn die Kruste entfernt und eimerweise hinausbefördert werden mußte. Mutter kniete am Boden, rang die Hände und blickte vorwurfsvoll gen Himmel.

»Ich möchte bloß wissen, was ich verbrochen habe, daß ich so geplagt und geschunden werde. Und ausgerechnet wenn ich das Haus in Ordnung gebracht habe. Da würde sogar ein Heiliger oder ein Engel die Geduld verlieren, wenn er so was durchmachen müßte... Meine armen, armen Kinder, meine goldigen Lieblinge – ihr könntet sterben in dem Dreckloch hier, und kein Mensch würde sich darum scheren, nicht eine Menschenseele. Paß doch auf mit dem verdammten Eimer da!«...

Abgesehen vom Lärm, den Tränen und dem Schmutz waren diese Überschwemmungen eigentlich nicht so gefährlich. Trotzdem kann ich nicht leugnen, daß sie mir einen heillosen Schrecken einjagten. Zu denken, daß die Wasserfluten tatsächlich in unser Haus eindringen könnten, schien mir schlimmer als eine Feuersbrunst. So lag ich denn oft um Mitternacht, wenn draußen wirklich der Sturm tobte, voller Entsetzen in meinem Bett, hörte den Regen an die Fenster peitschen und den Wind gegen die Wände prallen und stellte mir vor, wie unsere ganze Familie, das Haus und alles was darin war, in den ewigen Schlund hinabgespült würde.

Erst viel später machte ich mir alles klar: daß wir uns in unserem Haus am Hang vor dem Ertrinken nicht zu fürchten brauchten, daß Mutters Kopflosigkeit und Entsetzen aus ganz anderen Bereichen stammten und daß es tatsächlich möglich war, eine Regennacht in friedlichem Schlaf zu überstehen. Trotzdem – wenn der Himmel sich plötzlich verfinstert, weil sich im Westen ein Sturm zusammenbraut, wenn ich im Wind den Regen rieche und das erste Donnergrollen höre, dann werde ich auch heute noch unruhig und schaue mich nach einem Besen um.

Dorfschule

Das Dorf, in das wir gezogen waren, bestand aus zwanzig oder dreißig Häusern, die über den Südosthang eines Tales verstreut lagen. Das Tal stieg kräftig an, es war eng und fast völlig von der Welt abgeschnitten; ein Durchzugsloch für Winde, ein Graben für Sturzbäche und ein vogelreicher, von Insekten wimmelnder Dschungel, in dem sich die Sonne fing, wenn nur überhaupt ein Sonnenstrahl durchbrach. Es lag nicht hoch und offen da wie das Windrushgebiet, sondern um seine Herkunft spann sich ein Geheimnis, denn lange bevor wir kamen, war es von dem Schmelzwasser des Eispanzers aus der Flanke des Gebirges herausgeschnitten worden. Man sah noch die alten Flut-Terrassen an den Abhängen, wo die Kühe entlang diesen Stufen ihren Weg nahmen. Wie auf einer Insel hatten sich hier noch seltsame Überreste erhalten – seltene Orchideen und Weinbergschnecken, und die chemischen Bestandteile der Quellen im Kalkstein verliehen den Frauen präraffaelitische Kröpfe. Die Talhänge waren reich an Weidegründen, und die Kämme trugen dichte Buchenwälder.

Wir lebten da unten wie in einer Schote, man sah nichts als das Bett, in dem man lag. Der Horizont unserer Wälder war die Grenze unserer Welt. Während endloser Wochen schwangen die Bäume mit einem trockenen Rauschen im Wind, das die natürliche Stimme der Landschaft zu sein schien. Im Winter umzingelten sie uns mit bereiftem Filigran, und im Sommer quollen sie über die Hügelränder wie dicke Schichten grüner Lava. Frühmorgens dampften sie vom Nebel oder im Sonnenlicht, und fast jeden Abend entrollten sie Fahnen über uns, den Widerschein von Sonnenuntergängen, die wir in unserem Versteck nicht sehen konnten.

Das Lebendigste in unserem Tal war das Wasser, das in den langen Regenperioden von Wales her kam. Es tropfte den ganzen Tag aus den Wolken und Bäumen, von Dächern, Traufen und Nasenspitzen. Es riß Straßen auf, wühlte sich durch Gärten und füllte die Gräben mit geschäftigem Glucksen. Menschen und Pferde gingen unter feuchter Sackleinewand einher, Vögel schüttelten Regenbogen aus triefenden Zweigen, und Ströme brachen aus Erdlöchern und verschwanden auch wieder in Erdlöchern wie lärmende Untergrundbahnen.

Ich sehe noch heute das Licht auf den Hängen, die langen Schatten in Büschen und Gründen und das Vieh, hell leuchtend wie buntes Porzellan, wenn es – dieselbe Gestalt in ständiger Wiederkehr – dahintrottete. Bienen wehten wie Kuchenkrümel durch die goldene Luft, weiße Schmetterlinge wie verzuckerte Oblaten, und wenn es nicht regnete, senkte sich diamantener Staub herab, der alles wie mit einem Schleier verhüllte und doch verklärte.

Die meisten Häuser waren aus Cotswoldstein gebaut und mit Spaltsteinplatten gedeckt. Auf den Platten wuchs goldgrünes Moos, das funkelte wie Honigkristalle. Hinter den Häusern lagen lange, steile Gärten voller Kohlköpfe, Beerensträucher, Rosen, Kaninchenställe, Aborthäuschen, Fahrräder und Taubenschläge. Ganz unten in der Talwanne machte sich das Haus des Squire breit, vorzeiten ein schönes, wenn auch bescheidenes Herrenhaus aus dem 16. Jahrhundert, dem eine Barockfassade vorgesetzt worden war.

Im Dorfe selbst gab es drei Möglichkeiten, sich den Lebensunterhalt zu verdienen: man arbeitete entweder für den Squire, bei den Bauern oder drunten in Stroud in den Webereien. Abgesehen vom Gut und den weitläufigen Hausgärten – die einen Rückhalt für schlechte Zeiten boten –, sorgten für alle sonstigen Bedürfnisse eine Kirche, eine Kapelle, ein anglikanisches und ein reformiertes Pfarrhaus, eine Kneipe, eine Holzbaracke – und die Dorfschule.

Die Dorfschule war damals die einzige Quelle, an der wir unseren Wissensdurst stillen konnten. Sie war eine kleine steinerne Scheune, die man durch eine Holzwand in zwei Räume geteilt hatte – »Die Kleinen« und »Die Großen«. Es gab eine einzige Lehrerin und allenfalls noch eine junge Helferin. Jedes Kind aus dem Tal trat hier ein, blieb, bis es vierzehn Jahre alt war, und wurde dann aufs Feld oder in die Fabrik weitergegeben; das bißchen geistige Gepäck, das sie mitnahmen, waren ein paar Eselsbrücken, ein verworrenes Register von Kriegen und eine verschwommene Vorstellung von der Weltgeographie. Damit kam man wenigstens durchs Leben, wie es schien, und es war immerhin schon mehr, als unsere armen, alten Großeltern gewußt hatten.

Diese Schule stand, als ich eintrat, in ihrer höchsten Blüte. Der allgemeine Schulzwang und eine ungewöhnliche Fruchtbarkeit hatten sie bis in die letzten Winkel vollgepfropft. Wilde Buben und Mädchen von kilometerweit entfernten Bauernhöfen und halbversteckten Hütten weit oben, wo das Tal zu Ende ging, brachen täglich von überallher in unsere Runde ein und brachten fremde Flüche und Gerüche mit sich, sonderbare Kleider und merkwürdiges Backwerk. Voller Staunen empfing ich hier mein erstes Bild von einer Welt, die ganz anders war als meine Familie mit ihrer mütterlichen Wärme. Ich konnte mir nicht vorstellen, daß ich das lange überstünde – und war doch erst vier Jahre alt, als man mich dem allem aussetzte.

Es kam ein Morgen, an dem meine Schwestern gänzlich unvermutet sich um mich versammelten, mich in Schals wickelten, meine Schnürsenkel banden, mir eine Mütze auf den Kopf drückten und eine gebackene Kartoffel in die Tasche steckten.

»Was'n los?« sagte ich.

»Du fängst heute mit der Schule an.«

»Gar nich. Ich bleib zu Hause.«

»Nein, mach los, Loll, du bist jetzt ein großer Junge.«

»Bin ich nich.«

»Doch.«

»Bu-hu.«

Sie packten mich am Kragen und schleppten mich, der ich brüllte und um mich schlug, zur Straße hinauf.

»Buben, die nicht in die Schule gehen, kommen in Schachteln, und dann werden Kaninchen draus, und die gibt's als Sonntagsbraten.«

Daraufhin sagte ich nichts mehr, obwohl mir das ein bißchen stark vorkam. So kam ich in der Schule an, ein dickes Schalbündel von gerade einem Meter Höhe. Auf dem Schulhof war die Hölle los, und die Kartoffel brannte mich durch die Tasche. Alte Stiefel, löcherige Strümpfe, zerrissene Hosen und Röcke schwebten und schwangen um mich herum. Die Meute kam auf mich zu, ich wurde eingekreist; Steinchen flogen mir ins Gesicht wie Schrapnells. Große Mädchen mit krausem Haar und Riesenjungen mit spitzen Ellbogen fingen an, mich mit bösartiger Neugier zu schubsen. Sie zupften an meinem Schal, wirbelten mich herum wie einen Kreisel, zogen mich an der Nase und stahlen mir meine Kartoffel.

Schließlich wurde ich von einer barmherzigen Dame gerettet – es war die sechzehnjährige Junglehrerin –, die ein paar Kopfnüsse austeilte, mir die Tränen abwischte und mich zu

»den Kleinen« führte. Ich verbrachte diesen ersten Tag damit, daß ich Löcher ins Papier bohrte, und machte mich dann, Groll im Herzen, auf den Heimweg.

»Was ist los, Loll? Hat es ihm denn nicht gefallen in der Schule?«

»Sie haben mir das Plätzchen nicht gegeben.«

»Plätzchen? Was für ein Plätzchen?«

»Sie haben gesagt, sie würden noch ein Plätzchen für mich haben.«

»Na, weißt du – das kann aber nicht stimmen.«

»Doch! Sie haben gesagt: Du bist Laurie Lee, nicht wahr? Gut, für dich haben wir auch noch ein Plätzchen. Und dann hab ich den ganzen Tag gesessen, und nichts hab ich bekommen. Da geh ich nicht wieder hin!«

Aber eine Woche später war ich schon ganz zu Hause dort und genauso frech wie die anderen. Jemand hatte mir meine gebackene Kartoffel gestohlen – also klaute ich einem anderen seinen Apfel. Das Schulzimmer der Kleinen war mit Spielsachen vollgestopft, wie ich sie nie zuvor gesehen hatte – bunte Formen und Rollen aus Ton, ausgestopfte Vögel und Männer zum Anmalen. Auch ein Rahmen mit Rechenperlen, auf dem unsere junge Lehrerin wie auf einer Harfe spielte; dabei preßte sich ihr Busen an unsere Gesichter, wenn sie unsere tastenden Hände führte...

Die hübsche Hilfslehrerin verließ uns schließlich und wurde von einer üppigen Witwe abgelöst. Sie war hochgewachsen und roch wie eine Wagenladung Lavendel; dazu trug sie ein Haarnetz, das ich für eine Perücke hielt. Ich weiß noch, wie ich nahe hinzutrat und es mir genau ansah – diese Quadrate konnten doch gewiß kein echtes Haar sein.

»Was schaust du denn so?« forschte die Witwe.

Ich war viel zu schüchtern, um zu antworten.

»Komm. Sag's doch. Du brauchst keine Angst zu haben.«

»Sie tragen eine Perücke«, sagte ich.

»Aber ganz gewiß nicht!« Sie wurde ganz rot.

»Doch. Ich hab's gesehen«, sagte ich.

Die neue Lehrerin wurde nervös und merkwürdig ärgerlich. Sie nahm mich auf den Schoß.

»Jetzt guck mal ganz genau. Ist das wirklich eine Perücke?«

Ich guckte scharf hin, sah das Netz und sagte »Ja«.

»Also wirklich!« sagte sie, während die Kleinen die Mäuler aufsperrten. »Wenn ich dir doch sage, es ist keine Perücke! Und wenn du mir nur frühmorgens beim Anziehen zusehen könntest, dann wüßtest du auch, daß es keine ist.«

Sie schüttelte mich von ihren Knien wie eine nasse Katze, aber sie hatte meine Phantasie erregt. Die Vorstellung, daß ich ihr frühmorgens beim Anziehen zuschauen sollte, erschien mir empörend und wunderbar zugleich.

Die kurze Zeit, die wir in diesem winzigen, weißgetünchten Schulzimmer für die Kleinen genießen durften, war für uns die Zeit einer glücklichen Anarchie; wir spielten und weinten, machten Sachen kaputt, schliefen ein, waren frech zur Lehrerin, entdeckten, daß wir einander allerhand auswischen konnten und hauchten unsere letzten schuldlosen Tage aus.

Meine Banknachbarn waren jene zwei blonden und schon puppenhaft hübschen Mädchen, deren Namen und leibliche Gegenwart mich die nächsten fünfzehn Jahre meines Lebens hindurch verwirren und verfolgen sollten. Poppy und Jo waren unzertrennlich; den ganzen Tag saßen sie Hand in Hand, und auf ihren langweiligen, rosigen Gesichtern lag soviel weibliche Ungerührtheit, daß ich gar nicht anders konnte, als sie zornig anzuschreien.

Eine andere, die mich interessierte und die ich gern mochte, hieß Vera; sie war immer allein, kraushaarig und kurzgeraten. Ich empfand ein seltsames Mitleid mit der kleinen, dicken Vera, und sie war es auch, und nicht etwa eine Schönheit, die mich in Schwierigkeiten brachte und um derentwillen ich zum erstenmal in meinem Leben öffentlich Ärgernis erregte. Es war gar nichts dabei, und ich kam mir ganz unschuldig vor. Eines Vormittags kam sie auf dem Spielplatz zu mir heran und hielt ihr Gesicht dicht an meines. Ich hatte einen Stock in der Hand, und mit dem schlug ich sie nun also auf den Kopf. Ihr Haar war elastisch, deshalb schlug ich noch einmal zu und beobachtete, wie ihr Mund sich zu einem jähen Schrei öffnete. Zu meiner Überraschung gab es rings um mich ein Getöse; empörter Protest der älteren Mädchen, Schreckensrufe und Schreie der heftigsten Mißbilligung mischten sich mit Veras jämmerlichem Schluchzen. Ich war verblüfft, aber keineswegs entsetzt, daß ich nur einen Buchenstecken zu schwingen brauchte, um einen solchen Aufruhr zu entfesseln. Also schlug ich sie noch einmal, ohne Zorn und ohne Leidenschaft, und ging dann fort, um etwas anderes anzufangen.

Damit hätte der Versuch sein Ende haben können, und sein Ende hätte gleichzeitig Vergessen bedeutet. Aber nein; rings um mich sah ich zornige Gesichter, rote Köpfe, die alle schimpften und schalten.

»Ekliger Kerl! Arme Vera! Kleines Scheusal! Pfui! Das sagen wir der Lehrerin!«

Irgend etwas stimmte nicht, die Welt schien aus den Fugen, ich fühlte mich nicht mehr so recht wohl in meiner Haut und hatte doch nur Vera auf ihr schwarzes Kraushaar geschlagen; jetzt schrien sie alle auf mich ein. Ich lief weg und versteckte mich, voller Zuversicht, daß alles vorübergehen werde, aber sie stöberten mich schließlich doch auf. In gerechtem Zorn schleppten mich zwei große Mädchen an den Ohren herbei.

»Du sollst ins Großenzimmer kommen, weil du die Vera gehauen hast. Da kannst du was Schönes erleben!« sagten sie.

So wurde ich also in einen Raum gezerrt, den ich bis dahin noch nicht betreten hatte, und vor den grausamen Augen der Großen hielt mir die Lehrerin eine Predigt, die sich gewaschen hatte. Ich war nun schon ganz verwirrt und zitterte vor Schuldbewußtsein, schließlich setzte ich ein blödes Lächeln auf und wischte aus dem Zimmer. Nun hatte ich meine erste Lektion weg: Vera konnte ich nicht hauen, und wenn ihr Haar auch noch so kraus war. Und noch etwas anderes: die Vorladung ins Großenzimmer, die Hand des Polizisten auf der

Schulter kommen fast immer überraschend und für ein Verbrechen, das man schon vergessen hat.

Mein Bruder Jack, der mit mir bei den Kleinen war, blieb seiner Gescheitheit wegen nicht lange dort. Er war tatsächlich so klug, daß er uns unheimlich wurde, und wir freuten uns alle, als wir ihn loswaren. Wie er so blaß in seiner Schulschürze dasaß, ernsthaft in sein Pensum vertieft, und die Lehrerin anwies, ihm neue Bücher zu bringen, seine Bleistifte zu spitzen oder nicht soviel Radau zu machen, war er vom ersten Tag an ein Monstrum von einem Schulkind. So wurde er prompt wie noch keiner vor ihm in das Großenzimmer befördert, bekam dort ein Pult und ein Dutzend Atlanten zum Draufsitzen und fuhr von diesem Thron aus fort, die Lehrer mit seiner kalten, klaren Stimme herumzukommandieren.

Ich selbst jedoch war ein Kleiner, wie man sie gewöhnt war, ganz zufrieden damit, meine Zeit bis zum Ende abzudienen, herumzutrödeln, Unfug zu treiben und zu faulenzen, und niemand verlangte etwas anderes von mir. So blieb ich noch lange, nachdem der helle Jack vorgerückt war, selbstzufriedener Herr meines Kinderdaseins; ich verstand es recht gut, Männchen aus Papier auszuschneiden, mit Kreide Sonnen an die Wände zu malen, Schlangen aus Ton zu formen, und faulenzte mich genießerisch durch die behagliche Zeit, die eine neue, junge Lehrerin noch schmackhafter machte. Aber allmählich lief meine Frist ab; ich war reif für die Großenschule. Fast zu meinem Ärger stellte ich plötzlich fest, daß ich bis hundert zählen, meinen Namen in großen und kleinen Buchstaben schreiben und bestimmte Zahlen voneinander abziehen konnte. Gerade als ich soweit war, Poppy von Jo abzuziehen, drang der Ruf aus der Höhe in meine Niederung. Ich war kein Kleiner mehr und wurde befördert – die Großenschule wartete auf mich.

Dort trat ich in eine Welt ein, die erwachsen war und rauh, mit langen Pulten und Tintenfässern, seltsamen Karten an den Wänden, ungeschlachten Jungen, schweren Stiefeln, kratzenden Federn, Seufzern bei schwerer Arbeit und plötzlichen, heftigen Anfechtungen. Für immer vorbei war es mit Kleinkinderentschuldigungen, verschlossen das Asyl plappernder Anmut. Ich war jetzt allein und unbeschützt, ausgesetzt auf einem Schlachtfeld, das neue Techniken erforderte, wo man Verträge schloß und wieder brach, Freunde gewann und wieder verriet und um seinen Platz am Ofen kämpfen mußte. Der Platz am Ofen war für uns eine Art Rangabzeichen, der wärmende Mittelpunkt, um den wir uns während der sieben langen, kalten Wintermonate drängten. Er war aus Gußeisen und hatte ein lärmendes Maul, das rasselnd Koks verschlang und Rauch ausatmete. Als Verzierung trug er eine Schildkröte mit der Inschrift »langsam aber sicher«, und im Winter wurde er rotglühend. Preßte man einen Bleistift dagegen, so ging das Holz in Flammen auf, und wenn man auf die Platte spuckte, dann hüpften und sprangen die Spritzer wie winzige Ping-Pong-Bälle.

Meine ersten Tage in der Großenschule vergingen in Trauer um die junge Lehrerin, die ich bei den Kleinen hatte zurücklassen müssen; ich sehnte mich nach ihrer bortenbesetzten Brust, ihren hilfreichen Händen und ihrer schläfrig-liebevollen Stimme. Ganz offensichtlich hatte die Großenschule derlei Tröstungen nicht parat: Miss B., die Hauptlehrerin, der ich jetzt ausgeliefert war, strahlte etwa soviel Sanftmut aus wie eine Harke.

Sie war ein verkniffenes, erbarmungsloses, kleines Ding; die Schule hatte ihr den Spitznamen Crabby gegeben. Gelb und säuerlich sah sie drein, das glatte Haar war in Schnecken über die Ohren gelegt, und in Teint und Stimme glich sie einem Truthahn. Wir alle fürchteten uns vor der kollernden Miss B., sie spitzte und spähte, sie schlich und sie kroch, sie stürzte sich auf ihre Beute – sie war ein Alptraum.

Jeden Morgen war Krieg ohne Kriegserklärung; niemand wußte, wen es als nächsten erwischen würde. Wir standen stramm – halb verrenkt in unseren Bänken –, bis Miss B. hereinkam, mit einem Lineal an die Wände hieb und uns mit schiefem Blick anstarrte. »Gu-ten Mor-gen Kinder!« »Guten Morgen Fräulein Lehrerin!« Die Begrüßung klang wie Schwertgeklirr. Dann blickte sie finster zu Boden und knurrte: »Vater unser...« worauf wir alle das Vaterunser hersagten und nach den üblichen Lobpreisungen Gott für die Gesundheit unseres Königs dankten. Doch kaum hatten wir das letzte Amen herausgeplärrt, als Crabby auch schon wie eine Schlange vorstieß und sich irgendeinen armen Jungen herauslangte.

Selten wußte man warum, und immer traf es einen unverhofft, denn die Strafe ging der Beschuldigung voraus. Der Ärger machte ihre Aussprache nur um so feuchter, wenn sie dann ihre Anklage erhob.

»Mußt du mit den Füßen scharren! Mußt du an dem Pult herumspielen! Mußt du diese dämliche Betty angrinsen! Ich will das nicht haben. Ich dulde es nicht, sage ich. Ich wiederhole – ich dulde es nicht!«

Oft genug konnte man bei einer Rauferei auf dem Spielplatz einen Jungen, der seine Prügel bezogen hatte und nun ausgezählt und in die Knie gezwungen war, schreien hören: »Ich will das nicht haben! Ich dulde das nicht, sage ich! Ich wiederhole – ich dulde das nicht!« Das war wie ein Losungswort, eine Berufung auf unser gemeinsames Schicksal und erforderte unverzügliche Begnadigung.

Wir hielten also nicht sehr viel von Crabby, obwohl sie uns zu einem außerordentlichen Reaktionsvermögen verhalf. Aber davon abgesehen war das, was sie uns beibrachte, nicht der Rede wert. In meiner Erinnerung lebt sie nur als ein kriegerisches Wesen, eine kleine verkniffene Person fort, die aus lauter Sprungfedern und Ohrfeigen bestand – nicht etwa ein Ungeheuer, aber eine echte Verkörperung dessen, was wir von der Schule zu erwarten hatten.

Denn die Schule zu meiner Zeit, damals, zu Crabbys Zeit, schien ganz einfach den Zweck zu haben, uns unter Dach und Fach zu bringen und von der normalen Betätigung unter freiem Himmel fernzuhalten. Es war typisch für Crabby, daß alles, was sie uns an Kenntnissen in Schreiben, Rechnen und Geschichte bot, wirkte, als hätte sie es selbst erfunden, um uns recht mühselig unnützes Zeug treiben zu lassen. Es war, wie wenn man Gefangene Werg zupfen oder Säcke nähen läßt. So saßen wir, während draußen die schönen Tage vergingen, in unsere Folterbänke eingesperrt, die gekrümmten Rücken dem Tale zugekehrt. Die Sommerluft erfüllte uns mit unwiderstehlicher Sehnsucht, Grassamen und Distelwolle tanzten zu den Fenstern herein, wir rochen die Getreidefelder, litten unter den Kuckucksrufen, und jedes Geräusch, das von draußen hereindrang, war für uns ein heftiger Stoß ins Sonnengeflecht. Das Knarren von Wagen, die an der Schule vorbeifuhren, das Klirren des Pferdegeschirrs und die Rufe der Fuhrleute, das Brüllen der Kühe von der Weide herüber, Fletchers klappernde Mähmaschine, Gewehrschüsse aus dem Kaninchenrevier – alles zupfte und zerrte an unserem Tätigkeitsdrang, bis wir Miss B. am liebsten umgebracht hätten. Und wirklich kam, was kommen mußte, der Tag, an dem sich die Fahne der Rebellion entrollte, an dem die Bombe platzte und ein Held aufstand, nach dem wir recht gern eine Straße benannt hätten. Von jenem Tag an zumindest hielten wir seinen Namen in Ehren, obwohl wir ihm im Augenblick der Tat nur wenig Hilfe leisteten...

Spadge Hopkins war es, und ich muß sagen, daß wir das nicht erwartet hätten. Er war einer von den schweren, schon ganz ausgewachsenen Jungen mit dicken Beinen und roten Fäusten, die nur so strotzen vor Fleisch und für das große Leben draußen bestimmt sind. Damals war er fast vierzehn Jahre alt und körperlich nirgends mehr einzugruppieren – wenigstens soweit es unsere Schule betraf. Wenn Spadge sich in seine winzige Schulbank klemmte, wirkte er komischer als ein Ochse in Ballettschuhen. Ein Bücherwurm war er nicht gerade, er machte seine Arbeit unter Ächzen und Stöhnen oder hieb mit einem Taschenmesser auf seinem Pulte herum. Miss B. hatte großes Vergnügen daran, ihn aufzustacheln, indem sie ihn zwang, laut vorzulesen, oder ihm aus heiterem Himmel sinnlose Fragen stellte, die ihn nervös machten und zum Stottern brachten.

Dann kam der große Tag, ein strahlender Sommertag, an dem das Tal draußen in laubbekränzter Heiterkeit schwebte. Crabby B. hatte einen ihrer säuerlichsten Tage, und Spadge Hopkins riß die Geduld. Er fing an, sich in seiner Bank zu winden, die Augen zu rollen, mit den Füßen zu scharren und zu brummen: »Die soll sich nur in acht nehmen. Die da vorn, die Crabby B. Soll sich nur in acht nehmen. Ich kann euch nur sagen...«

Trotz seiner vielsagenden Blicke wußten wir nicht recht, was los war. Dann warf er seinen Federhalter hin, sagte: »Pfeif auf den ganzen Quatsch«, stand auf und ging auf die Tür zu.

»Darf ich vielleicht wissen, wo du hin willst, junger Mann?« sagte Crabby mit ihrem gräßlichen Blick.

Spadge blieb stehen und sah ihr gerade ins Gesicht.

»Als ob Sie das was anginge.«

Wir bebten vor Vergnügen über diese Herausforderung, und Spadge bewegte sich gemächlich auf die Tür zu.

»Setz dich sofort hin!« kreischte Crabby plötzlich. »Ich dulde das nicht!«

»Papperlapapp«, sagte Spadge.

Da sprang Crabby auf wie eine gelbe Katze, fauchend und mit wutgespreizten Krallen. Sie erwischte Spadge auf der Schwelle und fiel über ihn her. Dann folgte ein peinlicher Augenblick heftigen Keuchens und Raufens, während die Lehrerin an seinen Kleidern zerrte. Spadge packte ihre Hände mit seinen großen roten Fäusten und hielt die Zappelnde auf Armeslänge von sich weg.

»Kommt doch, irgend jemand, und helft mir!« jammerte Crabby völlig außer sich. Aber niemand rührte sich; wir sperrten nur die Augen auf. Und sahen, wie Spadge sie hochhob und auf den Schrank setzte; dann war er auch schon zur Tür hinaus und ward nicht mehr gesehen. Einen Augenblick lang herrschte Schweigen, dann legten wir alle unsere Federhalter hin und fingen an, mit vereinten Kräften zu trampeln. Crabby blieb, wo sie war, oben auf dem Schrank, trommelte verzweifelt mit den Hacken und weinte.

Wir rechneten damit, daß schrecklich Gericht gehalten würde, aber es geschah überhaupt nichts. Nicht einmal Spadge, der Missetäter, wurde zur Rechenschaft gezogen – man kümmerte sich einfach nicht um ihn. Von jenem Tage an richtete Crabby nie wieder das Wort an ihn, sie befaßte sich nicht mit ihm und verbot ihm auch nichts. Er hockte müßig in seiner Bank, die Knie bis ans Kinn heraufgezogen, und war für die Welt ringsum verloren. Manchmal fixierte Crabby ihn scharf, und wenn er einen solchen Blick auffing, antwortete er mit einem Zwinkern. Im übrigen konnte er kommen und gehen oder sich freinehmen, wie er wollte.

Doch wir rebellierten nicht wieder; die Dinge nahmen einen anderen Lauf. Crabby B. wurde von einer neuen Hauptlehrerin abgelöst – einer gewissen Miss Wardley aus Birmingham. Diese Dame war etwas völlig Neues in unserem Leben. Sie trug geschliffenen Glasschmuck, der beim Gehen funkelte, und wenn sie uns ansprach, klang es wie ein Gong. Doch sie sang gern und liebte die Vögel und leitete uns zur Arbeit auf diesen beiden Gebieten an. Sie war sachlicher als Crabby, ließ die Zügel lockerer, hatte sie aber fester in der Hand, und nachdem sich unsere anfängliche Ausgelassenheit bei der Ankunft dieses fremdartigen Wesens gelegt hatte, erkannten wir ihre Autorität als rechtens an.

Nicht daß sie mit mir besonders zufrieden gewesen wäre, »Dicker Faulpelz« hieß ich bei ihr. Nach meinem Mittagessen aus gebackenem Kohl und Brot passierte es mir oft, daß ich in meiner Bank einschlief. »Wach auf!« schrie sie dann und schlug mich mit einem Lineal auf den Kopf, »du mit deinen kleinen roten Augen!« Sie stieß sich auch an meinem Dauerschnupfen, der sich für mich so von selbst verstand wie das Atemholen. »Geh hinaus auf die Straße und putz dir mal ordentlich die Nase, und komm mir ja nicht wieder herein, eh du Luft geschafft hast.« Aber ich putzte mir nie die Nase, um alles auf der Welt nicht, und schon gar nicht auf Befehl; also hockte ich draußen auf der Mauer, zornig und voll dumpfen Grolls, und schnaufte nur immer lauter vor mich hin. Ich rührte mich nicht vom Fleck und ging auch nicht wieder hinein, bis ein Junge herausgeschickt wurde, um mich zu holen. Miss Wardley begrüßte mich dann mit eisiger Liebenswürdigkeit. »Na, wieder ein bißchen manierlicher? Wie wär's, wenn du morgen ein Taschentuch mitbrächtest? Wir wären dir bestimmt alle sehr dankbar.« Und ich saß da und trotzte, dann vergaß ich meinen Trotz, und es dauerte nicht lange, so war ich wieder eingeschlafen...

Meine Brüder waren inzwischen auch alle schon in der Schule. Jack, der schon damals allgemein als Genie galt, hatte uns alle längst überflügelt und verzichtete auf jede brüderliche Hilfe. Alles war sich darin einig, daß sein hervorragender Kopf ihn von jeglicher Berührung mit anderen Sterblichen entband. Man störte ihn also nicht in seiner Ecke, wo er seine Geistesblitze ununterbrochen wie ein Spielautomat aufleuchten ließ. Der kleine Tony kam als letzter in die Schule, aber er war wieder anders; für ihn existierten weder Wissensdurst noch Autorität, dagegen produzierte er unglaubliche Frechheiten mit soviel Charme, daß niemand gegen ihn aufkam. Mit einem wissenden Lächeln in den großen unergründlichen Augen, mit seinem schlagfertigen Schandmaul, seinem herausfordernden Witz und dem eisernen Willen, sich nichts beibringen zu lassen, saß er den ganzen Tag da und bohrte Löcher in sein Löschpapier. Kein Mensch vermochte irgend etwas bei ihm auszurichten – man konnte sich nur ausschütten über die Weisheiten, die er von sich gab.

Nur mir, dem dösigen Mittelglied zwischen Jack und Tony, wollte es nicht gelingen, Miss Wardleys Beifall zu gewinnen. Schließlich erreichte ich doch mein Ziel, indem ich lange Aufsätze über Lebensweise und Gewohnheiten der Fischottern zusammendichtete. Ich hatte noch nie einen Fischotter gesehen oder gar den Versuch gemacht, einen aufzustöbern, aber die Aufsätze hatten es der Lehrerin angetan. Sie wurden laut vorgelesen und trugen mir sogar Medaillen ein; freilich – einbilden kann ich mir darauf nichts.

Unsere Dorfschule war arm und überfüllt, aber ich hatte sie schließlich doch gern. Da herrschte der kräftige Geruch brodelnden Lebens: nach Bubenstiefeln, Mädchenzöpfen, nach Ofen und Schweiß, nach blauer Tinte, weißer Kreide und gespitzten Bleistiften. Was wir da lernten, war nicht abstrakt oder differenziert, es waren ganz einfache Schablonen für Tatsachen und Buchstaben, handfeste Rechenregeln, nur soviel, wie man brauchte, um einen Schuppen abzumessen, eine Rechnung auszuschreiben, einen Anschlag zu lesen, der vor einer Viehkrankheit warnte. Die öden Vormittage, die langen Nachmittage hindurch leierten wir unsere Litaneien herunter. Wer draußen vorbeiging konnte hören, wie in unserer Klause über dem Fluß der Chor einsetzte: »Zwölf-Zoll-ist-ein-Fuß. Drei-Fuß-ist-ein-Yard. Vierzehn-Pfund-macht-ein'-Stein. Acht-Stein-einen-Zentner.« Wir nahmen diese Zahlen in uns auf wie Urworte, die irgendeine höchste Instanz verkündet hatte. Wir hörten nichts und fragten nichts, wir wiegten uns im Takt unserer Litanei und hämmerten die Wahrworte in unser Hirn. »Zwei-mal-zwei-ist-vier. Gott-ist-die-Liebe. Herr-ist-der-König. Der-König-heißt-George. George-ist-der-Fünfte.« Das stimmte ein für allemal, so war es gewesen und so würde es immer sein; wir stellten keine Fragen, wir hörten nicht, was wir sagten, aber wir vergaßen es auch nicht wieder. So sehe ich auch jetzt, wenn ich mich an dieses Memorieren erinnere, das Schulzimmer immer wieder vor mir, das ich damals kaum wahrgenommen habe – Miss Wardley in all ihrer Pracht oben hinter dem Pult thronend, klirrende Glasperlen um den langen Hals geschlungen. Den spuckenden Ofen mit den rotglühenden Ritzen; die alte Landkarte, braun wie Tee, welke Feldblumen in Krügen auf den Fensterbrettern; den gähnenden Schrank mit zerlesenen Büchern. Dann die Buben und Mädchen, die Zwerge und die

Krüppel; die phlegmatischen Dicken und die flinken Dürren; Riesen und Tölpel, Engelsgesichter und Schieläugige – Walt Kerry, Bill Timbrell, Spadge Hopkins, Clergy Green, die Ballingers und die Browns, Betty Gleed, Clarry Hogg, Sam und Sixpence, Poppy und Jo – wir waren häßlich und schön, rachitisch, voller Warzen und Flechten und Schorf am Knie; wir waren laut, roh, unbarmherzig, grausam, dumm und abergläubisch. Aber wie wir da saßen, waren wir gefeit vor den Klauen des Schicksals, Bürger einer Welt, die keinen Untergang kannte, wo Federhalter, geleckt und zerkaut, kreischend übers Papier fuhren, wo geflüsterte Späße kursierten, ein Kitzeln ein Kichern hervorrief und jede Arbeit ein Stöhnen, wo Augen träumend ziellos auf Wände starrten...

»Oh, Fräulein, bitte, Fräulein, kann ich hinters Haus gehen?« Ein unwilliges Nicken gibt mir Erlaubnis. Geräuschvoll stampfe ich hinaus, ein Schwall frischer Luft und melodischer Vogelsang schlägt mir entgegen. Rings um mich liegt nun die freie, grüne Welt, und Mrs. Birt hängt ihre Wäsche auf. Einen Augenblick besinne ich mich auf mich selbst, allein, wie ich bin. Ich höre das Summen aus der Schule, es klingt wie ein Bienenstock. Natürlich gehöre ich eigentlich gar nicht zu dem Schwarm da drinnen – ich weiß, daß ich was Besonderes bin, ein junger König vielleicht, und sie haben mich heimlich hier untergebracht, weil ich mich unters Volk mischen soll. Ganz klar, daß ein Geheimnis über meiner Geburt liegt, ich fühle mich ja so einzigartig, so majestätisch. Eines Tages, ich weiß es, wird das Geheimnis gelüftet. Unversehens wird eine Kutsche mit Lakaien vor unserem Häuschen vorfahren, und Mutter (meine Mutter?) wird weinen. Die anderen alle werden feierlich und ehrfurchtsvoll dastehen, und ich werde davonfahren, um meinen Thron zu besteigen. Ich werde gnädig sein, natürlich, und kein bißchen stolz; kein Gedanke, daß meine Brüder ins Burgverlies müßten. Nein, ich werde sie mit Kuchen und Pudding füttern und alle meine Schwestern mit Prinzen verheiraten. Allerhöchste Gnade soll ihr Teil sein, so wenig sie das auch verdienen...

Ich gehe in die Klasse zurück, und Miss Wardley wirft mir einen finsteren Blick zu (wenn ich erst König bin, soll sie Knickse machen). Doch das ist alles vergessen, wenn Walt Kerry sich herüberlehnt und meine Rechenergebnisse verlangt. »Ja, Walt. Natürlich, Walt. Hier, schreib sie nur ab. 's ist nicht schwer – ich hab schon alles fertig.« Er nimmt sie, der Klassentyrann, als wäre das sein gutes Recht, und ich bin noch stolz, ihm dienen zu können. Da blickt der kleine Jim Fern, der neben mir sitzt, von seinen verschmierten Blättern auf. »Was du für ein Gescheiter bist! Du und euer Jack. Ich wollte, ich wäre auch so gut wie ihr.« Traurig und verehrungsvoll schaut er zu mir auf, und schon wird mir wohler.

Die große Pause ist da und wir stürzen hinaus, lassen Geschrei ab wie angestauten Dampf. Jemand haut auf einen Kopf. Andere schlagen sich die Knie auf. Die Buben bilden eine dicke Traube wie ein Bienenschwarm. »Los, wir gehen hinters Haus, ja?« Trappelnd geht es in den schmalen dunklen Gang, den geheimnisreichen. Hinter der Mauer, ganz nah, haben die Mädchen ihr Reservat, und wir schreien Grüße hinüber.

»Ich hab dich gehört, Bill Timbrell, ich hab alles gehört, was du gesagt hast! Paß nur auf, ich sag's unserer Lehrerin!«

Mit roten Köpfen und neuem Mut drängen wir auf den Schulhof zurück, laut pfeifend, Männer vom Scheitel bis zur Sohle.

»Hast gehört, was ich eben gesagt hab? Hast's gehört, du? Ich hab ihnen was gesagt! Und wie die gequiekt haben!«

Wir krümmen uns alle und können nicht reden vor Lachen, und lachen wiederum können wir nicht, ohne einander zu knuffen.

Miss Wardley hatte viel Geduld, aber Staat machen konnte sie mit uns nicht. Unsere Hefte zeigten einen Dschungel von Geklecksе und Gekritzel, als hätten da Affen Schreibversuche gemacht. Wir sangen wie die Engel im Chor und zeichneten wie die Höhlenmenschen, aber für die meisten anderen Fächer hatten wir nichts übrig. Außer für Gedichte natürlich, die machten uns nicht die geringsten Schwierigkeiten. Ich weiß noch gut, wie Miss Wardley mit quietschender Kreide die Tafel vollschrieb, als stellte sie eine Einkaufsliste auf:

»Schreibt ein Gedicht, aber richtige Verse, über eins oder mehrere von den folgenden Wörtern: ein Kätzchen; Elfen; meine Ferien; ein alter Kesselflicker; Nächstenliebe; ein Schiffswrack...«

»Was ist das, Fräulein?«

Doch das war leicht damals, man konnte ein Dutzend in der Stunde schreiben, man überlegte erst gar nicht, fing einfach am Anfang an und arbeitete sich unverdrossen durch die Themen durch, erledigte eines nach dem anderen, ohne daß jemals die Reime versiegten.

Manchmal wurde einer verprügelt, was niemand übelnahm außer gelegentlich einer zornroten Mutter. Manchmal kam ein Mann und zog uns Zähne. (»Meine Ma sagt, Sie sollen keine Backenzähne rausmachen ...« »vierzehn, fünfzehn, sechzehn, siebzehn...« »sind das alles Backenzähne?« »Halt den Mund, du kleines Scheusal!«) Manchmal besuchte uns der Squire, überreichte uns Preise und hielt mit abwesendem Blick eine Ansprache. Manchmal kam ein Inspektor auf dem Rad angefahren, zählte unsere Häupter und machte sich wieder davon. Zwischendurch schritt Miss Wardley klirrend unter uns auf und ab, belehrend, beschwörend, verzweifelnd:

»Du bist ein Schlamper, Walt Kerry. Du hast ein Vogelhirn. Du bist ein vertrottelter Trampel, ein Idiot. Jetzt kannst du dableiben und alles noch einmal machen. Ihr könnt alle dableiben, die ganze Bande.«

Wenn die Aufgaben zu anstrengend oder allzu schwierig wurden, hatten wir unsere althergebrachten Methoden uns zu drücken.

»Bitte, Fräulein, morgen muß ich zu Hause bleiben, ich muß bei der großen Wäsche helfen – die Schweine – mein Pa ist krank.«

»Weiß ich nicht, Fräulein, das haben Sie uns noch nicht gelernt.«

»Mein Buch ist weg, Fräulein. Carry Burdock hat's geklaut.«

»Bitte, Fräulein, ich hab so furchtbare Kopfschmerzen.«

Manchmal kam man damit durch, manchmal auch nicht. Aber einmal, als gerade Prüfungsaufgaben fällig waren, kamen ein paar von uns Buben ganz und gar darum herum, indem wir uns die Hände von Pferdebremsen zerstechen ließen. Wir brauchten zwar einen ganzen Tag dazu, aber das Ergebnis war sehenswert – unsere Hände schwollen elefantenmäßig an. »Bitte, Fräulein, es war ein ganzer Schwarm. Sie haben uns überfallen. Wir sind ausgerissen, aber sie haben uns furchtbar gestochen.« Ich weiß noch, wie wir gestöhnt haben, und daß wir keinen Federhalter festhalten konnten, aber an die Schmerzen erinnere ich mich nicht mehr. Andere Male fälschten wir natürlich auch Briefe von unseren Müttern, oder wir aßen Beeren, von denen uns schlecht wurde, oder wir behaupteten bei Begräbnissen, wir seien mit der Leiche verwandt (der Friedhof lag unmittelbar neben der Schule). Es war leicht, mit Jammern anzufangen, wenn der Leichenwagen vorbeifuhr: »Das ist meine Tante, Fräulein – es ist mein Vetter Wilf! Kann ich gehen, Fräulein, bitte, Fräulein, darf ich?« Manch einsamer Sarg hatte ein Leichengefolge von betrübten Kindern, eine abgehärmte, feierliche und zerfetzte Nachhut, die den erstaunten Hinterbliebenen ganz fremd war.

So brachten wir die Schule hinter uns – und wo wären wir sonst heute? Genau da, wo wir sind; hinter einem Webstuhl, auf einem Traktor, und rechnen würden wir – genau wie jetzt – in Fünfer- und Zehnergruppen. Das war doch anscheinend alles, was wir brauchten, und Miss Wardley beschwerte unser Gepäck in dieser Beziehung nicht. Was wir in ihrer Obhut lernten, waren andere Tatsachen, die nicht auf dem Lehrplan standen – die Namen der Blumen, die Lebensgewohnheiten der Vögel, die Vertrautheit mit den Dingen, die wir abzeichnen wollten. Wir lernten, wie trügerisch bei Buben Harmlosigkeit, wie berechnet bei Mädchen Charme sein konnte, wie reich an Phantasie der Blöde war und wie gut beschlagen der sonst so stumme Klassentrottel, wenn etwa die Rede auf Marder kam. Wir waren unbarmherzig und grausam wie alle Primitiven. Aber jene Schule half uns, in das geheime Wesen der Grausamkeit einzudringen, und der uns angeborene Haß gegen Sonderlinge und Ausgestoßene milderte sich durch die tägliche Begegnung mit ihnen.

Da waren Nick und Edna von droben bei Bulls Cross, die Kinder jenes Geschwisterpaares – der Knabe stark und das Mädchen schön, und wenn wir sie zu verurteilen lernten, dann sicherlich nicht in der Schule. Weiter Rosso, der Zigeunerjunge, der über dem Steinbruch wohnte, wo sein Stamm das Sommerlager aufgeschlagen hatte. Sein Gesicht war braun und glatt wie Schokolade und sein Haar kraus und schwarz, und wir zeigten ihm erst die kalte Schulter. Er war nun wirklich ein Ausgestoßener (es hieß, sie äßen Schnecken), und seine schrägen Indianeraugen stießen uns ab. Dann stahl er eines Tages aus Hunger ein paar Butterbrote und bekam von Miss Wardley den Stock. Wo Recht oder Unrecht lag, spielte hier keine Rolle – von diesem Tag an gehörte er zu uns.

Wir sahen ihn aus dem Schulhaus stürzen, voller Grimm über die Schläge, und niederknien, um sich die Schuhe fester zu schnüren. Die Krämerin, die gerade vorüberging, blieb stehen und hielt ihm eine kleine Strafpredigt. »Stehlen hättest du nicht brauchen, auch wenn du solchen Hunger hattest. Warum bist du denn nicht zu mir gekommen?« Der Junge warf ihr einen Blick zu, richtete sich auf und machte sich ohne ein Wort davon. Er wußte genausogut wie wir, was dazu zu sagen war: bei uns wurden ja die Hunde auf die Zigeuner gehetzt. Als wir heimwanderten zu unseren Kohltöpfen, waren wir voller Mitgefühl. Wir stellten uns den armen Rosso vor, der nun wieder in seinen Steinbruch hinaufstieg und hungrig in sein elendes Zelt kroch, wo er nirgends sitzen konnte als in Schmutz und Pfützen, und wie ihm nur die sauren Wiesen am Fluß blieben, um sich etwas zu essen zu suchen. Jetzt kamen uns die Zigeuner nicht mehr seltsam und unheimlich vor. Kein Wunder, daß sie Schnecken essen, dachten wir.

Unsere einfache Dorfschule war nichts anderes als ein Fließband, auf dem wir die paar Jahre dahinfuhren. Wir zogen durch die Tür mit der Aufschrift »Kleinkinder«, rutschten allmählich auf die andere Tür zu und wurden dann der Welt wiedergegeben. Glücklicher, einziger Augenblick; wir hatten nichts anderes im Auge als ihn. Inzwischen waren wir auf größere Bänke gewandert, sahen immer mehr Jüngere um uns herum, Miss Wardley zog uns zu ihrer Unterstützung heran und fing an, uns zu verwöhnen, als lägen wir im Sterben. Es blieb nichts mehr zu tun, nichts mehr zu lernen. Wir begannen, uns sehnsüchtig und ungeduldig im Schulzimmer umzusehen. In den Pausen stolzierten wir gravitätisch draußen auf der Straße umher und kümmerten uns großmütig um die jüngeren Geschöpfe. Man zitterte nicht mehr vor irgend etwas, schlug sich nicht mehr mit zornbleichem Gesicht herum, man brauchte nicht mehr auszureißen und die Klassentyrannen zu bestechen; nur hier und da verteilten wir eine Kopfnuß, die unsere Überlegenheit demonstrierte, um dann wieder gelassen mit unseresgleichen dahinzuwandeln.

Schließlich gab es noch einen langen Händedruck von Miss Wardley, zaghaft und ehrerbietig. »Vergeßt auch nicht, mich einmal zu besuchen, Burschen; lebt wohl, und alles, alles Gute!« Jeden einzelnen sah sie dabei traurig und schüchtern an. Das war ein frommer Wunsch, und sie wußte es.

Unser Haus und unser Leben darin – unablässig bedrängt mich auch heute noch Nacht für Nacht im Traum der Ruf, heimzukehren in seine Stille und zu seinen Gesichten: in die tiefen Schatten seiner dicken Mauern, eingezwängt zwischen Uferhang und den alten Eiben, zu den getäfelten Decken und den zerlöcherten Matratzen, den wie mit Blut überströmten Geranienfenstern, zu seinen Gerüchen wie von feuchtem Pfeffer und sprießenden Pilzen, in sein Chaos, wo die Frauen herrschten.

Nie erfuhren wir Knaben das Regiment eines Mannes. Mein Vater verließ uns, als ich drei Jahre alt war, und von seltenen und flüchtigen Besuchen abgesehen, hat er nie wieder bei uns gelebt. Er war ein intelligenter, lebhafter, schwerdurchschaubarer Mann, Seemannssohn und -enkel, der selbst keinen Drang zur See verspürte und beschlossen hatte, zu Lande sein Glück zu machen. Und diese Beschränkung auf das ihm mögliche glückte. Schon als ganz junger Bursche war er Kaufmannsgehilfe, Organist in seiner Dorfkirche, Photofachmann und Dandy. Ein paar Aufnahmen, die er damals von sich selbst machte, zeigen ihn als hübschen Burschen, von freilich dürftiger Eleganz, schlank und hochgewachsen mit einer Vorliebe für Handschuhe, hohe Kragen und Kavaliersposen. Ganz offensichtlich erhoben ihn sowohl seine anziehende Erscheinung als auch sein Ehrgeiz über den Durchschnitt. Mit zwanzig Jahren war er mit der schönen Tochter eines Kaufmanns am Ort verheiratet, die ihm acht Kinder gebar – fünf davon blieben am Leben – und dann selbst noch jung starb. Dann heiratete er seine Haushälterin, von der er vier Kinder hatte – drei blieben am Leben –, darunter ich. Als er zum zweitenmal heiratete, war er noch immer Kaufmannsgehilfe und verdiente neunzehn Shilling die Woche. Doch sein heißester Wunsch war es, Beamter zu werden, und so setzte er sich jeden Abend zum Lernen hin. Der Erste Weltkrieg bot ihm die ersehnte Gelegenheit, und obgleich er nicht viel Vertrauen zu Krieg und Kriegshandwerk hatte, opferte er sogleich sich selbst und seine Familie, bewarb sich um eine Stelle als Heereszahlmeister, begab sich in einer kugelsicheren Weste nach Greenwich und lebte seither nur noch vorübergehend bei uns.

Er war der geborene Organisator, mein Vater, und alles entwickelte sich wunschgemäß. Er überstand seinen Schreibstubenkrieg und erhielt eine Kriegsrente (ich glaube wegen eines nervösen Ausschlags), trat dann, wie er immer schon gewollt hatte, in den Staatsdienst ein und ließ sich in London nieder. Auf diese Weise gab er meiner Mutter Gelegenheit, seine beiden Familien aufzuziehen, was sie aus Liebe und Barmherzigkeit tat, mit einer Treue, die keine Fragen stellte, und in dem unerschütterlichen Glauben, daß ihr Mann eines Tages zu ihr zurückkehren werde...

Inzwischen lebten wir, wo er uns verlassen hatte, ein Überbleibsel seiner hinterwäldlerischen Jugendzeit, eine üppig wuchernde, lästige, bäurische Brut, wie sie nie und nimmer in seine neue Umgebung gepaßt hätte. Er schickte uns Geld, und wir wuchsen ohne ihn auf; ich jedenfalls habe ihn kaum vermißt. Ich war es zufrieden, in dieser kunterbunten Welt der Frauen durch unser improvisiertes Dasein gestoßen und geschleust zu werden, geflickt oder herausgeputzt, gescholten, bewundert, von einem plötzlichen Wirbel von Küssen überrumpelt oder zwischen ungewaschenem Geschirr abgelegt und vergessen. Meine drei Halbschwestern nahmen Mutter viel von ihrer Bürde ab, sie waren die guten Geister in diesem Haus. Großmütig, nachsichtig, hitzig und närrisch wie diese Mädchen waren, mußte man sie einfach bewundern. Irgendwie schienen sie unentwegt in Blüte zu stehen, umstrahlt von Jugendzauber und für uns Buben der Inbegriff alles dessen, was wir von einer Frau an Schönheit, Eleganz und Geschicklichkeit erwarteten.

Denn ihre Schönheit war über jeden Zweifel erhaben, ebenso wie die Natürlichkeit, mit der sie sie zur Schau trugen. Marjorie, die älteste, eine blonde Aphrodite, schien sich ihres seltenen Wertes nicht bewußt; sie schritt stets im Rhythmus selbstvergessener Anmut einher und trug ihre Schönheit wie im Traum. Sie war groß und sanft versonnen, sprach leise und langsam und hatte volles, langes Haar. Ich kann mich nicht erinnern, daß sie je ihren Gleichmut verloren oder irgendwie auf einem Recht bestanden hätte. Aber ich weiß noch, daß sie manchmal still vor sich hinweinte, große blaue Tränen, und die gewöhnlich noch um andere. Sie war die geborene Mutter, konnte geschickt mit der Nadel umgehen und nähte Kleider für uns alle, wenn es nottat. In ihrer unwandelbaren Schönheit und mit ihrem ausgeglichenen Wesen war sie das freundliche Licht, das uns in unseren nächtlichen Ängsten leuchtete, eine stetige, tröstliche Flamme, die noch mit ihren Schatten uns zu beschützen schien.

Dorothy, die zweitälteste, war ein unruhiger Racker, hübsch und gefährlich wie Feuerwerk. Halb Wißbegier, halb Keckheit in Person, wirkte sie wie Funke und Zunder auf die Buben, und es war, als trüge ihr behender dunkler Leib Warnschilder, die zu beachten ihre Bewunderer gut taten. »Nicht in der Hand behalten« etwa, oder »Die äußere Hülle anzünden, dann sofort in Deckung gehen«. Sie war ein tätiges, unternehmungslustiges Wesen, das immer neue Spannung brauchte, Abenteuer herausforderte und Klatsch hereinbrachte. Meist war es Marjorie, die diese Geschichten zu hören bekam; sie ließ dann die Näharbeit sinken, riß die Augen auf und schüttelte den Kopf bei jeder neuen Offenbarung. »Ist das denn die Möglichkeit, Doth! Er – nein, das ist doch die Höhe!« Mehr habe ich aber nie zu hören bekommen.

Dorothy war flink wie eine Raubkatze im Dschungel, mit behenden Gliedern, bezaubernd und alles andere als still. Sie beschützte uns Buben mit Mut und Feuer und brachte uns Schätze heim aus der Welt draußen. Wenn ich jetzt an sie denke, ist sie wie ein Rauchgekräusel, ein Kichern und Sprudeln, ein Ruch von Pulver. Verhielt sie sich einmal ruhig, so war sie noch etwas anderes: eine Märchenjungfrau, schwarz wie Ebenholz, zart und gefühlvoll.

Die jüngste von den dreien war die kühle, stille Phyllis, eine zierliche Kleine mit tabakfarbenem Haar, die nur zaghaft und schüchtern ihre Schönheit entfaltete, da sie immer ein wenig im Schatten der älteren stand. Marjorie und Dorothy, dem Alter nach einander näher, waren von Natur aus enge Vertraute, so daß Phyllis ein wenig außerhalb stand, einzeln und nirgendwo zugehörig und deshalb auf ihre eigenen Einfälle angewiesen. Das trug sie mit bescheidener Einfalt, rasch im Bewundern und langsam im Beklagen. Ihre liebste Pflicht war, uns Buben ins Bett zu bringen. Dabei entfaltete sie seltsam ihr eigenes Wesen, offenbarte eine hingebungsvolle, fast altmodische Sorgsamkeit und sang uns ernsthaft mit Chorälen in den Schlaf. Phyllis als einsame Hüterin im Schein der Sommerabendsonne an unseren Betten sitzend, das wirre Haar ein Glorienschein, die Hände still im Schoß gefaltet, den Blick traurig in die Ferne gerichtet und endlose Strophen von ›Glückliches Eden‹ singend – wie oft war dies das letzte, was ich wahrnahm, ehe ich in den Schlaf glitt, der mich, eine warme Woge, davontrug, während ihre junge, heisere Stimme und stumme Traumgespinste den Kurs bestimmten...

Diese Halbschwestern liebte ich zärtlich, doch hatte ich außer ihnen noch zwei Halbbrüder. Reggie, der Erstgeborene, lebte fern von uns bei seiner Großmutter, aber der jüngere, Harold, wohnte bei uns. Er war ein hübscher Junge, knochig und verschlossen, und er liebte unseren fernen Vater. Er stand ein wenig abseits, lachte wenig und fühlte sich meistens nicht recht wohl in seiner Haut. Obwohl er jünger war als die Mädchen, wirkte er um eine ganze Generation älter; er war praktisch und geschickt, aber ein Einzelgänger.

Meine richtigen Brüder waren Jack und Tony, und wir drei machten den Beschluß. Wir stammten aus Vaters zweiter Ehe und waren in den vier Jahren geboren, nach denen er die Flucht ergriff. Jack war der älteste, Tony der jüngste und ich der wohlbehütete Mittelpunkt. Jack war der Gescheite, glänzend wie eine Messerklinge und mein vertrauter Gefährte. Wir spielten miteinander, fochten Kämpfe aus und gingen auf die Rattenjagd, wir bauten eine eigene Welt um uns auf und schliefen in einem Bett, bis ich schließlich von zu Hause wegging, und jeder wucherte mit dem Pfunde des anderen. Tony, das Nesthäkchen, war ein seltsames, schönes Kind, grüblerisch in einsame Phantasien vertieft. Wie Phyllis litt er darunter, unter dreien immer der eine zu sein, der übrig ist, ja für ihn war es noch schlimmer, denn er war der Überzählige unter sieben. Immer mußte er entweder rennen, um den Anschluß an uns nicht zu verlieren, oder er saß irgendwo allein auf der Erde. Sein seltsames, unregelmäßiges Duldergesicht leuchtete bisweilen wie das eines Heiligen, andere Male wieder war es gespannt in der blicklosen Wachsamkeit eines Insekts. Er konnte allein herumspazieren oder ganz still irgendwo sitzen, sich verlaufen oder im unpassendsten Augenblick auftauchen. Er zeichnete wie ein Künstler, wollte weder lesen noch schreiben, verschluckte ganze Schachteln voll Perlen, sang und tanzte, kannte keine Furcht, hatte verborgene Freunde und wurde von schrecklichen Alpträumen heimgesucht.

Tony war der einzige unter uns, der mit Geistern auf du und du stand, der kleine Eremit, den niemand ganz begriff...

Mit unserer Mutter waren wir also acht in unserem Haus und hatten die drei weiträumigen Stockwerke zu unserer Verfügung. Da war das riesige, helle Dachgeschoß, in dem die Mädchen auf prallen gestreiften Matratzen schliefen; ein altes Gelaß, in dem der Gips von der Decke fiel und dessen schräge Wände sich ausbeulten wie Zeltbahnen. Das Dach war so dünn, daß Regen und Fledermäuse eindrangen, und man hörte es, wenn nur ein Vogel auf den Ziegeln aufsetzte. Mutter und Tony schliefen unten in einem Zimmer, Jack, Harold und ich in einem anderen. Aber das Haus war seit seiner Errichtung schon so oft geflickt und neu eingeteilt worden, daß inzwischen fast niemandem mehr möglich war, sein Zimmer zu erreichen, ohne ein anderes passieren zu müssen. Jeden Abend zog also eine Prozession bleicher Geister durchs Haus, die schläfrig ihre Betten suchte, bis wachsduftende Finsternis uns einen neben dem anderen ausgestreckt sah, jeden in die ihm zugeteilten Laken verstaut, während Schnarchen und Pfeifen das alte Haus erschütterte wie ein Karussell, das langsam auf Touren kommt.

Doch von der Zeit, die wir wach waren, und den Jahren, in denen wir heranwuchsen, verbrachten wir den größten Teil in der Küche, und sie war auch bis wir heirateten oder ausflogen unser gemeinsamer Aufenthalt. Hier lebten wir und nährten uns im Dunstkreis der Familie, achteten nicht der Enge, stolperten übereinander wie Vögel in ihrem Nest, bahnten uns ohne Groll mit den Ellbogen den Weg, sprachen oder schwiegen alle zugleich oder schrien aufeinander ein, stießen uns aber, glaube ich, nie an der Fülle, denn wir hatten in ihr jeder seinen eigenen Wert wie Noten in einer Tonleiter.

Diese Küche, so abgenützt von unseren Schuhen und unserer Existenz, war eng, warm und niedrig, und die zusammengewürfelte Einrichtung blieb nie wie sie war – alles wurde jeden Tag verschoben und durcheinandergewühlt. Auf einem schwarzen Rost prasselten Kohle und Buchenzweige; Handtücher rösteten auf der Trockenstange; auf dem Kaminsims trieben sich Beschläge von Pferdegeschirren und kurios geformte Kartoffeln unter schönem altem Porzellan umher. Auf dem Fußboden lagen schmutzige Teppichstücke, die Fenster waren mit Pflanzen verbaut, an den Wänden hingen stehengebliebene Uhren und uralte Kalender, und an der verräucherten Decke breitete sich Schimmel aus. Es gab auch sechs verschieden große Tische, ein paar Sessel mit klaffenden Polstern, Kisten, Schemel und schadhafte Körbe, Bücher und Zeitungen auf jedem Stuhl, ein Sofa für Katzen, ein Harmonium für Jacken und ein Klavier für Staub und Photographien. Das waren die Umrisse unserer Küchenlandschaft, die Felsen unseres submarinen Daseins, und jeder einzelne Gegenstand war wie poliert von unserem unablässigen Vorübertreiben oder mit festhaftenden Muscheln besetzt: Andenken an Geburtstage oder längst verstorbene Verwandte, Resten längst verschollener Möbelstücke, alles tief in den Schlamm der Zeitungen versunken, die meine Mutter Jahr um Jahr hier stapelte.

Frühmorgens beim Aufwachen sah ich in den Eiben die Eichhörnchen von den feuchten roten Beeren naschen. Zwischen den Bäumen und dem Fenster hing eine Wolke goldener Luft aus schwebenden Samenstäubchen und Spinnengewebe. Von der anderen Seite des Tales hörte man die Bauern ihrem Vieh zurufen, und in den Tümpeln piepsten die Teichhühner. Bruder Jack war wie immer der erste, der sich rührte, während ich mir im Bett die Schuhe anzog. Schließlich standen wir beide auf dem bloßen Dielenboden, kratzten uns und sprachen unser Gebet. Da wir uns genierten und es unmännlich fanden, laut zu beten, stellten wir uns Rücken gegen Rücken und murmelten nur, und wenn einem zufällig eine Bitte laut herausfuhr, vertuschte er das, indem er rasch zu singen begann.

Singen und Pfeifen halfen überhaupt das Gesicht zu wahren, vor allem, wenn der andere die besseren Argumente hatte. Wir bedienten uns dieses probaten Mittels ohne jede Hemmung und eigentlich ziemlich stumpfsinnig, und diesen Morgen machte Jack den Anfang.

»Wie heißt denn der König, he?« fragte er, indem er nach seiner Hose faßte.

»Albert.«

»Nein, falsch. George.«

»Das hab ich doch gesagt, oder? George.«

»Hast du gar nicht gesagt. Du weißt's nicht. Du bist dumm.«

»Noch lange nicht so dumm wie du.«

»Du bist ja blöd. Du hast ein Hirn wie eine Wanze.«

»Da-da-di-da-da.«

»Du hast kein Hirn, sage ich. Du kannst noch nicht mal zählen.«

»Trallala-trallala... Hab dich nicht verstanden.«

»Doch hast du's verstanden, Dummkopf. Dicker Faulpelz. Großer, dicker Faul-«

»Dum-di-da... Versteh dich nicht... Trallala!«

Nun, das war in Ordnung, wir waren quitt, wie gewöhnlich. Wir rieben uns den Schlaf aus den Augen und zogen uns schnell an.

Beim Treppabgehen schlug uns ein Geruch von Dielenbrettern, Lumpen, sauren Zitronen und alten Gewürzen entgegen. Die verrauchte Küche befand sich in dem morgendlichen Durcheinander, aus dem sogleich das Frühstück hervorgehen würde. Mutter rührte Porridge in einem rußgeschwärzten Topf. Tony säbelte mit einem Lineal am Brot herum, die Mädchen deckten – schon in Mänteln – den Tisch, und die Katzen fraßen die Butter. Ich putzte ein paar Schuhe und pumpte frisches Wasser; Jack ging einen Krug Magermilch holen.

»Ich bin viel zu spät dran«, redete Mutter das Feuer an. »Diese elenden Kohlen – lauter Schlacken sind das.«

Sie packte eine Ölkanne und goß alles, was darin war, ins Feuer. Eine Flamme schlug rauschend in den Kamin. Mutter schrie »Huch«, wie es ihre Art war, und rührte weiter im Porridge.

»Wenn ich bloß einen richtigen Ofen hätte«, sagte sie, »es ist wahrhaftig eine Strafe, euch jeden Tag abzufertigen.«

Ich streute nur ein bißchen Zucker auf eine Scheibe Brot und schlang sie im Eiltempo hinunter. Wie anders sah doch die Küche heute morgen wieder aus, von Rauchschwaden und Sonnenstrahlen durchzogen. Ein paar geschliffene Vasen zauberten Regenbogen über das Staubfeld auf dem Klavier, während Vater mit seinem Klemmer von der Wand oben herabschaute wie ein entrüsteter Gott.

Schließlich kleckste von einem dicken, dampfenden Löffel Porridge auf unsere Teller. Ich bedeckte die grauen Klumpen mit Sirup und begann vom Rande nach der Mitte hin zu essen. Rings um den Tisch kauten die Mädchen träge, in morgendlicher Dumpfheit befangen. Noch schlafgebannt bewegten sich die Münder nur langsam und hingen schlaff, während sich der Löffel den Lippen näherte; dann verhielten sie einen Augenblick, den Löffel am Mund, nahmen ihre Gedanken zusammen und aßen. Die Augen starrten ohne Ausdruck geradeaus, noch blind für das Bild des Tages. Rosig und glühend von der Traumfracht ihrer Betten, von den Umarmungen wer weiß welcher Helden, wirkten sie wie stumme Geister, die nach paradiesischen Liebesfesten auf die Erde zurückgeschleudert worden waren.

»Himmel!« rief Doth. »Wißt ihr, wie spät es ist?«

Eine nach der anderen sprang auf.

»Lieber Himmel, schon so spät.«

»Ich muß fort.«

»Ich auch.«

»Jemine, wo sind meine Sachen?«

»Also, Wiedersehn, Ma. Macht's gut, Buben, seid artig.«

»Brauchst du was aus dem Laden?«

Sie zogen ihre Strümpfe noch einmal hoch, setzten die Hüte zurecht und liefen die Böschung hinauf. Um diese Morgenstunde strömten die Fußgänger und Radfahrer die weiten Talhänge herunter nach Stroud hinein, Sirenen heulten im Frühnebel, und Fabriken setzten ihren Schornsteinen Federbüsche auf. Aus jedem engsten Winkel der fünf Täler Strouds eilten Mädchen in Läden und an Webstühle, mit Schlaf in den Augen und rosigen Wangen, die Stimmen der Nacht erst allmählich verdrängend. Marjorie ging in ihren Putzmacherladen, Phyllis in ihr Schuhgeschäft, Dorothy an ihre Arbeit als Bürohilfe in einer heruntergekommenen Tuchfabrik am Fluß. Und Harold war bereits an der Arbeit, sein Tag fing schon um sechs Uhr an, wenn er das Haus verließ mit ärgerlichem Brummen über seine Arbeit an der Drehbank, die er doch so sehr liebte.

Aber was sollten wir Buben machen, jetzt, wo die anderen alle fort waren? Hatten wir Schule, so machten wir uns jetzt auch auf den Weg. In den Ferien aber bummelten wir zur

Straße hinauf zum Spielen, hielten Schneckenrennen ab auf den Mauern, wühlten im Garten herum, fanden Kartoffeln und kochten sie in Blechbüchsen auf dem Abfallhaufen. Immer waren wir hungrig, stets auf etwas Eßbares erpicht, und immer durchforschten wir Schränke und Hecken danach. Aber Ferienvormittage hatten ihre Gefahren, da konnten leicht Arbeiten im Haus anfallen oder Botengänge. Mutter bügelte oder räumte auf oder saß auf dem Fußboden und las in Büchern. Wir spitzten also die Ohren, solange wir uns im Hof herumtrieben, denn wenn sie uns erwischte, war es aus mit dem Spaß.

»Ah, da bist du ja, Junge. Ich brauche Salz. Sei lieb, spring schnell zu Vick und hol mir welches.«

Oder: »Schau doch, ob Granny Trill ein Tütchen Tee hat. – Aber frag höflich, hörst du?«

Oder: »Lauf schnell zu Miss Turk und sieh zu, ob sie uns ein paar Groschen borgt, ich hab nicht gewußt, daß ich so abgebrannt bin.«

»Schick unseren Jack, Mutter, ich hab schon den Speck geborgt. Jetzt ist der wieder dran, zum Kuckuck!«

Aber Jack war wie ein Aal durchs Gras davongeglitten, er hatte sich wie gewöhnlich listig gedrückt. Er war sensibel, gerissen und geistesgegenwärtig, ein empfindliches Nervenbündel, mit uns anderen verglichen mager, das, was man auf dem Land einen »Kümmerling« nennt. In Wirklichkeit war er das keineswegs; er wußte vielmehr recht gut für sich zu sorgen. Beim Essen hatte er eine Technik entwickelt, die ihm doppelte Portionen sicherte. List und Geschwindigkeit waren die Schlüssel zu seinem Erfolg, und wir hungrigen Geschwister nannten ihn den Schlinger.

Jack aß ungeheuer schnell, das war sein ganzes Geheimnis. Freilich war Eile bei uns auch nötig. Man stelle sich vor: wir setzten uns zum Essen nieder, acht Mann um eine Schüssel. Meistens waren es Linsen, ein dicker, brauner Brei, der aussah, als bestände er aus Plastikkragenknöpfen. Er roch nach Stalldunst, aber wir waren daran gewöhnt, und es stopfte hinlänglich – wenn man genug bekam. Doch die Größe des Topfes entsprach nicht der Größe unserer Familie, und deshalb war nie soviel da, daß es ausreichte. Wenn es ans Austeilen ging, hatte Mutter keinerlei Methode – nicht einmal das Gesetz des Zufalls wurde wirksam. Jeder bekam einen Klecks auf den Teller, wobei die Reihenfolge ganz willkürlich war, und dann half sich jeder, wie er konnte. Kein Tischgebet, keine Ankündigung, kein Startschuß – aber wer zuerst fertig war mit dem, was er auf dem Teller hatte, konnte verlangen, was noch im Topf geblieben war. Atemlos paßten wir auf, wann Mutters Löffel herabstieß – ziellos, irgendwo würden die Linsen schon landen. Aber Jack, der Hungerleider, hatte alles berechnet und folgte dem Löffel mit seinem Teller. Geistesabwesend gab ihm Mutter dann den ersten Schwapp, sehr oft auch noch einen zweiten, und sowie er ihn hatte, schluckte er alles hinunter, ohne auch nur ein einziges Mal zu kauen. »Bitte noch was, ich bin fertig« – der leere Teller bewies es, er bekam also, was noch im Topf war. Wie oft kam ich erst als zweiter durchs Ziel, weil ich um die eine entscheidende Sekunde langsamer war! Von daher rührt noch eine häßliche Narbe: eine abnorme Eßbegier, die noch jetzt am Abend mit ausgewachsenen Reispuddings und mächtigen Schüsseln Gemüse gestillt sein will.

Der Tag war um, und wir hatten ihn genutzt, auf Botengängen oder Streifzügen im freien Feld. Es wurde Abend, und wir kehrten in die Küche zurück, in der uns Rauch und Kochdunst umfingen, wohlig warm gegen die rasch sich abkühlende Abendluft. Wir Buben waren die ersten, die die Böschung hinunterschlurften, jeder für sich, wie heimkehrende Krähen. Lange Schattenzungen leckten in die Mulden hinein, die Bäume wurden still und groß. Ich war in Painswick gewesen, um Steuern zu zahlen, und war flink durch das lange nasse Gras zurückgelaufen, und nun war ich wieder da, keuchend nach erfüllter Pflicht, die Beine mit Grassamen beklebt. Blauer Dunst hing über unserem Schornstein, ein flacher

Schwaden in der unbewegten Luft, und als ich den Berg hinabrannte, ließ mir jeder Stein auf dem Weg Heimkehrfreude durch die Glieder zucken.

Wir hackten Holz für den Abend und trugen es hinein; trockene Buchenstecken so spröde wie Kandis. Der Bäcker stieg herab und hatte einen Korb voll Brot sorglos über die Schulter gehängt. Acht Vierpfundbrote vom ortsüblichen Format, mit dunkler Kruste, wurden zur Tür hereingereicht. Ein paar knusprige Brocken der scharfgebackenen Rinde hingen noch im leeren Korb, die holten wir mit angeleckten Fingern heraus und nahmen sie auf die Zunge. Die Dämmerung wuchs, der Bäcker rief Gute Nacht und stieg pfeifend die Böschung hinauf. Oben auf der Straße wartete sein schwarzes Pferd, und die Lampen am Karren glommen in trübem Rot.

Drinnen buk unsere Mutter Pfannkuchen. Ihr Gesicht glühte vom Herdfeuer. Es roch nach saurer Zitrone und salziger Butter, und das Öl zischte in der Pfanne. Die Küche war dunkel, von Schatten durchzuckt, wir hatten das Licht noch nicht angezündet. Flammen sprangen auf und sanken wieder dahin, Ecken erwachten und starben, auf jedem Messingbeschlag brannte ein Feuer.

»Schau dich doch mal nach den Streichhölzern um, mein Lieber«, sagte Mutter.

»Zum Kuckuck, wer weiß, wo die wieder hingekommen sind.«

Wir zündeten die Kerzen an und stellten sie auf, jede an ihrem festen Platz: zwei auf den Kaminsims, eine auf das Klavier und eine auf einen Teller ins Fenster. Jede Kerze trug eine Lichtkugel, eine strahlende, verletzliche Flamme, die sich dehnte oder auf den spuckenden Docht zurückschrumpfte und jedem Luftzug folgte. Das Kerzenlicht mühte sich vergeblich, gegen das rote Herdfeuer aufzukommen, jedoch es war zu schwach dazu, und wenn unsere Gesichter aus dem Dunkel traten, dann nur schattenhaft, nie hell beleuchtet.

Darauf füllten wir die hohe, eiserne Lampe, zündeten sie an und stellten sie auf den Tisch. Sowie der Docht warm geworden war und ordentlich zog, drehten wir ihn ganz hoch. Die Flamme im Zylinder sprang auf und entfaltete sich wie eine schlanke Blume, fing an zu singen und zu zittern und immer noch heller zu strahlen und warf Lichtringe an die Decke. Doch selbst jetzt blieb die Küche noch größtenteils im Dunkel, üppige Schatten wucherten an den Wänden.

Für mich war jetzt die Zeit zum Geigeüben gekommen. Ich begann mit Genuß über die Saiten zu streichen. Mutter buk noch immer Pfannkuchen und rollte sie ein; meine Brüder ließen die Köpfe hängen und seufzten. Meine Noten lehnte ich auf den Kaminsims und stockerte einen Russischen Tanz herunter, während sich der Ruch von Fett und Zitrone mit süßen Harzdüften mischte, wenn der Staub in Wolken von meinem Bogen flog. Ab und zu gelang mir ein richtiger Ton, und dann warf Mutter einen Blick zu mir herüber. Einen rührenden, anfeuernden Blick, während sie meinem ausschwingenden Arm auswich. So war Mutter, nicht mehr schlank, Pantoffeln an den Füßen, eine Hand an der Wange, während die andere mit der Bratpfanne Takt schlug, das Haar über die Ohren herabfallend, den Mund halb offen, zum Mitsingen bereit, wenn es bei mir mit der Melodie haperte – eine alte, müde Frau, aber mit den Augen eines jungen Mädchens, und eben für diese Augen spielte ich.

»Prächtig!« rief sie. »Großartig! Bravo! Jetzt spiel noch was, mein Jung'!«

Ich stürzte mich also in ›Wilhelm Tell‹ und zwar so, daß das Geschirr klirrte; Mutter sprang fröhlich auf dem Kaminteppich umher, und selbst Tony schaukelte ein bißchen mit seinem Stuhl.

Inzwischen hatte Jack ein paar Schuhe vom Tisch weggeräumt und machte sich an seine geheimnisvollen Hausaufgaben. Tony fing in seiner Ecke an, mit der Katze zu schwätzen und mit ein paar Zeugfetzen zu spielen. So richteten wir uns hinter zugezogenen Vorhängen und in Erwartung der

Pfannkuchen auf den Abend ein. Wenn der Kessel kochte und der Toast fertig war, setzten wir uns zum Essen um den Tisch. Wir grapschten und kurvten, schoben weiter und schnappten weg und stopften uns bei alledem die Schnäbel voll wie Pelikane. Mutter aß immer im Stehen, indem sie mit den Fingern Krusten vom Brotlaib riß. Wachsam wie ein Funker auf hoher See, nahm sie ihre Mahlzeiten gleichsam mit der linken Hand, denn ihre Aufmerksamkeit richtete sich in der Hauptsache auf den Herd, dessen Feuer nie ausgehen durfte. Wenn es zu erlöschen drohte, wurde Mutter hysterisch, jammerte und rang die Hände, goß Öl darauf und zerhackte Stühle in dem leidenschaftlichen Bemühen, die Flamme am Leben zu erhalten. In der Tat erlosch sie selten völlig, wenn sie auch sehr oft dem Ende nahe war. Aber Mutter hegte das Feuer mit Geschick, umgab es jede Nacht mit einem Kranz von Holz und blies jeden Morgen heftig auf die Scheite. Der Zustand unseres Feuers wurde uns so wichtig, wie er es primitiven Stämmen gewesen sein muß. Kümmerte es und sank dahin, so befiel uns Furcht, loderte es hell auf, so stand alles gut in der Welt; doch wenn es – Gott behüte! – ganz ausging, dann packte uns urzeitliches Grauen. Dann war es, als wäre die Sonne selbst gestorben und ein ewiger Winter eingezogen, als sammelten sich rings um uns schon die Wölfe der Wildnis und jede Hoffnung wäre dahin...

Aber heute abend züngelte und knisterte das Feuer, und Mutter hatte alles gut in der Hand. Sie herrschte über den Herd und alles Drum und Dran mit rastloser, kraftvoller Meisterschaft. Mit einer Hand aß sie, mit der anderen legte sie Holz auf, stocherte die Asche und heizte den Backofen, stellte einen Kessel auf, rührte im Topf und hängte noch ein paar Hemden über das Ofengitter. Sowie wir Buben mit dem Essen fertig waren, schoben wir alles Geschirr beiseite, stapelten es unordentlich am entgegengesetzten Tischende auf und machten es uns unter der Lampe bequem. Sie legte ein warmes, lebendiges Licht um uns, eine Art Feuerlache, die in sich selbst leuchtete. Ich legte mein Buch zurecht und fing an zu zeichnen, Jack saß über seinen Notizen und Zahlen. Tony spielte mit ein paar Zwirnrollen, die er langsam rings um den Tisch schob.

Alles schwieg, nur Tonys Stimme war zu hören, wie er leise seine Zwirnrollengeschichte vor sich hinbrummelte: »... sie kommen also hier aus dem großen Loch, nich, und der große Kerl sagt Pfui sagt er, wir machen die tot, nich, und die Räuber warten doch hier oben und die haben die große Kanone hier und peng peng schießen sie los und der große Kerl fällt runter bums! und wieder rein ins Loch und ich sage wir haben sie und ich renn den Berg rauf und hier das Boot, nich, kommt grade und ich spring rein rumps krrach und ich sage jetzt bin ich der Kapitän, nich, und sie sagen Pfui und da nehm ich meine Axt hack hack und da fallen sie alle plumps ins Meer platsch und ich segle das Schiff hier rum und hier rum und hier rauf und hier rum und hier runter und hier rauf und hier rum und hier runter...«

Nun kamen auch die Mädchen nach Hause in ihren festgegürteten Regenmänteln, rotwangig von ihrem Heimweg im Dunkeln, und wir blickten von unseren Spielen auf und sagten: »Habt ihr was für uns?« und Dorothy gab uns ein paar Lakritzen. Dann aßen sie alle an dem einem Tischende zu Abend, während wir Buben am anderen Ende weitermachten. Wenn das Essen vorbei war und der Tisch abgeräumt, war die Küche gerade recht für uns alle. Wir schlossen den Kreis um die abendliche Lampe, Zeit ohne Grenzen und ohne Beschwernis... Marjorie fing an, einen neuen Hut aufzuputzen, Dorothy schrieb einen Liebesbrief, Phyllis holte sich ein paar Gabeln und Löffel, hauchte sie an hh! und rieb sie ohne Hast blank. Harold, der spät gekommen war, putzte in einer Ecke sein Rad. Mutter schnitt Zeitungen aus.

Wir sprachen in plötzlichen Anläufen mit leiser Stimme und achteten kaum darauf, ob jemand antwortete.

»Ich hab heut einen Stift für 'ne Doll' gedreht«, sagte Harold.

»Eine was?«

»Eine Doll' hat er gesagt.«

Stühle knarrten eine Zeitlang, während wir darüber nachdachten.

»Charlie Revell hat einen nagelneuen Anzug. Er hat ihn sich extra machen lassen.«

»Der bildet sich vielleicht was ein.«

»Charlie Revell!...«

Pause.

»Guck, Doth, die Abschnitte hier hab ich für ein paar Pfennige gekriegt. Die setze ich jetzt alle hier oben herum.«

»Hmhm. Schön. Ts-ts. Is' gut.«

»Dr. Green war heute vormittag im Laden. In Cordhosen. Zum Lachen!...«

»Guck, Ma, guck! Ich hab eine Kirche gemalt, die brennt. Guck, Marg, Doth! He, guck doch!«

»Wenn x gleich x ist, dann ist y gleich z – sei doch still! – also x ist...«

»O Madeline, willst du die Meine sein, ich führ dich übern See, trala...«

»Schaut, Mädchen, was ich für mein Sammelbuch ausgeschnitten habe – einen Leibgardisten, ist er nicht zum Schreien?«

»Charlie Revell war heute frech zu seinem Pa, er hat gesagt, er spinnt. Er...«

»Du kennst doch den Jungen aus der Molkerei, Marge – den sie immer Klette rufen? Also, der hat gesagt, ich soll mit ihm ins Kino gehen. Ich hab gesagt, er soll machen, daß er heimkommt.«

»Nein! Nicht möglich!«

»Doch, bestimmt. Ich hab gesagt, mit einem Butterklatscher geh ich nicht ins Kino. Du hättest sein Gesicht sehen sollen...«

»Harry Lazbury riecht nach Hühnerdreck. Ich mußte mein Pult wegrücken.«

»Jetzt hör dir bloß das an! So'n zartes Pflänzchen!«

»Niemals werde ich damit bis Sonntag fertig...«

»Ich hab ein feines Bild für meine Tierseite gefunden – einen alten Seehund –, seht mal, Mädel, wie der bloß schaut!...«

»... da fahr ich hier rum und hier unten rum und er sagt Pfui und ich mach hack hack...«

»Jetzt könnte ich eine ordentliche Crèmeschnitte vertragen...«

»Charlie Revell hat sich die Ohren ausspritzen lassen...«

»Weißt du noch, Doth, wie wir im Kino waren, und es hieß für Kinder verboten, und wir haben unseren Tony die Treppe raufgezogen, und er war noch nicht mal zwei...«

Marge lachte in der Erinnerung leise vor sich hin und sah zärtlich zu Tony hinüber. Das Feuer brannte hell und mit einem flaschengrünen Licht. Die Stimmen um mich wurden leise und pelzig. Ein Bauernhund bellte drüben im Tal, und ich wußte genau, wie spät es war und wo er stand. Der Hund und ein paar Eulenrufe ließen mich aufmerken, ich konnte spüren, wie das abendliche Tal sich leerte, wie es sich streckte unter den Nebelschleiern der Sterne und der Gewässer und immer mehr der Einsamkeit und Nacht verfiel.

Die Küche, voller Wärme und Gemurmel, schwebte in rosigem Dunkel. Mein Stift fing an, über die Seite zu irren, der Blick trübte sich, bis mir alles vor den Augen verschwamm. Ich wollte mich auf dem Sofa ausstrecken, dachte ich – eine Zeitlang nur, eine kleine Weile. Das gedämpfte Geplapper der Mädchen ging immer weiter, ich mühte mich, den Sinn zu erfassen. »Sch!... Jetzt nicht... Wenn die Buben im Bett sind... Du bist sprachlos, wenn du das hörst... Jetzt nicht...«

Die Bretter an der Decke flossen ineinander wie Wasser. Wörter zerbrachen und glitten davon. Die Akkorde einer sanften Musik schwangen in meinem Kopf, wie eine mächtige Flut schlug Wärme über mir zusammen, ich ertrank in der Uferlosigkeit federweicher Wogen und sank in sanften Kreisen immer tiefer...

Ab und zu wurde ich halb wach durch Geräusche, die der Schlaf verstärkte; das Fallen eines Kohlebrockens, ein Niesen der Katze, ein unterdrückter Ausruf. »Unmöglich! So was kann sie doch nicht gemacht haben... Doch... Was gemacht? ... Was denn nur?... Sag, sag mir's auch...« Doch hilflos glitt ich zurück in den Schlaf, tief in den Abgrund der Fluten, die blinden Wogen wiegten mich ein, zogen mich hinunter, und ganz oben trieben die Worte der Mädchen. Entrückter lag ich jetzt und viel, viel tiefer; immer dichter schlug es wie Schlingpflanzen über mir zusammen...

»Komm jetzt, Loll, Zeit zum Schlafengehen. Die Buben sind längst schon oben.« Flüsternd beugten sich die Mädchen über mich; die Küche war wieder da, sie stand auf dem Kopf. »Wach auf, Schäfchen... Er ist völlig weg. Komm, wir wollen ihn hinauftragen...« Halb wach, halb getragen kam ich mit ihrer Hilfe die Treppe hinauf. Ich fühlte mich trunken und von Träumen zerrissen. Stolpernd ließ ich mich um die Treppenbiegung schleppen, und dann umfing mich der süße Duft der Laken.

Es war kalt im Schlafzimmer; hier gab es keine Öfen. Jack lag mit offenem Mund und schlief schon. Zitternd und schwankend stand ich da, während die Mädchen mich auszogen und um meine Knöpfe herumkicherten. Sie ließen mir Hemd und Wollsocken und stopften mich unter die Decke.

Fort ging die Kerze, die Treppe hinab, Dielen knarrten, und die Küchentür fiel zu. Finsternis. Langsam zeichneten sich wieder Konturen ab. Das Fenster ein Viereck aus Silber. Meine Betthälfte war kalt, Jack warm wie ein Vogel. Eine Zeitlang lag ich zusammengerollt, zähneklappernd, schnaufend, und erwärmte mich ganz langsam an ihm.

»Laß deine Knie drüben«, sagte Jack und drehte sich um. Er wachte auf. »Du, denk dir mal eine Zahl.«

»'lfhundertzwei«, seufzte ich im Dämmerzustand.

»Verdopple sie«, zischte er mir ins Ohr.

Verdoppeln... vierundzwanzighundert und was? Kann ich nicht. Wird schon irgendwas sein... Wieder bellte ein Hund. Die Küche drunten murmelte noch immer. Jack tauchte rasch wieder unter, nachdem er seine Munition verschossen hatte, und schnarchte neben mir leise drauflos. Allmählich streckte ich meine steifen Glieder und faltete die Hände. Mir war, als sei ich nun hellwach. Bis zu einer Million könnte ich jetzt zählen, dachte ich. »Eins, zwei ...« sagte ich – dann nichts mehr.

Großmütter im Gehäuse

Unser Haus war ein richtiges Cotswoldhaus aus dem 17. Jahrhundert, und zwar ein recht hübsches. Ganz aus Stein gebaut, hatte es handgemeißelte Fenstereinfassungen, goldfarbene Außenflächen, moosbewachsene Dachziegel und Mauern so dick, daß sie in jeder Jahreszeit und bei jedem Wetter drinnen eine feuchte Kühle festhielten. Überall in den Mansarden und Korridoren gab es vermauerte Türen, die zu öffnen es uns in den Fingern juckte – Türen, die in irgendwelche hallenden Gemächer führten, die nun für immer vor uns verschlossen blieben. Früher war das Gebäude ein kleines ländliches Herrenhaus gewesen, später eine öffentliche Schänke; dann kam es noch weiter herunter, und als wir einzogen, stellte es eigentlich drei Häuschen in einem dar. Das Haus hatte die Form eines T, dessen senkrechten Balken wir bewohnten. Den Querbalken, der in der Uferböschung steckte wie eine rostige, ausgediente Granate, teilten sich zwei alte Frauen, deren Wohnungen dort übereinanderlagen.

Großmama Trill und Großmama Wallon konnten sich von altersher nicht ausstehen, eine lebte vom Ärger der anderen, und ihre ewigen Händel wirkten wie Mäuse im Hause und hatten mich in meiner Kindheit stark beschäftigt. Krumm wie Sicheln, mit fahlen, geröteten Augen und wilden Büscheln struppigen Haares schienen sie mir wahre Abbilder von

Hexen, und etwas Ähnliches waren sie tatsächlich. Die ganze Zeit, in der sie so eng beieinander wohnten, haben sie nie ein einziges Wort gewechselt. Statt dessen verständigten sie sich mit Hilfe von Stiefelabsätzen und Besen, indem sie auf den Boden stampften und an die Decke klopften. Wenn eine von der anderen sprach, so hieß es »Die da unten« und »Die da oben, das Biest«, denn jede war für die andere Luft, eine bloße Ortsbestimmung, die man besser gar nicht in den Mund nahm.

»Die da unten« lebte wie wir im Erdgeschoß und war wohl die Kleinere von beiden, eine winzige Spitzmaus, die durch ihren Garten geschwänzelt kam und sich an unser Küchenfenster klammerte, um mit schriller Stimme Klatsch loszuwerden, oder die in der Sonne saß und an Brotstücken saugte; stets geheimnisvoll, sich selbst genug und in allen Bewegungen zart wie eine Feder. Sie hatte zwei Namen, mit denen sie je nach Laune und Stimmung abwechselte. Großmama Wallon war ihr bester, er stammte, wie man uns erzählte, aus einer alten Verwandtschaft mit vornehmen Leuten. Gerüchte von blauem Blut spannen sich um diese lebhafte und bewegliche Gestalt, aber sie selbst sprach niemals davon. Man wußte, daß sie eine große Kinderschar aufgezogen hatte. Und man wußte auch, daß sie sehr arm war. Sie lebte von Kohl, Brot und Kartoffeln – aber sie fabrizierte auch ausgezeichnete Weine.

Großmama Wallons Weine waren berühmt im Dorf, und wirklich verbrachte sie einen großen Teil des Jahres mit deren Bereitung. Das erste Geheimnis war das Sammeln der Zutaten. Anfang April brach sie mit ihren Körben auf, machte sich eifrig in Feldern und an Hecken zuschaffen, und bis zum Ende des Sommers verging kein Schönwettertag, der sie nicht irgendwo draußen im Tal fand. Dann sah man sie abends nach Hause humpeln mit Lasten welkender Blumen, bis jeder Winkel im Haus mit Schlüsselblumen, Löwenzahn, Holunderblüten ausgestopft war. Die Hollerblüten, die auf dem Fußboden in der Küche trockneten, überzogen die Fliesen – ein starkduftender Teppich – mit einem bröckelnden Rauhreif graugrüner Blüten, die rasch zu sommerlichem Staub verblichen. Später dann würde die Holundertraube mit ihren winzigen Beeren in purpurnen Bottichen aufwallen, vermischt mit Gänseblümchen und Knabenkräutern, die mit ganzen Heckenrosenzweigen in den Sud geworfen wurden.

Welcher Reichtum der Jahreszeiten gärte in Großmama Wallons Küche – ganze Sommer wurden dort verkocht, wenn schlaffe Blumenhäupter voll geronnenen Saftes sich rings am Boden häuften – erst jene Primeln mit ihrem scharfgewürzten Honig, dann Löwenzahn, kupfrig und stark riechend, der bittere Mohn mit seinem Pulverhauch und der kalt-grüne Holunder mit dem Katzengeruch. Lesen so manchen Tages aus Wiesen dutzendweis, Ernten von Rainen und Hecken – alles trug sie heim in ihre Küche mit dem gefliesten Boden, sonderte jedes von jedem, richtete ihre Feuer, füllte die Töpfe bis zum Rand und vergaß nicht Zucker und Hefe. Täglich kochte in den Bottichen der Zuckersud, kreisten Blütenblätter im brodelnden Wasser, und während die Luft von würzigem Dampf geschwängert war, schlugen sich der heiße Tau und die Blütensuppen nieder und rann der Wein die tropfenden Wände hinab.

Und nicht nur Blumenköpfe kamen in diesen Sud; die alte Frau nahm auch Pastinak, Kartoffeln, Schlehen, Holzäpfel, Quitten, ja eigentlich alles, was ihr unter die Finger kam. Großmama Wallon machte Wein, als sei sie nicht bei Sinnen, aus allem und jedem; sie hätte ohne Zweifel mit genügend Zucker und Hefe auch aus einer Schachtel alter Streichhölzer etwas Trinkbares hergestellt.

Niemals hetzte sie ihre Weine oder hortete sie gar – sie geleitete sie sacht durch ihre natürlichen Phasen. Nach dem Kochen durften sie sich setzen und in den kühlen Bottichen arbeiten. Mehrere Monate hindurch schöpfte sie mit Stücken gerösteten Brotes weg, was sich an Hefe absetzte. Dann zog sie die Weine einen nach dem anderen auf Flaschen ab, klebte Schildchen darauf und stellte sie ein Jahr lang beiseite.

Wenn schließlich einer fertig war, kam der Tag der Verteilung. Es schrillte und rüttelte an unserem Fenster, und dann sahen wir die alte Frau, struppig und schmunzelnd stand sie da und schwenkte einen großen weißen Krug in der Hand.

»Seht mal her! Probieren Sie das mal! Das ist mein erster Primelwein vom vorigen Jahr.«

Durchs Küchenfenster füllte sie dann unsere Becher und sah gespannt zu, wie wir tranken. Der Wein in den Bechern war still und golden, durchsichtig wie ein blasser Frühlingsmorgen. Er roch nach reifen Gräsern aus einem weit entfernten Feld und schmeckte so zart wie Luft. Er schien so harmlos zu sein, wir schluckten ihn selig hinunter, auch die Kleinsten schlürften ihn schnell. Dann überfiel ein seltsames Schaukeln den Kopf, wie ein Fieber stiegen Fluten von den Füßen empor, die Küchenwände begannen zu schwanken und zu schweben, und plötzlich hatten wir alle einander unendlich lieb. Sehr bald hingen wir dann dicht aneinandergekeilt im Fenster, schwenkten unsere Becher und wollten noch mehr, während Mutter mit leuchtenden Augen fröhlich murmelte:

»Gott segne Sie, Großmama. Denk bloß, Primeln und Pastersilie! Sie müssen mir das Rezept geben, Liebe.«

Dann leerte Großmama Wallon den Krug in unsere Becher, schüttete die letzten Tropfen auf die Blumen und machte sich kichernd auf dem Gartenpfad davon, während wir einander im Fenster zärtlich umarmten.

Wenn Großmama Wallon so ihre kleinen Freuden hatte, mit denen sie ihre alten Jahre erwärmte, so gab es bei ihrer Nachbarin, Großmama Trill, nichts dergleichen. Denn »Die da oben« war genügsam wie ein Sperling und in ihrer ganzen Lebensweise nicht komplizierter als eine Raupe. Sie konnte stundenlang in ihrem Stuhl sitzen ohne sich zu rühren, über ihren Augen lag es dann wie schwarzer Schleier, ihre gebrechlichen Glieder schienen im Frost erstarrt, und daß sie überhaupt noch lebte, war nur daran zu erkennen, daß sich ihre Kiefer stets leise bewegten. Mit das erste, was mir an Großmama Trill auffiel, war, daß es immer aussah, als ob sie kaute, weil sie den ganzen Tag in nachdenklichem Wiederkäuen die

Kiefer mahlend hin- und herschob. Ich war der Meinung, das machten alte Leute immer so – vielleicht um den Genuß zu verlängern und recht auszukosten. So stellte ich mir vor, sie bekäme einen Vierpfundlaib – an einem Freitagabend etwa –, stopfte das ganze Quantum in ihre dehnbaren Backentaschen und kaute dann langsam die ganze Woche daran. In Wirklichkeit aß sie überhaupt kein Brot, auch keine Butter, kein Fleisch, kein Gemüse – sie lebte ausschließlich von Tee und Zwieback und von Haferbrei, den ihr der Squire schickte.

Großmama Trill hatte ein eigentümliches Zeitgefühl, das anscheinend auf den Überresten einer alten Gewohnheit beruhte. Frühstück machte sie zum Beispiel um vier Uhr morgens, aß um zehn zu Mittag, trank ihren Tee um halb drei und lag um fünf Uhr schon wieder im Bett. Ob es Sommer oder Winter war, konnte an dieser Einteilung nichts ändern, sie stammte wahrscheinlich aus ihrer frühen Jugend und dem Leben mit ihrem Vater in den Wäldern. Mir schien das verrückt eingerichtet, ein Angriff auf geheiligte Ordnungen. Doch Großmama Trill richtete sich nach dem lieben Gott oder nach den Vögeln, und eine Uhr hatte sie zwar, aber nur zum Ticken, denn die Zeiger waren schon vor Jahren abgefallen.

Im Gegensatz zu dem Troglodytendasein Großmama Wallons, die ja »da unten« fast wie in einer Höhle lebte, stand Großmama Trills Haustür immer offen, und ihre Wohnstube nahm uns täglich freundlich auf. Freilich hätte sie uns auch gar nicht entgehen können, denn sie war ja ganz von unserer leichtfüßigen Gnade abhängig. Ihr Häuschen stieß unmittelbar an unsere Pforte, und rings um die Tür standen Geranientöpfe. Ihr winziges Zimmerchen ging direkt auf die Uferböschung hinaus und war einzusehen wie ein vorjähriges Vogelnest. Es hing voll von Duft aus Teebüchsen und Wäscheschränken, der sich mit dem süßeren Alteleutegeruch mischte.

»Bist du zu Hause, Großmama Trill? Bist du da, Großmama?«

Natürlich – wo sonst sollte sie sein? Wir hörten es knarren und seufzen drinnen.

»Na freilich. Seid ihr das schon wieder, ihr Racker?«

»Wir wollen dich besuchen, Großma.«

»Gebt mir bloß auf die Blumentöpfe acht, sonst bring ich euch um.«

Zu dritt drängten wir uns zur Tür hinein. Großmama Trill thronte auf der Fensterbank und kämmte ihr dünnes weißes Haar.

»Was machst du da, Großma?«

»Nur dasitzen. Nur dasitzen und meine paar Haare kämmen.«

Die Stube war blau vernebelt vom Holzrauch. Wir schlenderten langsam an all ihren Schätzen vorbei, machten Schachteln auf, stopften Zwirnrollen in Teekannen, ließen Teller über den Fußboden hinkreiseln. Die alte Frau saß da und schaute milde zu uns her ohne viel wahrzunehmen, während ihr dürrer gelber Arm auf- und niederschwang und der schwarzgezähnte Kamm durch ihr Haar glitt, als stochere er in den letzten Aschenresten eines erloschenen Feuers.

»Kriegst du 'ne Glatze, Großma?«

»Ich hab immer noch meine paar Haare.«

»Die fallen aus.«

»Gar nicht.«

»Guck doch, was da aus deinem Kamm fällt.«

»Das ist gesund. Da können jetzt die neuen besser wachsen.«

Wir dachten uns nichts dabei – wir wollten nur ein bißchen reden, worüber war ganz gleich. Aber die alte Frau sprang plötzlich hoch und fing an, auf dem Fußboden herumzutrampeln.

»Die da unten! Ich hab noch mehr als die! Die ist kahl wie 'ne alte Kartoffelknolle. Gemeines altes Stück, ich werd's noch erleben, daß sie stirbt. Mit der geht's bald zu Ende, das könnt ihr mir glauben.«

War der Anfall vorbei, so saß sie wieder im Fenster und

wand ihr Haar zu einem kümmerlichen Knoten. Schön waren die Gesten ihrer alten welken Hände, diese so oft geübten Bewegungen; ihre Finger flogen, wickelten, nadelten fest; sie taten ihre Arbeit blind, kein Spiegel half dabei. Das Ergebnis war ein Gebilde von praller Vollkommenheit, ein kleiner glänzender Ball aus Schnee.

»Laßt die Finger von mein' Schubladen! Das sind Frauensachen!«

Die Frisur war fertig, und sie machte es sich bequem, setzte ihre stahlgefaßte Brille mit den gesprungenen Gläsern auf, nahm den Kalender vom Haken an der Wand und fing an, Abschnitte daraus laut vorzulesen. Sie las mit lauter und feierlicher Stimme, als habe sie die Bibel vor sich.

»*Nachricht von einer tragischen Katastrophe auf hoher See, nicht weit von Australien.* Für Juni ist das, arme Geschöpfe, mit ihren Familien und so. *Eine Gruppe von Naturforschern will sich in eine Felsspalte hinablassen. Die verhängnisvollen Folgen dieses Wagnisses*... Ach du lieber Himmel, na ja, wenn sie auch überall ihre Nase hineinstecken müssen. *Zerstückelte Leiche wird unter grauenhaften Umständen in einer Industriestadt im Westen aufgefunden.* Da, was hab ich euch gesagt! Ich hab's doch gewußt, daß das kommt, darauf hab ich bloß gewartet.« Jetzt blätterte sie schneller, überflog die Monate, blieb aber bei jeder Hiobspost hängen, auf die sie stieß. »*Krise im Parlament... Haus vom Kugelblitz getroffen... Aufstände... Überraschung im Königshaus... Massaker in der Türkei... Hungersnot... Krieg... Leichter Schwächeanfall des Königs...*« Die lange Liste von Katastrophen schien ihr innere Ruhe zu geben und ihrem Ordnungssinn wohlzutun. Hier im altvertrauten Kalender fand sie aufgezeichnet, was die Zukunft Schlimmes in ihrem Schoße barg – sah es und ängstigte sich doch nicht. Diese Schreckensnachrichten bedeuteten für sie weder Drohungen noch Prophezeiungen: für sie waren das nur Wiederholungen, sie wirkten tröstlich, schrecklich und vertraut, denn in ihnen floß ja all das zusammen, was ihre eigene lange Vergangenheit ausmachte, all das Gift, das sie so geduldig gekaut und geschluckt hatte und an dem sie doch nicht zugrunde gegangen war.

»Na gut«, sagte sie gelassen, während sie das Buch beiseite legte, »allerhand schreckliche Sachen prophezeit der uns. Anscheinend wird das ein schlimmes Jahr. Und er sagt, am Dienstag kriegen wir Hagel...«

Wir Buben holten uns den Kalender und blätterten die Seiten durch auf der Suche nach recht schaurigen Bildern. Wir fanden da Himmel, über die Blitze zuckten, einstürzende Kirchtürme, ertrinkende Menschenmassen, Männer in Gehröcken, die mit dem Finger drohten, Särge, auf denen Kronen ruhten. Die Zeichnungen waren primitiv, aber sie sprühten Leben wie die Kritzeleien in Gefängniszellen. Wir schwelgten darin wie Großmama Trill, sie waren uns Symbole einer Apokalypse, die uns nicht berühren konnte. In ihnen erblickten wir die ganze Welt draußen, gespalten, von Krämpfen geschüttelt und verdammt. Mit unserem Dorf hatte das natürlich nichts zu tun, und wir kamen uns vor wie Götter, mitfühlend und doch grausam, wenn wir uns diese blutigen Visionen zu Gemüte führten.

Großmama Trill benutzte den Almanach, um ihren Appetit anzuregen, nun wechselte sie an ihren Eßtisch hinüber. Sie tauchte ein paar Zwiebäcke in eine Tasse kalten Tee und schaufelte sich die erweichten Krumen in den Mund, um dann so angestrengt mit ihren Kiefern zu mahlen, daß man hätte denken können, sie zerbeiße Knochen. Wie gewöhnlich trug sie ihr schwarzes Kleid mit den Tüllbesätzen, doch der weiße alte Kopf, der daraus aufstieg, sah aus wie eine Flamme auf einer verrußten Lampe. Sie hatte eine edle Stirn, die geröteten Augen funkelten, die Nase stieß nach unten wie ein Finger; nur die untere Partie des Gesichtes war verfallen und ohne feste Umrisse, aber die hatte ja schließlich auch alle Arbeit zu leisten.

»Bist du schon hundert, Großma?«

»Fast – nah dran.«

»Hast du noch einen Papa?«

»Ach Gott, nein; der ist schon lange tot. Ein Baum hat ihn erschlagen, über Elcombe droben.«

Diese Geschichte hatten wir schon oft gehört, und auch jetzt erzählte sie sie wieder. Ihr Vater war ein Holzarbeiter gewesen, stark wie ein Riese – er konnte ein Pferd samt Wagen heben. Mit ihm lebte sie in den Wäldern, seit sie als Fünfjährige ihre Mutter verloren hatte. Sie schliefen in einem Zelt oder einer Art Wigwam aus Föhrenzweigen, und während der Vater Bäume fällte, flocht die Kleine Körbe und verkaufte sie überall im Dorf. Zehn Jahre lebten sie so miteinander und waren glücklich und zufrieden. Sie wuchs zu einem schönen jungen Mädchen heran – »den Männern hab ich, scheint's, irgendwie die Rede verschlagen« – aber ihr Vater paßte gut auf und versteckte sie immer unter einem Haufen Säcke, wenn die Holzkäufer kamen.

Dann eines Tages – sie war damals fünfzehn Jahre alt – traf ihn ein Baum. Sie hörte ihn schreien, stürzte durchs Dickicht und fand ihn von einem Ast an den Boden gespießt. Er lag mit dem Gesicht nach unten und konnte sie nicht sehen. »Mit mir geht's zu Ende, Alice«, hatte er gesagt. Sie grub sich mit den Händen ein Loch, legte sich neben ihn auf die Erde und hielt ihn, bis er starb. Das dauerte vierundzwanzig Stunden, aber sie rührte sich nicht, und er sprach kein einziges Wort mehr. Als schließlich ein paar Fuhrleute sie entdeckten, lag sie noch immer bei dem Toten. Sie sah zu, wie man den Baum wegrollte und ihm die Glieder geradestreckte, dann lief sie fort und verbarg sich im Gestrüpp. Eine Woche lang hielt sie sich dort bei ein paar Fuchslöchern versteckt, ohne etwas zu essen oder zu trinken. Dann schickte der Squire ein paar Leute nach ihr aus, und als die sie fanden, wehrte sie sich wie eine Wilde. Doch es gelang ihnen, sie zum Herrenhaus hinunterzuschleppen, wo man sie badete und zu Bett brachte. »Das war das erstemal, daß ich gebadet habe«, sagte Großmama. »Sechs Mann waren nötig, um mich einzuseifen.« Doch dann hatte man sie freundlich behandelt und beruhigt, hatte sie im Hause beschäftigt und später mit George Trill, dem Gärtner, verheiratet. »Er war auch ein guter Mann – bei ihm bin ich dann zur Ruhe gekommen. Damals war ich etwa sechzehn Jahre alt. Er war meinem Papa sehr ähnlich, nur viel langsamer – und natürlich viel, viel älter als ich.«

Als sie mit der Geschichte zu Ende war, lag ihr Kinn auf ihrer Tasse, und ihr Gesicht leuchtete verklärt. Scharfe kleine Fältchen strahlten rings um ihre Augen aus, und die Haut lag nur dünn über dem Schädel. Konnte das wirklich einmal die jugendstrotzende Alice gewesen sein, der die Fuhrleute durch die Wälder nachgejagt waren? Eine Sechzehnjährige, die von Männern gebadet und geheiratet wurde? So alt wie meine Schwester Dorothy?...

»Dort den Baum, den hat mein Papa gepflanzt«, sagte sie geistesabwesend und zeigte durch das alte zersprungene Fenster.

Die mächtige Buche füllte den Himmel mindestens zur Hälfte und warf Schatten über das ganze Haus. Ihre Wurzeln krallten sich in den Abhang wie eine Riesenhand, die den Berg festhielt. Der Stamm wand sich kraftvoll, streute Schleier grünen Staubes um sich, stieg himmelan wie ein Turm und war, in tausend schattige Gänge verästelt, zu einer Stadt für Eulen und Eichhörnchen geworden. Ich hatte immer gedacht, ein solcher Baum sei so alt wie die Welt, und hatte mir nicht träumen lassen, daß da ein Mensch seine Hand im Spiele haben könne. Und nun hatte Großma Trills Papa diesen Baum gepflanzt, hatte das Samenkorn mit seinem Finger in die Erde gesteckt. Wie alt mußte er geworden sein, um eine solche Spur hinterlassen zu können? Nahm man Großmas Alter und setzte seines noch obendrauf – da war man doch schon am Anfang der Welt.

»Er war natürlich ein junger Mann, damals«, sagte Großmama. »Er hat ihn gepflanzt, ehe er sich verheiratet hat.« Sie schielte zur Baumkrone hinauf und saß mit leisem Nicken da, während ein grüner Schattenstreif, den das Buchenlaub warf, ihr sanft übers Gesicht fuhr.

»Muß jetzt was nachsehen gehen«, sagte sie unvermittelt

und rutschte von ihrem knarrenden Stuhl. Ohne sich weiter um uns zu kümmern, raffte sie ihre Röcke und trabte leichten Schrittes dem Walde zu. Wir sahen sie noch wie ein kleines schwarzes Rebhuhn durchs Gestrüpp huschen. Mochte auch ihr hohes Alter sie zwingen, in einem Hause zu wohnen – wenn sie sich wohl fühlen wollte, ging sie noch immer in den Wald.

Großmama Trill und Großmama Wallon wurden alt auf eine Weise, die sich früher von selbst verstand und die wir heute nicht mehr kennen, sie waren die letzten jenes Großmutterordens, für den das Alter der ihm gemäße Schmuck war. Die Großmütter von damals trugen meist jene sonderbare, aber reizvolle Uniform, die wir heute nur noch aus Operetten kennen. Und wenn unsere beiden Nachbarinnen sich zum Ausgehen fertigmachten, richteten sie sich sorgfältig in eben diesem Stil her. Sie trugen hohe Schnürstiefel und lange Musselinkleider, perlenbestickte hohe Stehkragen und Chenilleschals, und ganz oben saßen hohe Kapotthüte, die mit langherabhängenden Bändern festgebunden wurden und mit tiefschwarzen Plättchen überstreut waren. Sie sahen wie mit Jett gesprenkelte Stare aus und schritten in klingelnder Düsternis dahin.

Ich war entzückt, wenn ich die beiden Alten so streng und gleichförmig angezogen sah. Wenn ich erst einmal König wäre (dachte ich damals oft), würde ich eine Großmutterparade anführen, ich würde sie einexerzieren, auf und ab marschieren lassen – Glied auf Glied humpelnder Stiefel, nickender Kapotthütchen, fliegender Schals und wilder, kauender Gesichter. Man würde sie aus allen Städten und Dörfern zusammenholen und waggonweise vor meinen Palast führen. Mochte das auch nur die Laune eines Monarchen sein – vergleichbar etwa dem Schlemmen in Gelees und Kakao –, so wäre es doch ganz bestimmt ein prächtigerer Anblick als immer nur diese langweiligen Gardisten.

Obwohl sie sich so peinlich herrichteten, gingen die beiden alten Frauen nie sehr weit weg – ab und zu einmal zu einer

Predigt in die Kirche und einmal in der Woche ins Dorf zum Einkaufen. Großmama Wallon besorgte sich Zucker und Hefe, Großmama Trill ihr bißchen Schnupftabak.

Das Schnupfen war Großmama Trills einziges Laster, ein schreckliches, dem sie hemmungslos verfallen war. Ein feiner brauner Staub lag über allen ihren Kleidern, und Nasenlöcher hatte sie wie Dachsbaue. Ihren Tabak bewahrte sie in einer kleinen runden Zinndose auf, die so glattgerieben war wie ein Kieselstein. Andauernd fingerte sie daran herum, ließ sie aufschnappen, holte sich eine Prise heraus, hauchte ein Ah!, schüttelte die Hand ab und wischte sich die Augen aus, während rings in der Luft eine zarte trockene Wolke hing, wie wenn man einen Bovist zertreten hat.

Die Schnupftabaksdose war für uns Buben ein Gegenstand des Abscheus, reizte uns aber zugleich, und wir öffneten den Deckel nur mit Herzklopfen – der Inhalt modrig wie aus der Unterwelt, erdbrauner Kehricht des Verfalls aus pulverisiertem Fleisch und zerstoßenen mürben Knochen, aus abgeschabtem Rost und dem Schutt aus Gräbern. Wie scharf und stechend war dieser gräßliche Staub, der da aufwirbelte aus einer Dose und die Luft mit einer kitzelnden Wolke erfüllte, geheimnisvoll wie ein Hauch aus der Hexenküche. Obwohl wir stibitzten und schnupften, hatten wir keinen Spaß daran. Aber die Finger davon lassen konnten wir auch nicht.

»Seid ihr schon wieder an meinem Tabak, ihr Buben? Ich werd euch den Hosenboden straffziehen, wartet nur!«

Schuldbewußt blickten wir auf, sahen das Lachen in ihrem Gesicht und nahmen rasch eine kräftige Prise. Dann wälzten wir uns auf dem Boden, von Tränen gewürgt, die Köpfe vom Nieskrampf geschüttelt. Die alte Frau betrachtete uns mit Vergnügen; das ganze Haus wackelte von unserem Gezappel.

»Das wird euch eine Lehre sein, denk ich, ihr diebischen Zwerge. Kommt, gebt mir's her, ich will's euch vormachen.«

Sie hob die Dose auf, ließ den Deckel springen und bediente zierlich ihre Nase. Ein Schauer der Verzückung ließ sie die Augen schließen – sie war entrückt, weit, weit von uns weg.

Eines Vormittags schälte unsere Mutter Äpfel, und wir Buben machten uns also über die Schalen her, die sich grün über den Tisch ringelten und ihren frischen sauren Duft verströmten. Langsam kauten wir uns durch die grünen Bänder, die wir mit mummelnden Kiefern heranholten.

»Ich bin die alte Großma Trill, wie sie zu Mittag ißt«, sagte Jack und zog die Schalen ein, ohne die Zähne zu gebrauchen. Das war ein großer Spaß; wir kauten, ächzten und machten viel Wesens aus dieser Mummelei.

»Spottet nicht«, sagte unsere Mutter. »Die arme alte Seele – den ganzen Tag mutterseelenallein.«

Wir schielten zu unseren Schwestern, von denen wir mehr Verständnis für unseren Spaß erwarteten, doch ohne Erfolg. Sie waren wie gewöhnlich mit irgendeiner albernen Arbeit beschäftigt und hefteten tote Vögel auf Hüte aus Kanevas.

»Das arme, einsame Wesen«, fuhr Mutter fort und sprach vor lauter Nächstenliebe mit gedämpfter Stimme. »Es ist eine Sünde und eine Schande.« Sie wurde wieder lauter. »Jawohl – ein Verbrechen ist das! Ihr Mädchen solltet rüberspringen und ihr einen Besuch machen. Ihr wißt doch, wie vernarrt sie in euch alle ist.«

Unsere Schwestern waren in dem Alter, in dem man darauf aus ist, Eindruck zu machen. Sie bemühten sich um eine gepflegte Sprache und kleideten sich prächtig – soweit sie das eben fertigbrachten mit den Restchen, die sie hier und da ergattern konnten. Mit einem Stückchen Stoff, einem bißchen Tüll, einer im Ausverkauf erstandenen Feder, einem Brief Nähnadeln und einem Mund voller Stecknadeln, endlosem Maßnehmen, Schnipseln und Räsonieren – es war erstaunlich, was sie damit an Gewändern zu zaubern verstanden, wenn man ihre geringen Mittel bedachte.

Stets bereit, sich in Szene zu setzen, gingen sie also auf Mutters Vorschlag ein. Sie beschlossen, sich mit ihren besten Sachen auszustaffieren und Großmama Trill ein richtiges Fest zu geben. Die Bodenkammern wurden geplündert, die Schränke durchwühlt, und bald stand das ganze Haus auf dem

Kopf. Nicht ohne Streit und Kampf um die Beute, aber mit geschickten, flinken Händen putzten sie sich in Eile; hier wurde ein Abnäher gemacht, dort eine Falte herausgelassen, eine Taille zusammengehakt oder ein Mieder festgeschnürt, und es dauerte nicht lange, so sahen sie alle aus wie die Paradiesvögel und stolzierten zur Tür hinaus, um die alte Frau zu besuchen.

Wie immer hingerissen von der zusammengestückelten Pracht, folgte ich den Schwestern auf den Fersen. Marge, die Wunderschöne, führte den Zug an und klopfte zierlich an Großmamas Tür. Inzwischen zogen sich Doth und Phyl die rutschenden Gürtel hoch, schoben sich die Stirnbänder aus den Augen, standen, die Hand in die Hüfte gestemmt, und machten leichte Konversation – zwei Debütantinnen vor ihrem ersten Ball im hellen Sonnenlicht.

Großmama Trill schien ausnahmsweise schwer zu hören, die Mädchen hatten schon dreimal geklopft. Marge gab also mit einem bezaubernden Achselzucken und einem blasierten Seufzer der Tür einen kräftigen Tritt.

»Wer ist da?« jaulte es drinnen erschrocken auf.

»Wir sind's nur«, trillerten die Mädchen.

Sie tänzelten zur Tür hinein, drei Rosenelfen in eindrucksvollen Attitüden direkt aus ›Home Notes‹. »Wie sehen wir aus, Großma?« fragte Marjorie. »Das ist jetzt modern, weißt du. Wir haben uns das aus so einem Modejournal abgeguckt. In Stroud soll das jetzt die große Mode sein.«

Mit Federschwingen und Hälsedrehen stolzierten sie durchs Zimmer, verstohlen in die Spiegel spähend, drei langbeinige Flamingos, gekrönt von goldleuchtendem Flaum. Für mich kamen sie direkt vom Himmel, Traumgebilde aus dem Feenland, die sich nun mit aller Begeisterung, deren sie fähig waren, vor der alten Frau in Szene setzten. Aber offensichtlich war nicht alles, wie es sein sollte. Etwas lag in der Luft, und entschieden nichts Gutes...

Großmama sah sich das alles eine Weile an, dann preßte sie die Lippen aufeinander und, was noch schlimmer war, ihre

Kiefer stellten das Mahlen ein. Dann klatschte sie schrecklich laut in die Hände.

»Ihr Bagage! Ihr verrücktes Gesindel! Raus mit euch, oder ich komm mit dem Besen!«

Die Mädchen räumten schleunigst, doch mit Anstand das Feld. Sie waren überrascht, aber kein bißchen gekränkt. Ihr Geschmack war ja schließlich über jeden Zweifel erhaben – sie wußten doch, was die Mode jetzt forderte. Wie sollte die gute Alte auch Bescheid wissen über Gürtel und Stirnbänder? Was war sie denn weiter als eine Bäuerin...

Doch später nahm Großmama Trill unsere Mutter beiseite und teilte ihr in strengem Ton ihre Befürchtungen mit.

»Ihre Mädchen – auf die sollten Sie aber gut aufpassen. Eines Tages machen uns die noch Schande. Herumstolzieren und Tennisspielen und tun als ob sie Herrschaften wären – das ist alles Fleischeslust und Gotteslästerung. Passen Sie bloß gut auf; mir gefällt das nicht, wie die sich aufführen. Einfache Mädchen müssen immer wissen, wo sie hingehören.«

Mutter, stelle ich mir vor, gab ihr halbwegs recht, aber sie wäre nie auf den Gedanken gekommen, sich da einzumischen.

Eine ganze Reihe von Jahren lebten die beiden alten Frauen noch so fort. Wie kalte Zwillingssterne, zusammengehörig und doch getrennt, umkreisten sie einander in inniger Feindschaft und hielten ihr Leben auf diese Weise wechselseitig im Gleichgewicht. Beide von annähernd gleichem Alter, glichen sie einander auch in Lebensweise und Gewohnheiten, in ihren Vorstellungen von einer feudalen Gesellschaftsordnung und von einem rächenden, schrecklichen Gott. Es gab mehr Gemeinsames als Trennendes zwischen ihnen, und doch konnten sie einander nicht ertragen.

Sie richteten es deshalb so ein, daß sie einander nicht zu begegnen brauchten. Den Uferhang hinauf hatte jede ihren eigenen Weg; sie kauften nie am gleichen Tage ein, verkehrten nicht mit den gleichen Leuten und hatten ihre verschiedenen

Zeiten für den Kirchgang. Doch stets wußte jede, was die andere tat, und mißbilligte es aufs heftigste. Großmama Wallon bearbeitete ihre Blütenbottiche, kochte und mischte ihre Weine, sie kroch in ihrem Kohlgarten umher, klopfte an unsere Fenster, klatschte, lamentierte oder sang. Großmama Trill stand unentwegt mitten in der Nacht auf, kämmte ihr mildglänzendes Haar, saß draußen im Wald, kaute, schnupfte, schlürfte ihren Haferbrei und las in ihrem Kalender. Und doch gab es zwischen den beiden ein Umeinanderwissen, das sich nur auf Ohr und Nase gründete. Wenn Großmama Wallons Weine kochten, bekam Großmama Trill Krämpfe; wenn Großmama Trill Tabak schnupfte, schnürte es Großmama Wallon die Kehle zusammen – und jede sorgte dafür, daß die andere es auch merkte. So lauschten, schnüffelten und spähten sie den ganzen Tag, klopften an Dielen und Decken und strichen mit Räuspern und Husten durch ihre Stuben, dem unsichtbaren Gegner stets dicht auf den Fersen. Es war ein geruhiges, bittersüßes Leben, das durch die Übung langer Jahre seine Vollkommenheit gefunden hatte, und mir kamen die beiden immer vor wie zwei Uralte aus einer unzerstörbaren Sagenwelt, über die weder Zeit noch Tod Gewalt hatten: immer schon hatten sie irgendwo im Holzwerk des Hauses gesteckt, und eine Welt ohne sie konnte ich mir nicht vorstellen.

Da geschah es eines Tages, daß Großmama Trill, als sie mühsam aus ihrem Wald herabstieg, stolperte und sich den Oberschenkel brach. Von da an stand sie nicht mehr aus ihrem Bett auf. Gelb und geduldig lag sie in einer Kattunjacke da, das feine Mädchenhaar sorgfältig gekämmt. Klaglos nahm sie ihr Schicksal hin, als habe eine unwiderstehliche Gewalt – Squire, Vater oder Gott – ihr die Heimsuchung auferlegt.

»Ich habe es vorher gewußt«, sagte sie zu unserer Mutter, »schon seit der Erscheinung damals. Vorige Woche habe ich sie am Fußende meines Bettes sitzen sehen. Eine weiße Gestalt – ich weiß nichts Genaues...«

Am nächsten Morgen schon sehr früh tat es einen heftigen Schlag gegen unser Fenster. Großmama Wallon zappelte draußen.

»Haben Sie ihn gehört?« fragte sie pfiffig. »Schon seit Mitternacht kreischt er hier ums Haus.« Großmama Wallon liebte den Totenvogel und betrachtete ihn als ihren Sonderkurier, sie hüpfte vor Aufregung, als sie uns davon berichtete. »Er hat drei- oder viermal gerufen. Da oben in den Eiben. Die stirbt, Sie werden noch an mich denken.«

Und wirklich starb Großmama Trill noch am gleichen Tag; ihre Knochen waren zu alt, man konnte da nichts mehr heilen. Wie eine blasse, zarte Seifenblase war sie ein wenig höher und weiter geflogen als ihre Altersgenossinnen und gerade so lange dahingetrieben, daß wir sie noch hatten erblicken können. Dann hatte sie eine kleine Weile vor unseren Augen in der Luft gestanden, ehe sie plötzlich platzte und für immer verschwand – und nichts blieb zurück als ein verblassendes Bild und eine ganz, ganz zarte Schnupftabakswolke.

Die kleine Kirche war gestopft voll beim Begräbnis, denn die alte Frau war rundherum bekannt gewesen. Man trug ihren Sarg den Waldsaum entlang und zog ihn dann auf einem Wagen durch das Dorf. Großmama Wallon folgte jettperlenbehängt in einiger Entfernung hintennach; auch während des Gottesdienstes in der Kirche hielt sie sich im Hintergrund, und jedermann bewunderte sie.

Alles ging gut, bis der Sarg in die Grube gesenkt wurde, da entstand ganz plötzlich ein schrecklicher Wirbel. Mit verrutschtem Kapotthütchen und fliegenden Bändern bahnte sich Großmama Wallon einen Weg durch die Menge zum Grab.

»Das ist gelogen!« kreischte sie und wies auf den Sarg hinunter. »Die Person war jünger als ich! Fünfundneunzig sagt sie – dabei ist sie nicht mehr als neunzig, und ich hab schon meine zweiundneunzig auf dem Buckel! Ein Verbrechen ist das, sie mit so unverschämten Lügen vor ihren Schöpfer treten zu lassen! Holt die alte Hexe wieder raus! Macht das

Schild da runter! Das ist eine Beleidigung für die lebendige Kirche!...«

Sie schrie und schlug um sich, als man sie fortschaffte, und teilte mit ihren Stiefeln ganz empfindliche Tritte aus. Ihre Schreie wurden schwächer, und bald übertönte sie das Geräusch der Totengräberspaten. Die Erde fiel polternd auf Großmama Trills Sarg und entrückte sie samt ihrem Messingschild für alle Zeiten. Niemand kannte ihr wirkliches Alter, denn keiner war alt genug dafür.

Großmama Wallon triumphierte, sie hatte ihre Rivalin begraben, und nun gab es nichts mehr für sie zu tun. Von da an wurde sie von Tag zu Tag welker und weniger, sie blieb zu Haus, man sah sie nicht mehr. Manchmal nachts hörten wir ein geheimnisvolles Pochen, Geräusche, als werde jemand geweckt und herbeizitiert. Doch tagsüber blieb es still, niemand spazierte im Garten umher oder kam angehüpft, um sich an unser Fenster zu hängen. Die Weinfeuer in der Küche sanken zusammen und erstarben zugleich mit der Wollust des Hasses.

Etwa zwei Wochen später ging Großmama Wallon im Schlaf hinüber, ohne regelrecht krank gewesen zu sein. Man fand sie auf ihrem Bett, mit Hut und Schal angetan, den Besen in der Hand, den sie für ihre Klopfzeichen benutzte. Die offenen Augen waren mit dem starren Blick des Todes wie lauschend auf die Zimmerdecke gerichtet. Es war ja auch wirklich nichts mehr da, was sie im Leben hätte zurückhalten können: kein Streit, kein Sticheln, kein Zorn und Groll. »Die da unten« war wieder mit »Der da oben« vereinigt, wie sie ja schon im Leben enger zusammengehört hatten, als es jemand ahnen mochte.

Der Tod im Dorf

Bald nach dem Ersten Weltkrieg ereignete sich im Dorf einc Gewalttat, die uns alle in ein Gewebe des Schweigens verstrickte und eine Zeitlang fast gänzlich von der Außenwelt abschnitt. Ich war damals noch zu jung, um mich darüber zu wundern, aber ich kannte die Beteiligten und erfuhr schon früh die ganze Geschichte. Obwohl selten darüber gesprochen wurde – mit Fremden übcrhaupt nie –, war uns allen wohlbekannt, was in jener Nacht vorgefallen war, und die Übereinstimmung aller begrub die Sache tief und gut und glättete ringsum die verräterischen Spuren. Es war so roh und grausam und kam so unversehens, daß man es nur mit einem Wahnsinnsfall innerhalb einer Familie vergleichen könnte, den wir aus Scham und Stolz, aber auch um der Betroffenen willen zu verheimlichen uns bemühten.

Das Verbrechen geschah ein paar Tage vor Weihnachten, in einer Nacht, da der Schnee hoch lag und jeder gern nach Hause wollte, zu einer Zeit, in der die Familien die Ihren aus der Fremde heimriefen zu einem Gänsebraten wie jedes Jahr. Die Nacht war so kalt, wie es die Cotswoldnächte nur sein können, und ein strenger Wind blies geradewegs vom Nordpol her. Wir Kinder lagen im Bett und suchten uns die Knie mit unserem Atem zu erwärmen, die Frauen rösteten sich die Füße am Feuer, während ihre Männer und Söhne in der Kneipe saßen, Glühwein tranken, Karten abhoben und wieder abwarfen und zusahen, wie der Dampf von ihren nassen Stiefeln aufstieg.

Aber es wurden an jenem Abend nicht viele Karten ausgeteilt und ausgespielt – eine Erscheinung trat dazwischen. Die Tür flog auf, und in einem Wirbel von Schnee schritt ein hochgewachsener Mann in die Wirtsstube. Er schien den Zechern unbekannt und doch vertraut, hatte ein scharfgeschnittenes gebräuntes Gesicht, eine näselnde Stimme und sprach, des Willkomms sicher, jedermann mit seinem Namen an, während sie die Augen niederschlugen und nickten. Mit einem Schlag auf den Schanktisch bestellte er für die ganze Runde zu trinken und fing zu erzählen an.

Außer den jungen Leuten erinnerten sich alle an diesen Mann; jetzt beobachteten sie prüfend sein verändertes Wesen. Vor Jahren war er als blasser magerer Bursche mit Hilfe milder Gaben und ausgestattet mit dem Segen der Kirche in eine der Kolonien geschickt worden wie schon so mancher arme junge Mann vor ihm. Gewöhnlich hörte keine Menschenseele mehr von ihnen, wenn sie erst einmal fort waren, und sehr bald dachte auch keiner mehr an sie. Nun war einmal einer wiedergekommen wie ein goldglänzender Geist; in Kleidern, die Wohlstand und Erfolg verrieten, war er heimgekehrt, um die Ofenhocker zu reizen mit seinem Prahlen und seinem Geld.

Am gleichen Morgen erst sei er an Land gegangen, sagte er, in Bristol, von einem Gefrierfleisch-Frachter aus Auckland. Der Wagen, den er gemietet hatte, war im Schnee steckengeblieben, und nun mache er eben das letzte Stück seiner Reise zu Fuß. Er war auf dem Weg zum Häuschen seiner Eltern, die er zu Weihnachten überraschen wollte. Noch eine Meile talaufwärts, noch eine Meile im Schnee – da konnte er doch wohl nicht an der alten Kneipe vorübergehen, wie?

Da stand er breitbeinig, mit dem Rücken zum Schanktisch, und spreizte sich vor der ganzen Gesellschaft. Von seiner jaulenden Stimme abgesehen, herrschte Schweigen in der Wirtsstube, und die Zecher betrachteten ihn prüfend. Es sei ihm recht gut gegangen da drüben, erklärte er, als Viehzüchter habe er einen Haufen Geld gemacht. Das sei gar nicht schwer, wenn man nur Mumm habe und nicht im Sumpf hocken bleibe wie andere Leute ... Die alten Männer lauschten, und die Jungen schauten, und die Öllampen spiegelten sich rot in ihren Augen ...

Er bestellte eine neue Runde, und die Männer tranken. Nun erzählte er von der weiten Welt und ihren Reichtümern. Den Alten las er die Leviten, weil sie ihr Leben vergeudet hätten, den Jungen, weil sie so blöd und zufrieden wären. Sie schufteten für den Squire und die Gutspächter um elende zwölf Shilling die Woche. Sie lebten von Kartoffeln und vom Mützeziehen, nicht einen Sovereign hätten sie, den sie auf den Kopf hauen könnten, sie kriegten nie was anderes zu sehen als Dreck und immer dieselben Gesichter – und vielleicht einmal Stroud an einem Samstagabend. Keine Ahnung hatten sie, was er alles getan, was er alles erlebt und was er alles geschafft hatte! Sein braunes Gesicht glühte vom Whisky. Er breitete ein Bündel Pfundnoten auf dem Schanktisch aus und fischte eine dicke goldene Uhr aus der Tasche. Das ist noch gar nichts, sagte er, das ist nur ein kleiner Teil. Sie sollten seine große Farm in Neuseeland sehen – Pferde, Wagen, jeden Tag Fleisch, und keinen brauchte er »Herr« zu nennen.

Die alten Männer bewahrten ihr Schweigen, tranken aber, was er ihnen zahlte, und kicherten einmal ums andere. Die Jungen in den schattigen Ecken starrten den Mann nur immer an, blickten gebannt auf die baumelnde Uhr, und dann, als er immer betrunkener wurde, sahen sie einander an und stahlen sich einer nach dem anderen hinaus...

Draußen war das Wetter schlimmer geworden, es tobte ein Schneesturm von schneidenden Kristallen; die Nacht senkte sich über die beißende Kälte herab, und das Dorf kuschelte sich in seine Laken. Als das Wirtshaus schloß und seine Lampen herabdrehte, war der Neuseeländer der Letzte, der es verließ. Eine Laterne lehnte er ab, schließlich sei er hier geboren, sagte er, oder etwa nicht?, und seine Rechnung bezahlte er in Goldmünzen. Dann knöpfte er seinen Mantel zu, rief ein lautes Gutenacht und schritt das sturmdurchheulte Tal hinauf. Warm vom Whisky und dem nahen Heim stieg er singend hügelan. Die schon in den Betten lagen, hörten sein letztes Lied, das klagend gegen den Sturm anging.

Als er das steinerne Kreuz erreichte, warteten dort die jungen Männer auf ihn, dicht zusammengedrängt, die Köpfe zwischen die Schultern gezogen im Wind.

»Na, Vincent?« sagten sie, und er blieb stehen und hörte

auf zu singen. Sie schlugen einer nach dem anderen zu, zwangen ihn in die Knie und trampelten ihn blutig in den Schnee. Sie schlugen und traten ihn um ihrer selbst willen, als er da stöhnend auf dem Gesicht lag. Dann rissen sie ihm den Mantel vom Leib, leerten seine Taschen, warfen ihn über eine Mauer und ließen ihn liegen. Seine Wunden und der Alkohol hatten ihn empfindungslos gemacht; der Sturm blies die ganze Nacht über ihn hin. Er rührte sich nicht mehr von dem Fleck, auf dem er lag, und am Morgen fand man ihn tot – erfroren.

Natürlich kam die Polizei, doch sie brachte nichts heraus. Ihre Nachforschungen trafen nur auf leere Blicke. Doch die Geschichte ging rasch von Mund zu Mund, sie wurde mit Bedacht unter uns verbreitet, wurde jedem erzählt, Kindern wie Erwachsenen, damit wir jede Einzelheit wüßten und geheimhalten könnten. Schließlich zog die Polizei unverrichtetersache wieder ab, doch sie vergaß ebensowenig wie wir...

Etwa zehn Jahre später lag eine alte Frau im Sterben, und als es mit ihr zu Ende ging, hatte sie ihren Kopf nicht mehr ganz beieinander. Irgendwie drang nach außen, womit sich ihr verwirrter Geist befaßte: es schien, daß eine Uhr sie beunruhigte. »Die Uhr«, flüsterte sie immer wieder vor sich hin, »die könnten sie finden. Sag dem Jungen, daß er die Uhr versteckt.«

Ein fremder Mann im dunklen Anzug erschien plötzlich mit einem Notizbuch in der Hand an ihrem Bett. Während sie sich herumwarf und vor sich hinmurmelte, saß er wartend da, den Kopf zu ihrem flüsternden Munde hingeneigt. Geduldig, unpersönlich und ganz gelassen blieb er nur einfach den ganzen Tag an ihrem Bett sitzen, das Notizbuch aufgeschlagen, den Bleistift gezückt, und die hellen Seiten waren wie gespitzte Ohren.

Schließlich hatte die alte Frau einen lichten Augenblick und sah den Fremden neben sich sitzen. »Wer ist das?« wollte sie von ihrer Tochter wissen, die nicht aus dem Zimmer wich. Das Mädchen beugte sich über das Bett. »Ist schon recht,

Mutter«, sagte die Tochter laut und deutlich. »Das ist nur ein Herr von der Polizei. Er hat nichts Böses vor mit uns. Er will nur etwas von der Uhr wissen.«

Die alte Frau warf einen scharfen, klaren Blick auf den Fremden und sprach kein einziges Wort mehr; sie lehnte sich nur aufs Kissen zurück, schloß Mund und Augen, faltete die Hände und starb. Das war das Ende ihrer Schwachheit, mit der sie ihre Söhne in Gefahr gebracht hatte, und der fremde Mann im dunklen Anzug wußte das. Er erhob sich, steckte sein Notizbuch in die Tasche und ging auf Zehenspitzen aus dem Zimmer. Dieser alte, verwirrte sterbende Geist war die letzte Chance gewesen. Danach fanden sich keine Spuren mehr, und der Fall wurde nie aufgeklärt.

Doch die jungen Männer, die sich zu jenem winterlichen Hinterhalt zusammengefunden hatten, lebten weiter unter uns. Ich sah sie oft im Dorf: einfältige Spaßmacher, freundlich, schwer arbeitend – ehrbare Familienväter. Sie wurden nicht als Ausgestoßene behandelt und trugen anscheinend auch keinen besonderen Makel. Sie gehörten zum Dorf, und das Dorf kümmerte sich um sie. Und jetzt sind sie ohnehin schon alle tot.

Wenn man Gram und Wahnsinn auch nicht über das Dorf hinaus kundwerden ließ, so blieben sie uns doch nicht verborgen, da wir ja mit eigenen Augen sahen, was sie anrichteten, und hörten, was mit gedämpfter Stimme dazu gesagt wurde. Da war der Selbstmordfall von Elcombe, Miss Flynn, eine einsame, fremdartige Schönheit, deren stummes, unglückliches lebloses Bild mir noch heute vor Augen steht.

Miss Flynn wohnte drüben auf der anderen Seite des Tales in einem Häuschen, das auf den Severn herabsah, ein Häuschen, dessen farbige Fensterreihen bei Sonnenuntergang ganz und gar in Flammen standen. Sie war groß, ausgezehrt und bleich wie Distelflaum, eine präraffaelitische Kostbarkeit mit üppigen Locken, und sie hatte eine kleine Äolsharfe, die ihre Melodien vor sich hinspielte, wenn sie im Winde in den

Ästen ihres Apfelbaumes schwang. Wir kamen auf Spaziergängen mit Mutter oft dort vorbei, und immer spähten wir dann nach ihr aus. Sah sie Fremde kommen, so rannte sie los – entweder in ihren Keller oder den Ankömmlingen in die Arme. Mutter wollte nie recht mit der Sprache heraus, wenn wir etwas über Miss Flynn wissen wollten, und sagte: »Die arme Seele – da sind andere noch viel schlimmer.«

Miss Flynn hatte uns Buben gern, sie schenkte uns Äpfel und strich uns mit ihren langen gelben Fingern über das Haar. Auch wir mochten sie, wenn sie uns auch nicht ganz geheuer war – ihr plötzliches Auftauchen und Verschwinden, ihr Haar, die Harfe in den Bäumen, ihre seltsamen Reden. Auch ihre Schönheit war etwas Außergewöhnliches für uns, so etwas gab es weit und breit nicht wieder; ihr längliches, marmorweißes, herzförmiges Gesicht schien so kühl wie ein Kirchhofsengel. Ich weiß noch, wie wir das letzte Mal an ihrem Haus vorbeigingen. Wie immer spähten wir eifrig nach ihr aus. Sie saß hinter dem buntverglasten Fenster, das grübelnd gesenkte Gesicht vielfarbig gefleckt. Unsere Mutter rief munter: »Juhu, Miss Flynn! Sind Sie zu Haus? Wie geht's, meine Liebe?«

Miss Flynn war mit einem Sprung aus der Tür, starrte erst hinab auf ihre Hände, dann auf uns.

»Solche kecken Buben«, hörte ich sie sagen. »Und wie sie Morgan ähnlich sehen!!« Sie hob ein Knie an und zeigte auf ihre Zehe. »Mir geht's schlecht, Mrs. – –«, sagte sie.

Schwankend kam sie auf uns zu, eine Locke um ihren Finger wickelnd, bleich wie der Mond am hellen Tag. Unsere Mutter gab einen glucksenden, mitfühlenden Laut von sich und sagte, der Westwind sei immer schlecht für die Nerven.

Miss Flynn schloß Tony wie in zielloser Leidenschaft in die Arme und starrte über unsere Köpfe weg angestrengt in die Ferne.

»Mir geht's schlecht, Mrs. – –, weil ich gar nicht zur Ruhe komme. Meine Mutter ist's schon wieder, wissen Sie. Ihr kranker Geist – ich hab ihn verjagen wollen. Gar niemals läßt sie mich in Ruh in der Nacht.«

Sehr bald hieß es für uns wieder den Pfad hinabtraben, obwohl wir nur zu gern noch geblieben wären. »Die arme, arme Seele«, seufzte Mutter still für sich, »und dabei hat sie adlige Verwandtschaft...«

Ein paar Tage später saßen wir frühmorgens in der Küche und warteten, daß Fred Bates die Milch brächte. Es muß ein Sonntag gewesen sein, denn das Frühstück war uns verdorben, und an einem Wochentag spielte das keine Rolle. Wir waren alle mürrisch und unzufrieden; das Porridge war angebrannt, und wir waren noch nicht zu unserem Tee gekommen. Als Fred schließlich doch noch kam, hatte er anderthalb Stunden Verspätung, und er sah uns verschwommenen Blickes an.

»Wo bist du denn gewesen, Fred Bates?« fragten die Schwestern; er hatte sich vorher noch nie verspätet. Der magere, struppige Fünfzehnjährige hatte einen Kopf wie eine Flaschenbürste. Er gab den Mädchen keine Antwort, und die Katze strich ihm diesmal nicht wie sonst um die Beine. Er schöpfte uns nur das übliche Quantum Milch in den Krug, schniefte und brummte immer wieder »Gott verdammich« vor sich hin.

»Was ist denn los, Fred?« fragte Dorothy.

»Hat's euch denn noch niemand gesagt?« fragte er. Seine Stimme klang hohl, erschrocken und doch stolz und ließ die Mädchen aufhorchen.

Sie zogen ihn ins Haus, schenkten ihm eine Tasse Tee ein und zwangen ihn, eine Minute auszurasten. Dann stellten sie sich mit aufgerissenen Augen um ihn auf, und ich konnte wohl sehen, daß sie eine Sensation witterten.

Zunächst kam aus Fred nichts weiter heraus, als daß er heftig auf seinen Tee blies und murmelte: »Wer hätte bloß an so was gedacht?« Doch die Mädchen gingen mit Bedacht und List zu Werke, und so kamen sie denn schließlich zu ihrer Geschichte...

Er war gerade vom Melken gekommen, in aller Herrgottsfrühe; es dämmerte eben, als er an Jones' Teich vorüberging. Dort war er einen Augenblick stehengeblieben, um einen Stein nach einer Ratte zu schmeißen – wenn er sie erwischte, gab es ein paar Pfennige für den Schwanz. Da sah er plötzlich, daß etwas unten zwischen den Wasserrosen schwamm. Es lag weiß ausgestreckt im Wasser. Zuerst dachte er, es sei ein toter Schwan oder so etwas Ähnliches, oder wenigstens eine von Jones' Gänsen. Doch als er näher trat, sah er, daß da Miss Flynn zu ihm heraufstarrte, bleich und ertrunken. Ihr langes Haar war gelöst – deshalb hatte er an einen Schwan gedacht –, und sie war splitterfasernackt. Ihre Augen standen weit offen, und sie starrte aus dem Wasser zu ihm herauf wie jemand durch ein Fenster blickt. Da war er so erschrocken, daß er einen Eimer fallen ließ, und die Milch lief in den Teich. Er stand eine Weile und dachte »Das ist Miss Flynn«, und außer ihm war weit und breit kein Mensch. Dann war er in den Hof zurückgerannt und hatte dort alles erzählt, und sie waren gekommen und hatten sie mit einem Heurechen herausgefischt. Er hatte nichts weiter abgewartet, nein, er wollte das nicht sehen, er hatte seine Milch abzuliefern.

Fred blieb noch eine Weile sitzen und schlürfte seinen Tee, und wir starrten ihn voller Staunen an. Alle kannten wir Fred Bates, gut kannten wir ihn, und unsere Mädchen sagten oft, er sei blöde; und nun hatte er vor nur zwei Stunden und gar nicht weit weg Miss Flynn gesehen, ertrunken und mit nichts am Leibe. Es war, als ströme er jetzt eine scharfe Würze aus, jeder von uns hätte ihn gern angefaßt, ihn geschmeckt, und die aufgeregten Mädchen wollten ihn festhalten und sich die Geschichte ein zweites Mal erzählen lassen. Doch er trank seinen Tee aus, schniefte noch einmal heftig und verließ uns mit dem Bescheid, er müsse noch seine Milchrunde fertigmachen.

Die Neuigkeit hatte sich bald im ganzen Dorf herumgesprochen, und überall standen schon Frauen an Gartentüren beieinander.

»Wissen Sie's schon?«

»Nein. Was?«

»Von der armen Miss Flynn... Daß sie sich unten im Teich ertränkt hat.«

»Das sagen Sie doch nicht im Ernst!«

»Doch. Fred Bates hat sie gefunden.«

»Ja – er hat gerade bei uns in der Küche Tee getrunken.«

»Ich kann's nicht glauben. Ich hab sie doch erst vorige Woche gesehen.«

»Freilich; ich erst gestern. Ich hab noch gesagt ›Guten Morgen, Miss Flynn‹, und sie hat gesagt ›Guten Morgen, Mrs. Ayres‹ – Sie wissen doch, ganz wie's ihre Art war.«

»Aber sie war doch unten in der Stadt, erst vorigen Freitag war das! Ich hab sie im Kolonialwarenladen gesehen.«

»Das arme Ding kann einem leid tun – warum hat sie das bloß getan?«

»Und so wunderschön war sie!«

»Und so gut zu unseren Jungen. Sie war die Güte selbst. Wenn man denkt, wie sie da unten lag.«

»Es soll ja nicht alles so ganz gestimmt haben.«

»Sie denken an die Kerle da?«

»Nein, noch was...«

»Was war denn?«

»Pst!«

»Naja, das ist natürlich nicht so bekannt...«

Miss Flynn war ertrunken. Die Frauen sahen mich an, während sie die Ohren spitzten. Ich stahl mich davon und lief die Gasse hinab. Vor Aufregung war mir der Mund trocken, die Kehle vor Furcht zugeschnürt; ich wollte einfach nur den Teich sehen. Ein Haufen Leute aus dem Dorf, meine Schwestern auch dabei, stand und starrte aufs Wasser hinunter. Der Teich war seicht und grün und leer, und eine Milchwolke hing im Schilf. Ich verbarg mich zwischen den Binsen in der Hoffnung, daß mich dort keiner sähe, und starrte auf diesen schaumigen Flecken. Das war der Teich, der Miss Flynn verschlungen hatte. Aber seltsam war es zugegangen, und es war auch kein Unfall. Nackt war sie hingekommen, in der Nacht und ganz allein, und hineingeglitten wie in ein Bett, hatte sich hingelegt und das Wasser wie eine Decke über sich gezogen und war ganz still ertrunken im Schilf. Ich starrte auf die Stengel der Wasserrosen, die sich tief in den Grund schlangen, und auf all die schwammigen Gewächse, die sie umwucherten. Da hatte sie gelegen, einen Fuß grünen Wassers über sich, still und allein die ganze Nacht, durch das Wasser aufblickend, wie man durch ein Fenster schaut – so hatte sie gewartet, daß Fred vorüberkäme. Ein Knie begann mir zu zittern; es war leicht, sie da unten liegen zu sehen, das Haar im Wasser treibend, die weißen Augen weit offen, ganz wie Fred Bates sie gefunden hatte. Ich sah sie deutlich, ein wenig vergrößert, und hörte sie mit ihrer abwesenden trockenen Stimme sagen: »Mir geht's schlecht, Mrs. – –. Das ist meiner Mutter Geist. Sie will mir keine Ruhe lassen nachts ...«

Der Teich war leer. Man hatte sie auf einer Bahre aus Zweigen heimgetragen, und die Frauen hatten sich um die Leiche gekümmert. Doch für mich blieb Miss Flynn ertrunken in jenem Teich, solange ich zurückdenken kann.

Was Fred Bates betraf, so hatte er einen Tag lang das Glück, wo er auch hinkam, gut aufgenommen zu werden. Er wiederholte seine Geschichte unzählige Male und trank unzählige Tassen Tee. Doch ganz plötzlich sank sein Stern, denn sein Erlebnis fand eine tragische Fortsetzung. Schon am nächsten Tag nämlich sah er, als er in Stroud zu tun hatte, wie dort ein Mann von einem Lastwagen zerquetscht wurde.

»Zweimal in zwei Tagen«, sagten die Leute im Dorf. »Dem wird nächstens noch der Teufel erscheinen.«

Danach ging man Fred Bates aus dem Wege. Wenn wir ihn kommen sahen, wechselten wir auf die andere Straßenseite hinüber. Keiner wollte mit ihm sprechen oder ihm in die Augen sehen, und man ließ ihn keine Milch mehr ausfahren. Statt dessen wurde er in einen Steinbruch geschickt, wo er allein arbeiten mußte, und es dauerte Jahre, bis er sein Renommee wiederhergestellt hatte.

Jener Mord und der Tod im Teich liegen nun schon Jahre zurück, aber für mich sind sie noch nicht verblaßt; das herbe Aroma des Todes, das Grauen der Gewalttat, die Verzweiflung des schönen Mädchens, das sich dem Wasser ergab, und das anklagende Blut im Schnee. Das alles geschah zu einer Zeit, da das Dorf für mich die Welt war und ich nichts kannte, als was um mich herum geschah. Das Dorf hatte noch Zugänge zu den Urgründen seiner Vergangenheit, es war wie eine tiefe Höhle, durch deren Schatten noch Gespenster und Gesetze aus fernen Vorvätertagen geisterten. Diese Höhle, in der wir uns eingerichtet hatten, reichte weit zurück mit all ihren Kammern, die zu unseren schemenhaften Anfängen hinführten. Sie war nicht – noch nicht – aufgeräumt und weder vom elektrischen Licht blankgeputzt, noch durch eine neugotische Kirche zu irgendeinem Vorort degradiert oder mit Kinoplakaten vollgekleistert.

Das war etwas, was wir gerade noch mitbekamen und vage erspüren konnten – die Lebenskraft und den Glauben all der Generationen, die seit der Steinzeit in diesem Tal gelebt hatten. Diese stetige Verbindung ist nun schließlich doch abgerissen, die tiefer gelegenen Höhlenkammern sind für immer verschüttet. Doch wer wie ich am Ende jenes Zeitalters geboren wurde, den hat noch eine Ahnung von Dingen gestreift, die alt waren wie die Gletscher. Es lebten noch Geister in den Steinen, in den Bäumen und Mauern; auf jedem Feld, auf jedem Berg hausten welche. Die älteren Leute wußten noch um diese Dinge und hatten vertraute Namen dafür, und überall im Tal gab es noch bestimmte Wahrzeichen – Baumgruppen, Waldecken – mit uralten Übernamen, die man nur mit gedämpfter Stimme aussprach und die sicherlich in vorchristliche Zeit zurückgingen. Wenn die Frauen miteinander plauderten, brauchten sie diese Namen noch, die heute keiner mehr verwendet. Man stand auch dem Tod frei und furchtlos gegenüber und nahm Gewalttat wie eine Art Ritual hin, gegen das niemand Anklage erhob, das aber auch niemand entschuldigte.

In unserem Dorf mit seinen grauen Mauern kamen solche Geschichten niemandem merkwürdig vor, und schon gar nicht im Winter, wenn ich zu Haus bei meinen Schwestern saß oder bei einer mümmelnden Alten und sie umständlich ihre Geschichten erzählen hörte von unglücklichen Selbstmördern, von wilden Männerkämpfen im Schnee, von Witwen mit dem Hexenmakel, denen Stiere den Bauch aufgeschlitzt hatten, von Säuen, die kleine Kinder fraßen und anderes mehr – dann sah ich wohl zum Fenster hinaus, wo der Regen an den Mauern herniederrann und die schwarzen Baumwipfel im Winde schwangen. Da erschienen mir alle diese Dinge als natürliche Erschütterungen unserer Landschaft, und wenn sich mir auch die Kehle zusammenschnürte, so war ich doch nie überrascht.

Da ich erst so wenige Jahre zählte, bedeutete Geburt mir noch nichts, wohl aber das andere Extrem, der Tod. Der Tod war spannend, und er begegnete mir oft, er war stetige Kost meiner Kinderjahre. Jemand war gestorben, in der Nacht war es passiert, und niemand machte auch nur den Versuch, etwas zu verbergen. Alte Frauen kamen mit funkelnden Augen und verkündeten die Neuigkeit; der Tote wurde gerühmt und begraben; Mutter und die Mädchen sangen derweil ihre Küchenlitanei über die letzten Stunden des Verstorbenen. »Das arme alte Ding. Bis zuletzt hat sie gekämpft. Sie hat eben nicht mehr genug Kraft gehabt.« Die Tränen saßen ihnen locker, sie schluckten und schnieften und bekamen rote Wangen; sie hätten auch einen toten Hund beweinen können.

Der Winter war natürlich für die Alten die schlimmste Zeit. Dann rollten sie sich ein wie gesalzene Schnecken. Eines Sonntags besuchten wir das alte Ehepaar Davies, das neben dem Dorfladen wohnte. Es war ein naßkalter Tag im Januar, die Kälte kroch einem ins Mark, und an den drei letzten Samstagen hatte man schon drei alte Leute zu Grabe getragen. Mr. und Mrs. Davies waren auch schon hoch in den Jahren, aber sie hingen hartnäckig am Leben, und ich erinnere mich, daß sie einander oft ansahen wie Kartenspieler, die ihre Chancen abschätzten. An jenem Morgen fingen die Frauen an, sich über die Begräbnisse zu unterhalten, während wir Buben uns am Feuer niederließen. Mrs. Davies war bei bester Laune, sie wußte die Leidtragenden sämtlich bei Namen zu nennen und ließ sich kritisch über den Gesundheitszustand jedes einzelnen aus. Dabei wiegte sie ihren weißen Kopf, warf einen raschen Blick auf ihren Mann hin und sagte, sie sei gespannt, wer als nächster drankomme.

Der alte Mann hörte sich das an, legte ein paar Scheite Holz aufs Feuer und klopfte dann seine Pfeife an den Gamaschen aus.

»Sieh nur, daß die Fenster dicht bleiben, Frau«, sagte er. »Der alte Kerl scheint sich seine Leute gern am Wochenende zu holen.«

Dabei nieste er und hustete ein bißchen, um dann in ein zufriedenes Schweigen zurückzufallen. Seine Frau sah ihn einen Augenblick forschend an, dann wandte sie sich mit einem Seufzer zu unserer Mutter.

»Früher mußte man rennen, wenn man mit ihm Schritt halten wollte«, sagte sie. »Jetzt kann man gut mit ihm umgehen. Er ist nicht mehr, was er war – das Alter hat ihn bedächtig gemacht.«

Ihr Mann hüstelte nur und starrte auf das Kamingitter, als habe er noch mit ein paar Überraschungen aufzuwarten...

Eine oder zwei Wochen später legte er sich ins Bett. Es ging ihm schlecht und es hieß, er werde nicht mehr aufkommen. Wieder stiegen wir zu dem Häuschen an der Uferböschung hinauf, um uns zu erkundigen, wie es dem alten Mann gehe. Mrs. Davies, die in einem neuen gelben Schal überaus munter aussah, empfing uns in ihrer Puppenküche – einer winzigen, verräucherten Höhle, in der sie alle die gebrechlichen Schätze aufbewahrte, die sie in ihrem langen Leben gesammelt hatte. Ein paar Stücke Porzellan gehörten dazu, eine Engeluhr, ein Bibeltext an einem Bindfaden neben dem Ofen, eine Büste der Königin Viktoria, ein paar zerbrochene Teekannen und Tabakpfeifen und ein Stich, der Rotröcke vor dem Feind darstellte.

Mrs. Davies kochte gerade einen Haferschleim, den schmalen Rücken wie eine Aalreuse gekrümmt. Sie hieß uns niedersitzen, rührte wie wild in ihrem Topf und ließ sich dann in einen Korbsessel fallen.

»Es geht ihm schlecht«, sagte sie und deutete mit dem Kopf nach oben, »und eigentlich braucht man sich ja nicht darüber zu wundern. Seit Jahren hat er's doch schon auf der Brust... wie Schwämme sind seine Lungen. Er weiß es nicht, aber wir rechnen nicht damit, daß er wieder aufsteht.«

Sie gab uns Buben ein paar getrocknete Erbsen zum Kauen und machte sich's zu einem Schwatz mit unserer Mutter bequem.

»Es war so, Mrs. Lee. Am Freitag ist er krank geworden. Ich hab nach meiner Tochter Madge geschickt. Dann haben wir zwei Doktors holen lassen, den Dr. Wills und den Dr. Packer, aber die haben sich wegen dem Operieren gestritten. Dr. Wills ist nämlich gar nicht fürs Schneiden, und da hat er ihn eben so behandeln wollen. Aber der Dr. Packer, der ist immer gleich fürs Messer, und dem hat das nicht gepaßt. Aber Albert wollte nicht an sich herummurksen lassen. Er hat gesagt, er hätte keine Lust, sich abschlachten zu lassen. ›Gib mir ein bißchen gekochten Speck und laß mich in Ruh‹, hat er gesagt. Und ich bin da natürlich ganz seiner Meinung. Es stimmt nämlich schon – wenn die erst mal an einem rumgeschnitten haben, ist man nicht mehr derselbe Mensch.«

»Lassen Sie mich den Haferschleim fertigmachen«, sagte Mutter und stand auf. »Sie muten sich zu viel zu.«

Mrs. Davies gab geistesabwesend den Rührlöffel her und breitete ihren Schal sorgfältig um sich.

»Wissen Sie, Mrs. Lee, gestern abend hab ich hier einmal alle zusammengezählt, die abgeholt worden sind, und da hab ich vom Lustybauern bis zum Kriegerdenkmal fast hundert zusammengebracht.« Sie legte fromm die Hände aneinander und richtete den Blick auf die Zimmerdecke. »Gib mir die Kraft, der Welt zu widerstehen und dem, was über uns kommen soll...«

Später durften wir die Treppe hinaufsteigen und den alten Mann im Bett besuchen. Mit Mr. Davies ging es zu Ende, das war nur allzu deutlich. Da lag er in dem eiskalten, dumpfigen Schlafzimmer, sein Atem ging röchelnd und schwer, seine dünnen braunen Finger griffen in die Bettdecke wie Haken aus Kupferdraht. Sein Gesicht war ein in gelbes Papier gewickelter Schädel, in dem zwei funkelnde Löcher saßen. Man hatte ihm das Haar gebürstet, es stand jetzt von seinem Kopf ab wie bereiftes Gras auf einem Stein.

»Ich habe Ihnen die Buben zum Besuch gebracht«, rief Mutter; aber Mr. Davies antwortete nicht; er starrte nur in eine schimmernde Ferne, auf etwas, das wir nicht sehen konnten. Es folgte ein langes, langes Schweigen, das nach Kölnischwasser roch und nach Bettstaub, nach dumpfigen Wänden und apfelsüßem Fieber. Dann seufzte der alte Mann und schrumpfte noch kleiner zusammen, hell und feucht auf dem weißen Kissen. Er fuhr mit der Zunge über die Lippen, sandte einen raschen Blick zu seiner Frau und brachte ein schnaufendes Hüsteln hervor, das fast wie ein Kichern war.

»Wenn ich tot bin, Frau«, sagte er, »dann sorg dafür, daß sie mich ordentlich herrichten. Und meine Sachen wickelst du in ein rotseidenes Taschentuch...«

Manchmal war es, als wollten die naßkalten Wintertage nie zu Ende gehen, und nicht selten brachte sich dann jemand um. Mädchen sprangen in Brunnenschächte, junge Männer schnitten sich die Pulsadern auf, alte Fräulein schlossen sich ein und verhungerten. Es lag etwas Verschwenderisches in solchen Gesten, eine spöttische Erhabenheit über das Leben und alles weichliche Klagen, und wer diesen Weg ging, wurde nie getadelt, sondern man sprach von ihm in einem besonderen Ton, als habe seine Tat ihn über die Lebenden hinausgehoben und das Elend dieser Welt besiegt. Immerhin waren solche

Ausbrüche oft ansteckend, und es konnte passieren, daß eine ganze Serie von Selbstmördern sich die Kehle durchschnitt; in einem besonders düsteren Winter hat sich sogar der Leichenschauer das Leben genommen.

Doch wenn man sich von der Melancholie und kranken Lungen nicht unterkriegen ließ, konnte man alt werden in diesem Tal. Joseph und Hannah Brown zum Beispiel waren wie aus Eisen. Solange ich denken konnte, lebten sie miteinander immer in demselben Haus neben der Gemeindewiese. Dort wohnten sie, hieß es, schon fünfzig Jahre, und das war für mich die Ewigkeit. Sie hatten viele Kinder aufgezogen und in die Welt hinausgeschickt und ihr Leben dann wieder allein fortgeführt in ihrem Haus, und von der lärmenden Brut war nichts übriggeblieben als ein paar Briefe mit Eselsohren und ein paar Photographien.

Die beiden Alten gingen so völlig ineinander auf wie ein Liebespaar; zufrieden und zurückgezogen lebten sie behaglich nebeneinander wie zwei Kastanien in einer Schale. Tagsüber kräuselte blauer Rauch aus ihrem Schornstein, abends schimmerten die Fenster rot und warm; »hier wohnen Browns«, sagte uns das Häuschen jedesmal, wenn wir vorbeikamen, als wäre das von der Natur so und nicht anders eingerichtet.

Obwohl weißhaarig und verwittert, waren die beiden doch noch frisch und munter, hielten aber ihr Leben von jeder Hetze frei. Die alte Frau kochte, warf den Hühnern Körner vor und hängte ihre Wäsche an den Büschen auf; der alte Mann trug Holz herbei und spaltete es mit einer Axt, arbeitete hier und da ein wenig im Garten oder saß auf einer Bank vor seiner Tür und schaute ins Tal hinaus oder schlief. Wenn der Sommer kam, machten sie Obst ein, und wenn der Winter da war, aßen sie es. Sie taten nicht mehr, als zum Leben notwendig war, aber sie taten es mit Liebe und Geschick – dann saßen sie beieinander in ihrer Küche mit der tickenden Uhr und genossen ihre fünfzig Jahre Schweigen. Wer immer sie besuchen kam, wurde ernsthaft begrüßt, auch wenn es ein Tier oder ein Kind war, und mir kamen sie immer vor wie zwei bräunliche Insekten, die sich langsam, aber gewandt bewegten; ein wenig Futtersuche, frugale Kost, und dann viel, viel Ruhe. Wenn sie miteinander sprachen, erhoben sie kaum die Stimme, es war ein kurzes Zwitschern wie Vogelsang, und wenn sie in ihrer winzigen Küche umhergingen, geschah das geschmeidig und ohne daß sie hinzusehen brauchten, sie glitten auf ausgefahrenen, vertrauten Gleisen, ohne je zusammenzustoßen oder einander im Wege zu sein. Sie glichen sich wie Kirschen mit ihren lieben rosigen Gesichtern und waren durch die Jahre ihres Zusammenseins in Aussehen und Sprechweise einander immer ähnlicher, ja verwechselbar geworden.

Es schien, als wäre das alte Paar unsterblich und als wäre dieses Wunder ganz einfach die Frucht ihrer unzerstörbaren Liebe – wenn Liebe das richtige Wort war für diese Harmonie. Da plötzlich packte sie innerhalb zweier Tage beide eine Schwäche. Es war als ob zwei Maschinen, die man aufgezogen und aufeinander abgestimmt hatte, genau zur gleichen Zeit abgelaufen wären. So sehr war die Zweisamkeit der beiden Alten bei uns schon zur Legende geworden, daß wir ihrer Not zunächst gar nicht gewahr wurden. Doch als man eine Woche lang nichts von ihnen gesehen hatte, hielten es ein paar Nachbarn für richtig nachzuschauen. Sie fanden die alte Hannah auf dem Küchenfußboden, wo sie ihren Mann mit einem Löffel fütterte. Er lag in einer Ecke, mit einer Matte halb zugedeckt, und beide waren so schwach, daß sie nicht aufstehen konnten. Sie hatte einen Teller voll Kartoffelschalen kleingehackt, sagte sie, weil sie nicht die Kraft hatte ein Feuer zu unterhalten. Aber es sei schon alles in Ordnung, nur eine kleine Erkältung... sie würden schon fertig, und es habe nichts weiter zu bedeuten.

Nun, man berichtete das im Gemeindeamt, die alten Fräulein vom Wohltätigkeitsverein traten in Aktion, und man beschloß, die alten Leute aus dem Haus zu nehmen. Sie waren jetzt zu schwach, um einander zu helfen, und ihre Kinder waren zu weit weg und hatten zu viel zu tun. Da blieb nur ein Ausweg – es war nur zu ihrem Besten; man würde sie ins Armenhaus bringen müssen.

Die alten Leute waren erschrocken, ja entsetzt, sie lagen und hielten einander krampfhaft an den Händen. »Armenhaus« – das bedeutete immer Schande, das war ein Wort, das wie ein grauer Schatten über das Lebensende fiel; die alten Leute fürchteten nichts mehr als das (auch wenn es unter dem Namen Krankenhaus lief); Schulden, Gefängnis oder der Bettelstab, ja selbst der Makel des Wahnsinns – alles war besser als das.

Hannah und Joseph bedankten sich bei ihren Betreuerinnen, baten aber, sie doch zu Hause zu lassen, zuzugeben, daß sie, ohne jemandem zur Last zu fallen, nur einfach zusammenblieben. Das war die Barmherzigkeit, die sie brauchten und die das Armenhaus nicht gewähren konnte; dort fanden sie nur Hilfe, wenn sie sich trennten. Wieviel besser sich zu verkriechen, in einem Graben umzukommen oder in der vertrauten Küche zu sterben, angesichts aller der Dinge, die sich in einem Leben angesammelt hatten – der leere gescheuerte Tisch, die Teller und Töpfe, der kalte Herd, die weiße Uhr, die nicht mehr tickte...

»Sie werden gut versorgt«, sagten die alten Fräulein, »und zweimal in der Woche können Sie sich besuchen.« Trotz aller schönen Worte klangen die hellen, geschäftigen Stimmen gebieterisch, und die beiden Alten waren nicht gewohnt, dem Widerstand zu leisten. So wurden sie noch am gleichen Nachmittag stumm und blaß ins Armenhaus gebracht. Hannah Brown bekam ein Bett im Frauenflügel, Joseph lag in der Männerabteilung. Das war ihre erste Trennung seit fünfzig Jahren. Sie sahen sich nicht wieder, in einer Woche waren beide tot.

Ihr Tod quälte mich wie kein anderer zuvor; die mörderisch-wohlmeinende Obrigkeit, die ihn verfügt hatte, setzte mir zu. Getrennt voneinander, verloschen sie und schieden, als hätten sie es miteinander so verabredet. Das Häuschen am

Rande der Gemeindewiese stand nun leer, die Haustür blieb verschlossen und stumm. Die Steine wurden im Handumdrehen kalt und feindlich-fremd, nachdem das Leben so plötzlich entschwunden war. Nach einem Jahr schon stürzte es ein, das Dach zuerst, dann die Mauern, und lag in Trümmern in einem Dickicht von Heckenrosen. Der Verfall war so jäh und ungestüm – man hätte denken können, die alten Leute hätten ihr Haus eigenhändig zerstört.

Bald war von Joe und Hannah Brown und ihrem langen gemeinsamen Leben nichts anderes mehr übrig als ein paar grasbewachsene Mauerreste, ein verwilderter Garten, ein paar rostige Töpfe und ein wilder Rosenbusch.

Mutter

Meine Mutter wurde Anfang der achtziger Jahre in Quedgeley, einem Dorf bei Gloucester, geboren. Mütterlicherseits stammte sie aus einer alteingesessenen Familie von Cotswoldbauern, die durch anhaltendes Mißgeschick, an dem Trunksucht, Dummheit, Spielleidenschaft und Diebstahl so ziemlich zu gleichen Teilen Schuld hatten, um ihren Grundbesitz gekommen war. Durch ihren Vater John Light, den Kutscher in Berkeley, stand Mutter auf irgendeine geheimnisvolle Weise mit dem Schloß in Verbindung; es gab eine dunkle, enge Beziehung, über die niemand mehr etwas Rechtes wußte, die aber auf alte Blutsverwandtschaft hindeutete. Es hieß sogar, ein Gefolgsmann namens Lightly habe bei dem Mord an Eduard II. eine entscheidende Rolle gespielt – wenigstens behauptete das ein Lokalhistoriker. Mutter bekannte sich beschämt und geschmeichelt zu dieser Theorie – und auch ich kann sie nicht so ganz gleichmütig zur Kenntnis nehmen.

Aber abgesehen von diesem zweifelhaften Schuß blauen Blutes waren Mutters Eltern schlichtweg arme Leute, und die einzige Tochter mußte mit einer ganzen Herde von Brüdern auf eine etwas ungestüme Weise fertig werden. Daß Mutter keine Schwestern und keine Töchter hatte, bedauerte sie ihr Leben lang, aber das Schicksal hatte ihr nun einmal nur Brüder und Söhne beschert.

Sie muß ein kluges und verträumtes Kind gewesen sein, wißbegierig und regen Geistes; dabei hatte sie einen Hang zum Feinen, der zu Herkommen und Umgebung nicht recht passen wollte. So war sie nicht zuletzt auch der ganze Stolz des Dorfschulmeisters, der alles daran setzte, sie zu beschützen und zu fördern. Zu einer Zeit, da die Dorfschule nicht viel mehr war als ein Zwischenspiel mit dem Rohrstock, in dem die Buben abwechselnd Kenntnisse und Striemen davontrugen und die Mädchen eigentlich gar nicht zählten, konnte Mr. Jolly, der Lehrer von Quedgeley, diesem ungewöhnlichen, ernsten Kind, das so unermüdlich fragte, nicht widerstehen. Er war nicht mehr jung und hatte schon ein paar Generationen von Bauernkindern die Anfangsgründe des Wissens eingebläut. Bei Annie Light überraschte ihn eine Intelligenz, die er einfach hegen und pflegen mußte.

»Mr. Jolly war wirklich sehr gebildet«, erzählte uns Mutter, »und er hat sich soviel Mühe gegeben mit mir dummem Ding.« Sie kicherte. »Nach der Schule blieb er immer noch da und half mir beim Rechnen – da war ich nämlich immer schwach. Ich sehe ihn noch auf- und abmarschieren und an seinem kurzen weißen Backenbart zupfen. ›Annie‹, sagte er dann, ›du hast eine wunderschöne Schrift, du machst die besten Aufsätze in der ganzen Klasse – aber rechnen kannst du nicht.‹ Und da hatte er auch recht – Zahlen haben mich immer ganz verdreht gemacht. Aber er war die Geduld selber, ich mußte einfach lernen bei ihm, und er lieh mir auch alle seine schönen Bücher. Er hätte so gern eine Lehrerin aus mir gemacht, versteht ihr? Aber Vater wollte natürlich nichts davon hören...«

Als Mutter etwa dreizehn Jahre alt war, wurde Großmutter krank, und das Kind mußte mit der Schule Schluß machen. Fünf jüngere Brüder und der Vater wollten versorgt sein, und es war sonst niemand da, der hätte einspringen können. So legte sie also ihre Bücher und ihren bescheidenen Ehrgeiz beiseite und tat, was jedermann von ihr erwartete. Der Lehrer war wütend und hieß ihren Vater einen Schurken, aber ändern konnte auch er nichts. »Der arme Mr. Jolly«, sagte Mutter gerührt. »Er wollte einfach die Hoffnung nicht aufgeben. Da kam er bei uns vorbei und hielt mir einen Vortrag über Oliver Cromwell, wenn ich gerade die Wäsche wusch. Ganz traurig saß er dann da und sagte, es sei eine Sünde und eine Schande – bis Vater wild wurde und zu fluchen anfing...«

Wahrscheinlich hätte man kaum ein ungeeigneteres Kindermädchen für die fünf stämmigen Brüder finden können als dieses wirrköpfige halbwüchsige Mädchen. Aber sie tat immerhin, was sie konnte. Dabei wuchs sie zum Backfisch heran, dem die Haare unordentlich um den Kopf hingen, hatte immer etwas anderes im Sinn, wenn sie recht und schlecht ihre Arbeit im Haus tat, und hing über dem Gemüseputzen allerlei Träumereien nach. Sie lebte mehr im Reich ihrer Phantasie als im Regelmaß des Haushalts; Mr. Jolly und seine Bücher hatten sie verdorben. In den wenigen Mußestunden steckte sie sich dann ihr Haar auf, zwängte sich in ein enggeschnürtes Kleid und setzte sich ans Fenster oder ging durch die Felder, wobei sie Gedichte auswendig lernte oder zarte Landschaftszeichnungen hinkritzelte.

Für die anderen Dorfmädchen war Mutter ein schwieriger Fall, aber sie fühlten sich doch seltsam zu ihr hingezogen. Ihr phantasievolles Wesen, ihr verrückter Humor, alle ihre Einfälle, die scharfe Zunge und das feine Benehmen müssen sie verblüfft und doch berückt haben. Ohne Streitigkeiten, Eifersüchteleien, Beschimpfungen und Tränen schien es freilich nicht abgegangen zu sein. Aber es gab doch eine Clique unter den jungen Mädchen in Quedgeley, deren aufregender Mittelpunkt meine Mutter war. Da zirkulierten Bücher, man machte Ausflüge, und junge Burschen gerieten durch schnippische Reden in Verlegenheit. »Beatie Thomas, Vi Philipps – was haben wir doch für Spaß gehabt miteinander. Und was wir alles angestellt haben – eine schreckliche Bande waren wir.«

Als Mutters Brüder groß genug waren, auf sich selbst aufzupassen, fand sie eine Stellung als Dienstmädchen. Mit ihrem besten Strohhut auf dem Kopf und einem bindfadenverschnürten Karton in der Hand machte sich die hübsche Siebzehnjährige in Furcht und Hoffnung ganz allein auf den Weg in jene Welt der Adelsfamilien, die damals die meisten Mädchen ihres Standes an sich zog. Als Küchenmädchen, Hausmädchen, Kindermädchen, Stubenmädchen sah sie in den großen Herrenhäusern im Westen jene schönen und kostbaren Dinge, die sie niemals wieder vergessen konnte und die in mancher Hinsicht so gut zu ihr paßten.

Damit ging es Mutter so wie anderen mit der Liebe oder mit dem Theater: sie war wie besessen von der »vornehmen Welt«, und das blieb ihr ganzes Leben lang so. Die Folge war, daß auch wir nicht davon loskamen. »So etwas gibt es bei wirklich feinen Leuten nicht«, sagte sie etwa, »feine Leute machen das so.« Wenn sie auf dieses Thema kam, nahm Mutters Stimme eine ehrerbietige, vornehme und sehnsuchtsvolle Färbung an. Die feine Lebensart klang daraus, die für uns in hoffnungsloser Ferne lag, und daneben doch auch die Trauer über die Unerreichbarkeit des Zieles.

Es kam zum Beispiel vor, daß sich Mutter, wenn wir vor unserer kümmerlichen Mahlzeit in der Küche saßen, bis zur völligen Entrückung in Erinnerungen verlor. Sie blickte dann träumerisch in die Ferne, ihre Augen fingen an zu glänzen, sie hielt sich plötzlich ganz anders als sonst, bog die Finger zierlich ab, verteilte mit leichter Hand ein paar Teller auf dem Tisch...

»Zum Diner haben sie jedes Gedeck so hergerichtet: jeder Gast bekam seine eigene Menage...« Wir saßen grimmig da und warteten auf unseren Kohl mit Speck: jetzt gab es bei ihr kein Halten mehr. »Silber und Leinen müssen sorgfältig aufgelegt werden, für jedes Gericht ein eigenes Besteck...« Unsere alten verbogenen Gabeln wurden jetzt mit einem Schwung in Reih und Glied gebracht, hastig flog alles durcheinander auf dem ganzen Tisch. »Als erstes brachte immer der Butler die Suppe herein« – sie schwang die Kelle – »und bediente zuerst die Damen. Dann kam als nächster Gang Flußforelle oder frischer Lachs« – sie legte vor – »hübsch verziert mit Kräutern und Sauce. Dann vielleicht eine Schnepfe oder Perlhuhn – ja und natürlich auch eine Hammelkeule. Und auf der Kredenz stand auch ein kalter Schinken, wenn jemand Appetit hatte. Natürlich nur für die Herren. Die Damen haben immer nur ganz wenig gegessen –« »Warum denn?« »Oh, das gehörte sich so. Dann schickte die Köchin Veilchenküchlein herein, und Walnüsse gab es und Rumfrüchte. Und natürlich Wein zu jedem Gericht, und jedesmal ein frisches Glas...« Ganz verdattert hörten wir zu, knirschten mit den Zähnen und schluckten hungrig mit leeren Mägen. An unsere Suppe dachte Mutter nun überhaupt nicht mehr – der Topf kochte über, und das Feuer ging aus.

Doch es gab auch noch andere Geschichten aus der großen Welt, die wir weniger empörend fanden. Bilder von großen Bällen und festlichen Gesellschaften, strahlende Säle im Kerzenschein leuchteten vor uns auf. (»Am Morgen haben wir dann ein ganzes Faß voll Kerzenreste weggeschafft.«) Und dann Miss Emilys Verlobung. (»Bildschön sah sie aus – wir durften einmal von der Treppe aus gucken. Aus Paris kam ein Mann, nur um sie zu frisieren. Das Kleid hatte tausend Perlen. Oben auf der Galerie saßen Musikanten in schwarzen Anzügen. Die Herren waren alle in Uniform. Dann die Tanzmusik – Polka, Twostep, Schottischer – lieber Himmel, ich konnte mich nicht mehr halten. Wir standen alle oben auf dem Treppenabsatz und hörten zu. Ich war ein freches Ding damals, wirklich. Den Küchenjungen habe ich gepackt und gesagt ›Los, Tom‹, und dann tanzten wir oben den Korridor entlang. Plötzlich kam der Butler, und es setzte Kopfnüsse. Ein schrecklicher Mensch war das, dieser Mr. Bee...«)

Was doch die Mädchen damals für lange, schwere Tage hatten: vor Morgengrauen mußten sie aufstehen, noch ganz schlaftrunken zwanzig oder dreißig Öfen anmachen; fegen, scheuern, staubwischen und polieren, immer und immer aufs neue; ganze Pyramiden von Glas und Silber putzen; treppauf und treppab eilen; und dann diese zornigen kleinen Glocken, die gerade dann wie verrückt zu klingeln anfingen, wenn man seinen Füßen einmal ein bißchen Ruhe gönnen wollte.

Fünf Pfund Lohn im Jahr, ein Vierzehnstundentag und eine winzige Dachkammer, in der man schlief wie ein Toter; außerdem war da nur noch die Hierarchie zweiten Grades drunten im Dienstbotenraum mit einem Kastengeist schlimmer als in Indien.

Trotzdem ging es da drunten munter zu, Wärme und Fülle herrschten in dieser Unterwelt, enorme Mahlzeiten wurden Seite an Seite vertilgt, und jedem waren Hammelbraten und Porter vergönnt. Unter dem Regiment eines tyrannischen oder auch vom Gin zu reifer Milde abgeklärten Butlers und einer strengen oder gutmütig-fetten Köchin quirlten da die jungen Mädchen vom Lande, die Grooms und Diener durcheinander wie ein brodelnder Brei. Da gab es Flucht und Verfolgung durch lange Korridore, frisch gestärkte Liebe in der Waschküche, heimliche Küsse hinter der Tür – dieses Haschen und Sichfinden füllte die spärlichen Stunden, in denen alle die Messingglocken einmal still waren.

Wie hat Mutter wohl in dieses Leben hineingepaßt, frage ich mich? Und die zartfingrigen Stubenköniginnen, die adretten Beschließerinnen und mächtigen Köchinnen, die zürnenden Bonnen, von denen sie kommandiert wurde – wie mögen sie mit ihr fertiggeworden sein? Ein Wirrkopf voller Narrenspossen, überströmend von Phantasie, halb töricht, halb wunderbar – so etwas war ihnen noch nicht vorgekommen, oft genug müssen sie der Verzweiflung nahe gewesen sein. Und doch hatte man sie gern in jenen Herrenhäusern, etwa wie ein Maskottchen oder einen Clown; sie war ja auch schön, sehr schön in jener Zeit. Ihr selbst war das vielleicht gar nicht bewußt, aber ihre Erzählungen enthüllen es. Sie selbst mag sich wohl eher gewundert haben, daß man sie überhaupt bemerkte.

An zwei Geschichten, aus denen das deutlich wird, erinnere ich mich gut. Unbedeutende Vorfälle im Grunde, aber wenn Mutter sie uns erzählte, waren sie jedesmal wieder frisch und neu. Ich muß sie oft gehört haben, aber auch als Mutter schon älter war, errötete sie jedesmal dabei, sie strahlte und schlug beschämt-verwundert die Augen nieder, wenn sie sich die beiden zauberhaften Begegnungen ins Gedächtnis rief, die das Dienstmädchen Annie Light einen Augenblick lang auf einen Märchenthron erhoben hatten.

Zum erstenmal begab sich das gegen Ende des Jahrhunderts, als Mutter in Gaviston Court war. »Das war ein altes Haus, müßt ihr wissen, dunkel und verwittert; in mancher Hinsicht auch ein bißchen primitiv. Aber sie gaben viele Gesellschaften – nicht nur für den Adel, sondern für alle möglichen Leute, manchmal waren sogar Schwarze eingeladen. Der Hausherr hatte die ganze Welt bereist und war ein sehr gebildeter Herr. Man wußte nie so recht, wem man da plötzlich begegnete – für uns Mädchen war das manchmal gar nicht so einfach.

Nun, einmal im Winter war diese große Abendgesellschaft, und wir hatten das ganze Haus gesteckt voll. Die Kälte war so groß, daß man das außerhalb gelegene WC nicht benutzen konnte; aber es gab noch eines am Ende des Korridors. Natürlich war das eigentlich nicht für die Dienerschaft gedacht, aber ich dachte mir, ach was, ich werde mal mein Glück versuchen. Na, ich hatte gerade die Hand auf der Klinke, da flog plötzlich die Tür auf, und heraus trat in voller Lebensgröße ein indischer Fürst, mit Turban und juwelengeschmücktem Bart. Ihr könnt euch vorstellen, wie erbärmlich mir zumute war – ich war ja noch so jung damals! – am liebsten wäre ich im Boden versunken. Mit Mühe und Not brachte ich einen

Knicks fertig und sagte ›Verzeihung, Hoheit‹. Ich wußte vor Schreck nicht, was ich machen sollte. Aber er lächelte nur, kreuzte dann seine Arme, machte eine tiefe Verbeugung und sagte: ›Bitte, treten Sie ein, gnädige Frau!‹ Da ging ich erhobenen Hauptes hinein und setzte mich hin. Als müßte das so sein. Ich kam mir vor wie eine Königin...«

Den zweiten Vorfall erzählte Mutter immer, als habe er sich gar nie wirklich ereignet. Es klang, als ob sie einen Traum berichte, ein Erlebnis, das im wirklichen Leben gar nicht vorkommen kann. »Damals habe ich in einem großen roten Haus gearbeitet, Farnhamsurrey hieß der Ort. Wenn ich einen freien Sonntag hatte, ging ich immer nach Aldershot, um dort meine Freundin Amy Frost zu besuchen, das heißt, damals hieß sie Amy Hawkins, aus Churchdown, sie war noch nicht verheiratet, ihr kennt sie ja auch. Na, und an dem Sonntag damals hatte ich mich nun auch fein gemacht wie immer. Ich glaube wirklich, daß ich hübsch ausgesehen habe. Elegante Schnürschuhe, gestreifte Bluse mit hohem Stehkragen, eine neue Haube und Häkelhandschuhe. Als ich nach Aldershot kam, war es noch viel zu früh, und so ging ich noch ein bißchen spazieren. In der Nacht hatte es geregnet, die Straßen glänzten, und da stand ich nun ganz allein auf dem Fußweg. Plötzlich kommt ganz unvermutet ein Regiment Soldaten in Paradeuniform um die Ecke marschiert. Ich stand da wie angewachsen; so viele Männer und ich ganz allein, ich wußte gar nicht, wo ich hinsehen sollte. Allen voran der Offizier mit einem wunderbaren Backenbart – er hob seinen Säbel und rief: ›Augen – rechts!‹ Dann plötzlich, ob ihr's glaubt oder nicht, fingen die Trommeln zu brummen an und die Dudelsäcke zu pfeifen, und alle die Prachtkerle rissen die Köpfe herum beim Vorbeimarschieren und guckten mir in die Augen. Da stand ich nun so ganz allein in meinem Sonntagskleid, und das Herz schlug mir bis zum Hals hinauf. Das Trommeln und Pfeifen und der Salut für mich ganz allein – ich mußte einfach weinen, so hat mich das mitgenommen...«

Später gab unser Großvater seine Pferde auf und ging ins Gastwirtsgewerbe. Er wurde Wirt im »Pflug«, einem kleinen Gasthaus in Sheepscombe, und als Großmutter ein oder zwei Jahre später starb, gab Mutter ihre Stellung auf, um ihm zu helfen. Da hatte sie es nun mit starken Schnäpsen und Groschenbieren, mit Rum für zwei Groschen, selbstgemachtem Apfelwein, aber auch mit Betrunkenen und Raufbolden zu tun. Mutter paßte dieses Leben nicht so recht, aber was not war, tat sie mit Lust und Schwung. »Damals habe ich das Rausschmeißen gelernt«, sagte sie oft, »Gelegenheit gab's genug dazu! Pug Sollars zum Beispiel, der größte Schläger in ganz Sheepscombe – der wurde vom Apfelwein immer ganz verrückt. Dann hat er den Tisch hochgehoben und wie besessen damit herumgefuchtelt, und die anderen haben sich hinterm Klavier versteckt. ›Annie‹, brüllten sie dann, ›um Gottes willen komm und hilf uns!‹ Ich war die einzige, die mit ihm umgehen konnte. Oft genug habe ich ihn am Kragen gepackt und den Korridor entlanggetrieben. Auch andere – wer mich in Wut brachte, den habe ich einfach auf die Straße gesetzt. Papa war zu gutmütig, so blieb es immer an mir hängen... Sie grinsen jetzt noch, wenn sie mich sehen.«

Das Gasthaus zum Pflug war ursprünglich eine der unbedeutenderen Stationen an der alten Poststraße nach Birdlip gewesen; aber zu Mutters Zeiten war die Straße schon verfallen und für den Verkehr ohne Bedeutung. Ein oder zwei Fuhrleute benutzten aus alter Gewohnheit noch Straße und Schenke, und Mutter setzte ihnen Bier und Speck zum Abendbrot vor und richtete ihnen eine Schlafstelle im Stall. Sonst kamen nur wenig Reisende durch, und meist lag die Straße verlassen. So konnte Mutter lange Nachmittage müßig vor sich hinträumen, ihre besten Kleider anziehen und sich zum Lesen oder Blumenmalen vor das Haus setzen. Sie war eine einsame junge Frau, geheimnisvoll in ihrer Absonderung, anmutig von Antlitz und Gestalt. Die meisten Dorfburschen hatten Angst vor ihr, vor ihrem ungestümen Temperament, ihrem überlegenen Witz, ihren unvermuteten geistigen Eskapaden.

So verbrachte Mutter ein paar seltsame Jahre in dieser Dorfschenke, sie führte ein Doppelleben, indem sie bald in der Kneipe resolut Ordnung schaffte, bald vor dem Haus ihren Gedanken nachhing, und näherte sich dabei ihrem dreißigsten Jahr. Großvater wiederum verbrachte seine Zeit drunten im Keller und spielte Geige auf seinem Stiefel. Wirt zu sein bedeutete für ihn dasselbe, was nach Shaws Definition die Ehe ist – eine Sache, die ein Maximum an Versuchung mit einem Maximum an Gelegenheit verbindet. So kam er selten vor dem späten Abend zum Vorschein, wenn er plötzlich durch ein Loch im Boden auftauchte und unter strömenden Tränen und schon halb ausgezogen ›Des Kriegers kleiner Knabe‹ sang.

Mutter hielt treulich bei ihm aus, fertigte die Trunkenbolde ab, wurde älter und wartete auf ihre Befreiung. Dann las sie eines Tages in einer Provinzzeitung: »Witwer (vier Kinder) sucht Haushälterin.« Inzwischen hatte sie genug von Pug Sollars und von der Fiedelei im Keller. Sie zog ihr bestes Kleid an, ging hinaus vors Haus, setzte sich hin und schrieb auf die Anzeige. Eine Antwort traf ein, und ein Treffen wurde vereinbart; so kam sie mit meinem Vater zusammen.

Als sie in sein Häuschen in Stroud zog und seine vier kleinen Kinder in ihre Obhut nahm, war Mutter dreißig Jahre alt und noch recht hübsch. Vermutlich war sie in ihrem Leben noch keinem Menschen wie meinem Vater begegnet. Vor diesem ziemlich eingebildeten jungen Mann mit seiner glatten Höflichkeit und den betont vornehmen Manieren, mit seiner Liebe zur Musik und seinem Ehrgeiz, seinem Charme und unterhaltsamen Geplauder und einem unbestreitbar guten Aussehen kapitulierte sie gleich auf den ersten Blick. Sie verliebte sich auf der Stelle in ihn, und diese Liebe hielt an, solange sie lebte. Da sie selbst hübsch und gescheit war und meinen Vater anbetete, fühlte auch er sich angezogen. So heiratete er sie. Und später ließ er sie sitzen – mit seinen Kindern und noch ein paar eigenen dazu.

Als er fort war, brachte sie uns ins Dorf und wartete. Sie wartete dreißig Jahre lang. Ich glaube nicht, daß sie je verstanden hat, warum er sie verließ, obwohl doch die Gründe klar zutage lagen. Sie war zu ehrlich, zu natürlich für diesen zaghaften Mann; zu weit entfernt von seinem pedantischen Lebensstil. Schließlich blieb sie doch immer ein Landmädchen, unordentlich, aufgeregt, mit einem Herzen voll Liebe. Sie war wirrköpfig und steckte voller Schabernack wie eine Dohle im Kamin, baute ihr Nest aus Lumpen und Edelsteinen, war glücklich, wenn die Sonne schien, und kreischte laut, wenn Gefahr drohte, spähte immerzu um sich und war unersättlich neugierig, vergaß das Essen ganz und gar oder aß den ganzen Tag, und sang, wenn die Sonne mit Abendrot unterging. Sie lebte wie die Blume auf dem Felde, hatte die Welt lieb und machte keine Pläne, erfaßte mit reinem Auge die Wunder der Natur und hätte um die Welt kein ordentliches Haus führen können. Mein Vater aber ersehnte sich etwas ganz anderes, und das konnte sie ihm niemals geben – die schützende Ordnung eines über jeden Tadel erhabenen Kleinbürgerdaseins – und das bekam er ja schließlich auch.

Von der Erinnerung an die drei oder vier Jahre, die Mutter mit meinem Vater zusammen lebte, zehrte sie ihr ganzes Leben. Sie hütete das Glücksgefühl jener Zeit, als könne sie ihn dadurch am Ende doch wieder zurückholen. Fast mit Ehrfurcht sprach sie von diesen Jahren, und nicht etwa davon, daß sie entschwunden waren, sondern daß sie sie überhaupt hatte erleben dürfen. »Damals war er stolz auf mich. Ich konnte ihn zum Lachen bringen. ›Nance, du bist wirklich unwiderstehlich‹, sagte er oft. Meist saß er dann auf der Türschwelle und konnte sich nicht halten vor Lachen über meine Geschichten und was ich ihm sonst noch erzählte. Er bewunderte mich auch, er fand mich schön, er hatte mich wirklich lieb, versteht ihr? ›Komm, Nance‹, sagte er oft, ›zieh die

Haarnadeln heraus, laß dein Haar herunter – es leuchtet so schön!‹ Er liebte mein Haar, es schimmerte damals noch wie Gold und ging mir bis über die Hüften. Da setzte ich mich dann ins Fenster und ließ es über die Schultern herabfallen – es war so schwer, ihr könnt euch das gar nicht vorstellen –, und er flocht und legte es so, daß die Sonne daraufschien, und saß dann da und schaute nur immer...

Manchmal, wenn ihr Kinder alle im Bett wart, räumte er alle seine Bücher weg – ›Komm, Nance, davon hab ich jetzt genug‹, sagte er dann, ›komm, sing mir was vor!‹ Dann gingen wir zum Klavier, und er nahm mich auf den Schoß und griff um mich herum in die Tasten. Und ich sang ihm ›Killarny‹ vor oder ›Letzte Rose‹, das waren damals seine beiden Lieblingslieder...«

Wenn sie so erzählte, war es wieder gestern, und sie hielt meinen Vater wie früher in ihrem Zauberbann. Sein Spott und Hohn aus späteren Tagen waren ausgelöscht – der Geliebte war ein Liebender wie in den alten Zeiten. Sie lächelte dann und blickte den unkrautbewachsenen Pfad hinauf, als sähe sie ihn heimkehren zu neuem Glück. Aber es war aus und vorbei, er hatte uns für immer verlassen, wir waren allein und damit basta. Mutter mühte sich ab um Kleider und Nahrung für uns, und das wurde ihr schwer genug. Viel Geld war nie im Haus, doch die paar Pfund, die Vater schickte, hätten vielleicht gerade ausgereicht, wenn der Kampf nicht im Grunde gegen Mutters eigene Wirrköpfigkeit, ihre Angst und Einfalt, ihre Vergeßlichkeit, Verschwendung und die schleichende Flut der Schulden hätte geführt werden müssen. Und auch gegen die Anfälle unberechenbarer Überspanntheit, in denen Mutter unsere Bedürfnisse großzügig übersah. Die Miete betrug, wie ich schon sagte, nur drei Shilling sechs Pence die Woche, aber wir waren oft ein halbes Jahr im Rückstand. Hatten wir Montag bis Samstag überhaupt kein Fleisch, so konnte am Sonntag plötzlich eine märchenhafte Gans auf dem Tisch stehen; den ganzen Winter über gab es weder Kohlen noch neue Kleider – aber dann ging sie plötzlich mit uns allen ins Theater; von Jack, der so notwendig neue Schuhe brauchte, wurde ein kostspieliges Photo gemacht, eine neue Schlafzimmereinrichtung wurde geliefert; einmal wurden wir alle enorm hoch versichert, und nach einem Monat verfielen die Policen. Dann setzte sich plötzlich die bittere Not im Hause fest, bis sie durch eine neue Pumporgie vertrieben wurde; unsere klügeren Nachbarn sagten böse Dinge über uns, und die Leute rissen aus, wenn sie uns nur von fern kommen sahen.

Trotz allem verlor Mutter nie den Glauben an das Glück und setzte ihre Hoffnung vor allem auf Preisausschreiben in der Zeitung. Sie war auch fest davon überzeugt, daß jede Firma sich bei Leuten, die ihre Fabrikate rühmten, freigebig mit kostenlosen Mustern und Geldprämien revanchierten. Einmal hatte sie fünf Shilling bekommen für einen Beitrag, den sie an eine Nährcrèmefirma geschickt hatte. Seit dieser Zeit überschwemmte sie den Markt mit Briefen – jede Woche mußten ein paar aus dem Haus. In überschwenglichen Ergüssen prahlte sie mit Wunderkuren und schilderte Heilungen oder prophezeite den Anbruch neuer Morgenröten durch Kopfwehpulver, Limonensaft, Würste oder Fleischextrakt, Mittel zur Verschönerung der Büste, zur Verlängerung der Wimpern, durch Seife, Eheanbahnungsinstitute, Staatsmänner, Hühneraugenpflaster oder Könige. Niemals wieder brachten ihr diese Bemühungen auch nur einen Pfennig ein, aber ihr Stil, ihre Leidenschaft und ihr Glaube waren so überzeugend, daß diese Briefe oft abgedruckt wurden. Ganze Bündel von Zeitungsausschnitten lagen überall im Hause herum, mit Überschriften wie ›Dankbarer Dulder‹ oder ›Nach Jahren der Qual‹ oder ›Täglich habe ich mich in den Schlaf geweint, bis ich zufällig auf Ihre Einreibung aufmerksam wurde‹... Das las sie uns dann oft mit von Stolz geröteten Wangen vor, ohne noch daran zu denken, was sie eigentlich mit den Zuschriften bezweckt hatte.

Verlassen, von Schulden geplagt, gehetzt, verwirrt und von Ehrgeiz getrieben, der nie zum Ziele kam, besaß Mutter doch ein unzerstörbar fröhliches Herz, das wie eine warme Quelle unversieglich sprudelte. Ob sie lachte oder weinte – immer tat sie es wie ein Kind, ganz aus dem Augenblick und unvermutet ins Gegenteil umschlagend, ohne Erinnerung an Vorausgegangenes. Ihre Gemütsbewegungen kannten keinerlei Vorbehalt -- sie teilte Ohrfeigen aus und streichelte auch gleich wieder; für unsere Nerven eine ziemliche Strapaze. Warf sie einen Topf um oder schnitt sie sich in den Finger, so erhob sie ein Gekreische, daß einem das Blut in den Adern stockte – um gleich darauf mit Hüpfen, Springen oder Singen alles vergessen zu haben. Mir ist, als hörte ich sie heute noch in der Küche herumfuhrwerken: Quieken und ängstliches Aufschreien, ab und zu ein kräftiges Scheltwort, ein Ausruf der Verwunderung, ein scharfer Befehl an irgendein Ding, das stillhalten soll. Fiel eine Kohle aus dem Ofen, so standen ihr die Haare zu Berge, klopfte es laut an die Tür, so fuhr sie zusammen und kreischte laut auf – ihre Welt war ein Irrgarten von kleinen Fallen und Hinterhalten, denen sie jeweils mit anklagendem Gekreisch begegnete. Man konnte gar nicht anders, als mit ihr springen und erschrecken, wenn man auch mit der Zeit dahinterkam, daß der Alarm meistens falsch war. Schließlich war das nichts anderes als die formelle Begrüßung der Teufel, die sich an ihre Fersen hefteten.

Oft, wenn Mutter an der Arbeit war und nicht gerade schrie, hielt sie Selbstgespräche. Oder sie nahm geistesabwesend eine Bemerkung auf, die jemand gerade gemacht hatte, und sang sie ihm in Knittelversen zurück. Vielleicht hatte einer gesagt: »Gib mir ein Stück Kuchen!« »Du willst ein Stück Kuchen? Natürlich... Gib mir ein Stück Kuchen! Ich geh die Liebste suchen! Ich lieb sie so heiß, wie niemand es weiß, ich will sie suchen und finden und find sie unter den Linden, tralala...«

Und wenn es einmal eine Pause gab im Geklapper mit dem Küchengeschirr und Mutter gerade in der Stimmung war, so machte sie wohl auch Spottverse über Leute aus unserem Dorf, die stachen wie eine dreizinkige Gabel:

Mrs. Price
macht mir heiß,
zwick sie mit 'ner Zange-Beiß.

Das war ganz typisch für ihren lakonischen Humor und ihren Freimut. Mrs. Price war unser Postfräulein...

Mutter lebte wie Großmama Trill ohne Uhr, und die Unpünktlichkeit saß ihr in den Knochen. Besonders leicht nahm sie es mit den Omnibussen, und vielleicht hat sie in ihrem Leben mehr verpaßt als erreicht. In der guten alten Zeit, als nur Fuhrwerke nach Stroud gingen, verspäteten sich die Kutscher ihretwegen nicht selten um eine ganze Stunde, und als dann die Omnibusse aufkamen, änderte das in ihren Augen nichts – sie verhielt sich, wie sie es gewohnt war. Erst wenn sie den Omnibus in Sheepscombe hupen hörte, fing sie an, sich fertig zu machen. Dann stülpte sie sich den Hut auf den Kopf und schoß mit dem üblichen Geschrei und Geheule in der Küche herum. »Wo sind meine Handschuhe? Wo ist denn meine Handtasche? Verflixt noch mal, wo sind bloß meine Schuhe? In diesem Loch kann man auch gar nichts finden! Helft mir doch, ihr Trottel – steht nicht bloß rum – ihr seid schuld, wenn ich ihn verpasse! Laurie, lauf hin und halt ihn auf. Sag, ich komme sofort...«

Ich preschte die Böschung hinauf und kam gewöhnlich gerade an, wenn der vollbesetzte Bus zum Halten kam.

»... kommt sofort, sagt sie. Sucht nur noch ihre Schuhe. Sie kommt den Moment, soll ich sagen...«

Gräßliche Augenblicke für mich. Da stand ich mit rotem Kopf, der Chauffeur drückte auf die Hupe, und alle Passagiere hingen aus den Fenstern und drohten ärgerlich mit den Regenschirmen.

»Natürlich wieder Mutter Lee. Hat wieder mal ihre Schuhe verlegt. Na los, mach ein bißchen Druck dahinter!«

Dann klang lieb und heiter Mutters besänftigende Stimme unten von der Böschung her.

»Ich komme – ju-huu! Hatte nur meine Handschuhe verlegt. Eine Sekund! Ich komme schon, liebe Leute.«

Lachend und keuchend, den Hut schief auf dem Kopf, den Schal lose um den Hals, die Arme voll Körbe und Pakete, kam sie dann schließlich durch die Brennesseln gestolpert und fiel ächzend auf ihren Sitz...

Wenn einmal weder Fuhrwerk noch Omnibus fuhr, ging Mutter die vier Meilen zum Einkaufen zu Fuß und wanderte dann schwer beladen mit all ihren Taschen und Netzen heimwärts, dabei Teepäckchen über die staubige Straße verstreuend. Als sie davon genug hatte, lieh sie sich Dorothys Fahrrad aus. Freilich lernte sie nie ganz richtig fahren. Sie war schon froh, wenn sie das Ding in Fahrt brachte; mit dem Aufsteigen und Anhalten hatte es immer seine Schwierigkeiten. Ein paar Leute aus dem Dorf mußten immer ein Stück mitrennen und sie in Schwung bringen, und wenn sie absteigen wollte, fuhr sie an eine Hecke. Mit dem Laden in Stroud, in dem sie regelmäßig Kundin war, hatte sie ein besonderes Abkommen getroffen. Das funktionierte nur, wenn einer gut hörte und rasch reagierte, aber dann war es eine reine Freude, die Operation zu beobachten. Wenn Mutter den Berg heruntersegelte, direkt auf den Haupteingang des Ladens zu, sandte sie einen ihrer schrillen Schreie voraus. Dann sauste ein extra darauf gedrillter Kommis durch den Laden, stürzte zum Seiteneingang hinaus und fing Mutter in seinen Armen auf. Er mußte freilich flink und kräftig sein, denn wenn er sie verfehlte, landete sie auf der Polizeiwache.

Unsere Mutter war ein Hanswurst, so romantisch und überspannt, daß sie niemals ganz ernst genommen wurde. Dabei besaß sie Geschmack und Zartgefühl, Verstand und Heiterkeit, und sie erhielt sie sich ungebrochen und unverbittert bis an ihr Ende, wenn auch das Schicksal immer wieder hart mit ihr umsprang. Gott weiß, woher ihr diese Gaben kamen und wie sie es fertigbrachte, sie sich zu bewahren. Aber sie liebte diese Welt und sah sie immer wieder frisch im Lichte ihrer nie verdunkelten Hoffnung. Sie war eine Künstlernatur, eine Lichtspenderin und ein Original, ohne es im entferntesten zu ahnen...

Meine früheste Erinnerung an Mutter zeigt mir eine schöne Frau, stark und gütig, mit einer angeborenen feinen Würde, die unter all dem aufgeregten Geplapper stets spürbar blieb. Wenige Jahre genügten, sie zu der gebeugten, abgearbeiteten Frau zu machen, deren gesunde Fülle rasch dahinschwand in all dem Ungemach und den Entbehrungen, die sie erdulden mußte. Und in diesem zweiten Stadium kann ich sie mir am deutlichsten vorstellen, denn das währte am längsten. Ich sehe sie noch vor mir, wie sie in der Küche herumfuhrwerkt, wie sie einen Zwieback in ihren Tee taucht, mit sorglos aufgestecktem Haar, aus dem die Nadeln fallen, und Kleidern, die formlos auf ihr hängen, immer auf Ausschau nach irgendeinem Silberstreifen am Horizont, mit erstaunten Ahs und Ohs, während sie von Tonks erzählt oder auch Tennyson rezitiert und von mir erwartet, daß ich es verstehe.

Mit ihrer Liebe zu Putz und Staat, ihren ungemachten Betten, ihrem Wust von angefangenen Notizbüchern, ihren Tabus, abergläubischen Vorstellungen und ihrer Zimperlichkeit, ihrer erstaunlichen Würde, ihrem Mitleid mit allen Verfolgten, ihrem Respekt vor dem Adel und der eingehenden Kenntnis der Stammbäume aller Herrscherhäuser Europas war sie ein chaotisches Gemisch von widersprüchlichen Neigungen, deren Erfüllung ihr versagt blieb, ein Dienstmädchen, das eigentlich für Samt und Seide bestimmt war. Und trotz alledem brachte sie es zuwege, daß unsere einfältigen Gemüter stetig und unmerklich von dem Schönen angerührt wurden. Obwohl sie unsere Geduld auf eine harte Probe stellte und unsere Nerven aufrieb, baute sie unablässig allein durch die unbewußte Offenbarung ihrer Ideale rings um uns ein Bild vom Menschen und der Welt auf, das so schlicht und natürlich war, daß wir es damals gar nicht recht zur Kenntnis nahmen, aber auch so wahr, daß wir es niemals wieder vergessen konnten.

Immer wenn ich in meinem Leben etwas »Goldenes« sehe – den Jahreszeitenwechsel, einen bunten Vogel in den Zweigen, Orchideenblüten, Wasser in der Abenddämmerung, eine Distel, ein Gemälde, ein Gedicht –, sucht mich in meinem Glück ein rasches Gedenken an meine Mutter heim. Sie hat mich manchmal fast zur Verzweiflung gebracht. Aber ich weiß jetzt, daß ich von Geburt an die ganze Erde durch ihren frohen Mut in mich aufgenommen habe.

Ich mußte erst von zu Hause fortkommen, um zu erfahren, wie es ist, wenn Stuben sauber sind und mit Teppichen ausgelegt, wenn man die Ecken in den Zimmern sieht und die Fensterbänke leer sind, und wenn man sich auf einen Küchenstuhl setzen kann, ohne ihn vorher umzudrehen und zu schütteln. Unsere Mutter gehörte zu den besitzfrohen Sammlern, die ihre Zeit damit verbringen, die Ritzen ihres Daseins mit einer Ladung der ausgefallensten Dinge zu verstopfen. Sie sammelte alles, was ihr in die Hände fiel, und warf niemals etwas weg; jeder Fetzen und jeder Knopf wurde sorglich gestapelt, als wäre sein Verlust ein Verhängnis für uns alle. Zeitungen aus zwanzig Jahren, so gelb wie Leichentücher, das war die tote Vergangenheit, an die sie sich hängte, alle die Jahrgänge, die sie für meinen Vater aufgehoben hatte – vielleicht stand etwas darin, das sie ihm hatte zeigen wollen... Und dann trieb sich noch alles mögliche andere Zeug im Hause herum: Sprungfedern, Schuhleisten, zerbrochene Fensterscheiben, Korsettstangen, Bilderrahmen, Feuerzangen, Zylinderhüte, Schachfiguren, Federn und Nippfiguren ohne Kopf. Kein Mensch wußte, wie und wann das alles angeschwemmt wurde – es blieb liegen, als hätte eine Flut es zurückgelassen. Aber auf einem Gebiet sammelte Mutter mit Bedacht: für altes Porzellan hatte sie den Blick des Kenners.

Altes Porzellan war für Mutter wie Glücksspiel, Schnaps und verbotene Liebe in einem; letzte Offenbarung und Befriedigung eines Geschmackes, der ihr angeboren war und dem sie doch nie Genüge tun konnte. Nach altem Porzellan lief sie kilometerweit, obwohl sie gar kein Geld dafür übrig hatte; von ihrem leidenschaftlichen Verlangen erfüllt, suchte sie Läden und Auktionen heim und konnte wirklich mit Glück und Geschick, durch List und schöne Worte hier und da ein gutes Stück ergattern.

Ich weiß noch, daß einmal eine große Auktion in Bisley war und daß Mutter keinen Schlaf fand, weil sie immer an die Schätze denken mußte, die dort ruhten.

»Es ist ein prächtiger alter Herrensitz«, sagte sie immer wieder. »Die Delacourts, wißt ihr. Das waren so kultivierte Leute – sie jedenfalls. Es wäre ein Verbrechen, wenn man da nicht hinginge und sich's ansähe.«

Als der Tag der Versteigerung herangekommen war, stand Mutter frühzeitig auf und zog ihre Auktionssachen an. Wir bekamen nur ein kaltes Restefrühstück – zum Kochen war sie zu aufgeregt –, und dann war sie auch schon zur Tür hinaus.

»Ich gehe nur zum Anschauen. Kaufen kann ich natürlich nichts. Ich möchte nur gern sehen, was sie an Spode da haben...«

Schuldbewußt begegnete sie unseren stumpfen Blicken und machte sich dann im strömenden Regen davon.

Als wir nachmittags gerade Tee trinken wollten, hörten wir sie schon oben vom Ufer her rufen.

»Buben! Marge – Doth! Ich bin wieder da! Kommt und schaut euch das an!«

Schmutzbespritzt, mit roten Wangen und mit einem kleinen schlauen Lächeln kam sie durch die Gartentür gestolpert.

»Ach, ihr hättet bloß dort sein sollen. Das Porzellan und das Glas! So etwas habe ich noch nicht gesehen. Und es hat nur so gewimmelt von Aufkäufern – aber ich hab sie alle hineingelegt. Schaut, ist das nicht wundervoll? Ich mußte es einfach haben – und es hat bloß ein paar Pfennige gekostet.«

Dabei zog sie aus ihrer Tasche eine elfenbeinfarbene Tasse mit Untertasse, papierdünn, exquisit und unvergleichlich –

nur hatten sich Tasse und Henkel voneinander getrennt, und die Untertasse bestand aus zwei Stücken.

»Ich könnte das natürlich kitten lassen«, sagte Mutter, indem sie die Stücke gegen das Licht hielt. Und ihr Gesicht leuchtete dabei genauso sanft und zart wie die eierschalendünnen Scherben in ihrer Hand.

Im gleichen Augenblick kamen zwei Fuhrknechte den Pfad herabgestolpert mit einer großen Kiste auf den Schultern.

»Stellen Sie es dahin«, sagte Mutter, und sie ließen es auf den Hof plumpsen, nahmen ihr Trinkgeld und verschwanden ächzend.

»Lieber Himmel«, kicherte sie. »Daran hab ich gar nicht mehr gedacht. Das hat zu der Tasse gehört, ich mußte es mitnehmen. Aber wir werden es sicher gut brauchen können.«

Wir schlugen die Kiste mit einem Hackmesser auf und stellten uns ringsherum, neugierig, was wohl darin sei. Heraus kamen ein Bündel Teppichstäbe, ein Gesteck Reiherfedern, ein abgebrochener Spaten, ein paar zerbrochene Tonpfeifen, eine Schachtel voll Schafszähne und eine gerahmte Photographie vom Kurort Lemington...

So oder auf ähnliche Weise kamen wir zu einigen Stücken sehr schönen Porzellans, und manche waren sogar unbeschädigt. Ich erinnere mich etwa an eine Sèvres-Uhr, rosa bemalt und mit Engeln verziert, ein Derby-Service in Gold mit der Krone, ein paar zierliche Figuren, ich glaube Meißener, so schaumig zart wie Sonnenstrahlen. Uns war nie ganz klar, wie Mutter eigentlich zu diesen Schätzen kam, aber jedenfalls streichelte und pflegte sie sie, lächelte vor sich hin und suchte immer wieder die beste Beleuchtung dafür; oder sie stand auch nur davor, hielt den Besen in der Hand und seufzte und bebte vor innerer Freude. So beschädigt und fehlerhaft die Sachen oft waren – für sie waren es Zauberfenster, die den Blick in jene geheime Welt freigaben, die sie erfühlte und die ihr doch verschlossen war. Freilich konnte sie kein Stück lange behalten. Ihr blieb gerade Zeit genug, um in Büchern darüber nachzuschlagen, die schöne Form und die Geschichte in sich aufzunehmen – dann trieben sie Schuldgefühl und Not nach Cheltenham, wo sie ihre Schätze an Händler weiterverkaufte. Es kam, wenn auch sehr selten, vor, daß sie dabei einen oder zwei Shilling Profit herausschlug und daraus ein wenig Trost gewann. Aber gewöhnlich hieß es: »Lieber Himmel, wie dumm ich doch war – ich hätte das Doppelte verlangen sollen!«

Mutters Vater hatte eine glückliche Hand mit Pferden; bei ihr war es dasselbe mit Blumen. Sie gediehen bei ihr überall und jederzeit, und es war, als hätten sie ihr zuliebe ein längeres Leben. Sie behandelte die Pflanzen derb, fast rücksichtslos, aber ihre Hände wußten so genau, was jede brauchte, daß sie sich ihr zuzuwenden schienen wie einer zweiten Sonne. Sie konnte eine vertrocknete Wurzel aus Feld oder Hecke reißen, sie in ihren Garten stecken, ein bißchen zurechtschütteln – und im Handumdrehen blühte sie auch schon. Man hätte ihr zugetraut, daß sie auch aus einem Stock oder einem Stuhlbein Rosen hervorzaubern könnte. So erstaunlich war ihr Geschick.

Unser terrassenförmig ansteigendes Gartenstück, das sie unverdrossen und ohne jeden Plan bearbeitete, war ein Abbild unserer Mutter, wie sie leibte und lebte. Nie zügelte oder behinderte sie das Wachstum – sie hegte und pflegte nur, was immer hervorsproß, und verteilte ihre Liebe auf alles Gewächs so gleichmäßig wie die Sonne in einer Folge schöner Tage. Sie erzwang nichts, veredelte nichts, ordnete nichts zu Beeten; was sich selbst aussäte, machte ihre Freude, sie ließ alles wachsen wie es wollte, und es gab nur wenige Unkräuter, denen sie zu Leibe ging. So war denn auch unser Garten ein üppiger Dschungel, in dem kein Zollbreit Boden vergeudet war. Flieder schoß in die Höhe, Goldregen hing herab, weiße Rosen hüllten den Apfelbaum ein, rote Zier-Johannisbeeren mit einem scharfen Fuchsgeruch säumten einen ganzen Pfad; alles blühte in einem solchen Durcheinander, daß die

Bienen staunen und die Vögel in der Luft sich wundern mußten. Kartoffeln und Kohlköpfe waren willkürlich zwischen Fingerhüte, Stiefmütterchen und Nelken gesetzt. Oft hatte eine Blumenart den ganzen Garten erobert – ein Jahr Vergißmeinnicht, im nächsten Stockrosen, dann ein ganzer Teppich von rotem Mohn. Was immer kam, durfte wachsen. Und Mutter bahnte sich ihren Weg durch die Wildnis, blieb hier und da stehen, um einer einzelnen Blüte den Kopf zu tätscheln, und war dabei so voller Nachsicht und Güte, Liebenswürdigkeit und Wißbegier wie eine Königin, die ein Waisenhaus besucht.

Dieses Übermaß, das draußen herrschte, setzte sich bis in unsere Küche fort, die immer voller Blumensträuße stand. In diesem grünschattigen, von Laub und Blüten umhegten Bereich, in den die Sonnenstrahlen nur gedämpft durch die Pflanzengitter vor den Fensterscheiben sickerten, kam ich mir oft wie eine Ameise im Dschungel vor – überwuchert vom üppig aufschießenden Grün. Mutter pflückte fast alles, was ihr draußen gefiel, und schleppte es ins Haus. Rosen, Buchenzweige, Petersilie, Nieswurz, Knoblauch, Getreidehalme und Rhabarber steckte sie in Flaschen, Teekannen, Schüsseln und Krüge, in alle möglichen Geschirre, ob schön oder alt und ausgedient. Sie zog auch Pflanzen, wo es nur immer möglich war – in Kasserollen, Teedosen oder Blechbüchsen. Ja, einmal hat sie tatsächlich in einem gußeisernen Filter prächtige Geranien gezogen. Wir Buben hatten ihn irgendwo im Wald aufgelesen, doch sie erst fand die richtige Verwendung dafür.

Obwohl es nur einen Mann im Leben meiner Mutter gegeben hatte – wenn er überhaupt jemals wirklich darin war –, so dachte sie doch oft mit Rührung derer, die sich in ihrer Mädchenzeit um sie bemüht hatten, und erzählte gern, wie sie ihr vergeblich den Hof gemacht hatten. Da war ein Mann von der Post, den sie abgewiesen hatte, weil er eine Perücke trug, ein Fleischermeister, der nur bitteren Spott und Hohn geerntet, ein Viehzüchter, den sie in den Bach von Sheepscombe gestoßen hatte, um das Feuer zu löschen, das ihr lästig war – und noch so mancher Mann landaus landein, dem sie seine Liebe versalzen hatte. Manchmal wenn wir spazierengingen oder im strömenden Regen aus Stroud nach Hause stapften, fuhr wohl im klingelnden Einspänner ein dicker Gutsbesitzer mit Backenbart oder auch ein Grundstücksmakler an uns vorbei. Dann drehte sich Mutter um, sah ihm nach und murmelte, indem sie den Regen von ihrem Hut schüttelte: »Den hätte ich auch heiraten können, wißt ihr, wenn ich's nur richtig angefangen hätte...«

So ganz verläßlich waren Mutters Erinnerungen in diesem Punkte wohl nicht immer, denn sie trug sie in den verschiedensten Versionen vor. Aber von all den Geschichten, die sie von sich und anderen erzählte, war die vom Schmied und der Karamellenköchin ganz bestimmt wahr...

Im Dorfe C., berichtete sie, lebte einmal ein Schmied, den eine unglückliche Liebe plagte. Schon viele Jahre lang liebte er eine Jungfer aus dem Dorf, aber er war schüchtern wie die meisten Schmiede. Die Jungfer, die ein kümmerliches Dasein fristete, indem sie Karamellen kochte und verkaufte, war auch einsam und schaute verzweifelt nach einem Manne aus, war aber zu stolz und zu bescheiden, um auf Männerjagd zu gehen. Als die Jahre verstrichen, wuchs die Verzweiflung der Jungfer im gleichen Maße wie die stumme Leidenschaft des Schmiedes.

Da stahl sich die Jungfer eines Tages in die Kirche und fiel auf ihre Knie nieder: »Lieber Gott«, betete sie, »bitte erbarme dich doch und schicke mir einen Mann zum Heiraten!«

Nun befand sich zufällig der Schmied oben im Kirchturm, wo er die alte Kirchenuhr ausbesserte, und dort entging ihm nicht ein einziges Wort des inbrünstigen jüngferlichen Flehens. Als er sie beten hörte: »Bitte schicke mir einen Mann«, wäre er vor Aufregung beinahe vom Dach gefallen. Doch er faßte sich wieder, gab seiner Stimme einen Jehovaklang und fragte in dröhnendem Baß: »Darf es auch ein Schmied sein?«

»Irgendeiner ist besser als gar keiner, lieber Herrgott!« rief die Jungfer dankbar.

Da lief der Schmied schnell nach Hause, zog seine Sonntagskleider an und fing die Jungfer auf dem Heimweg aus der Kirche ab. Er machte seinen Antrag, und sie wurden ein Paar, lebten glücklich und zufrieden miteinander und kochten ihre Karamellen auf dem Schmiedefeuer.

Wenn ich mich mühe, meine Mutter wieder vor mir zu sehen, so ist das, als zupfte ich an gesprungenen Saiten. Wie ein immer gleiches Muster sind all ihre Widersprüchlichkeiten in alle die Jahre eingewebt, auf die ich zurückblicke. Ihre Blumen und Lieder, ihre unerschütterliche Treue, die Versuche, Ordnung zu schaffen und die Rückfälle in die Schlamperei, ihr närrisches Wesen, ihr Drang nach Licht, fast tägliche Tränen um die verstorbene kleine Tochter, ihre Freudensprünge und ihr Übermut, das plötzliche Aufkreischen, ihre Menschenliebe und ihre hysterischen Wutanfälle, ihre Gerechtigkeit jedem einzelnen von uns Kindern gegenüber – von alledem war meine Mutter besessen, das hockte auf ihren Schultern wie eine Brut von Raben und Tauben. Doch ich erinnere mich auch, wie sie manchmal aufblühte, wie sie insgeheim zur einsamen Schönheit wurde. Und ich weiß noch um jene Sommernächte – wir Buben lagen dann schon im Bett –, wenn die stille Küche vom dunklen Eibengrün erfüllt war und Mutter ihr Seidenes anzog und ihre paar Schmuckstücke anlegte, um sich dann ans Klavier zu setzen.

Gut spielte sie nicht, ihre Arbeitshände stolperten über die Tasten, die Finger verhielten oft – und doch reihte sie mit zaghaft-hastiger Anmut in halb unterdrücktem Aufbranden des Gefühls Klänge aneinander, die wie Wellen durch das Küchenfenster brachen, Signale aus einem festverwahrten Käfig. Wenn sie so einsam saß, mit geschlossenen Augen, gehüllt in Seide und Geheimnis, den vergilbten Tasten Arpeggien entlockte und im Klang ungeschickter und doch rührender Akkorde dem Hochgefühl dieses heimlichsten Augenblickes sich ergab – dann war das die Stunde, in der sie ihren Mann in der selbstgeschaffenen blauen Stunde ihrer Zärtlichkeit zu sich zurückkehren sah.

Ich lag dann wach im Halbdunkel meines Schlafzimmers und hörte die Melodie von unten heraufklingen, einen klapprigen Akkord, eine schmerzliche Pause, dann einen funkelnden Bachstelzenlauf. Frech und doch traurig, derb und doch sehnsuchtsvoll stiegen die Klänge auf in schrillem Aufsprudeln, brachen sich und schauerten sanft wie Wasser herab und umspülten mein lauschendes Haupt. Mutter konnte ein paar Walzer spielen, und natürlich ›Killarney‹, und manchmal habe ich sie auch singen gehört, mit kühler einsamer Stimme, die sich unsicher erhob und an ihr eigenes Spiegelbild richtete. Fröhliche Klänge waren das, halb schon im Schlaf vernommen, und doch erregend und fast zum Schämen herzbewegend. Immer wollte ich dann hinunterlaufen und Mutter umarmen, während sie spielte. Aber irgend etwas hielt mich doch immer davon zurück.

Mit der Zeit lehnte sich Mutter immer weniger auf. Sie hatte Ergebung gelernt und war dankbar dafür. Doch als wir Kinder heranwuchsen und eines nach dem anderen aus dem Hause gingen, wucherten ihre Eigenheiten nur um so üppiger, und ihre Blumentöpfe und Zeitungen, der Wirrwarr alles dessen, was sie sammelte und aufhob, füllten die Lücken im Haus. Sie las jetzt mehr und ging überhaupt nicht zu Bett; sie schlief nur noch in einem Sessel sitzend. Tag und Nacht gingen ihr ineinander über, kein Kind plagte sie mehr mit seinen Wünschen. So schlief sie denn eine Stunde, stand dann auf und scheuerte den Boden oder ging auch mitten in der Nacht zum Holzsammeln. Wie Großmama Trill kümmerte sie sich allmählich überhaupt nicht mehr um die Zeit und tat, was sie gerade wollte, wann sie eben Lust hatte dazu. Trotzdem war sie immer für uns da; wenn wir auf Besuch nach Hause kamen, dann brannte das Feuer im Herd, und sie hieß uns willkommen...

Ich weiß noch, wie ich einmal mitten im Krieg um zwei

Uhr morgens nach Hause kam. Da saß sie wachend in ihrem Sessel und las ein Buch mit der Lupe. »Ach, Junge«, sagte sie – ich kam unvermutet – »komm mal her und schau dir das an.« Wir befaßten uns mit dem Buch, dann ging ich hinauf in mein Bett und schlief erschöpft ein. Irgendwann bevor der Morgen graute – es war noch kalt und dunkel – wachte ich auf, weil ich Mutter die Treppe heraufklettern hörte. »Ich habe dir dein Essen gebracht, Junge«, sagte sie und stellte ein großes Tablett vor mir auf das Bett. Noch ganz schlafbefangen machte ich mühsam die Augen auf – Gemüsesuppe, ein großes Stück Geschmortes und ein Pudding. Der Sohn war heimgekommen und mußte sein Abendessen haben, und so hatte sie die halbe Nacht damit zugebracht es fertigzumachen. Sie setzte sich auf mein Bett und paßte auf, daß ich alles aufaß – daß es schon fast Tag war, hatte sie nicht bemerkt.

So lebte Mutter, als die Familie aus dem Haus war, ganz wie es ihr gefiel. Sie wußte, daß sie ihr Möglichstes getan hatte, freute sich, wenn wir kamen, war zufrieden, wenn sie wieder allein war, schlief, bestellte den Garten, schnitt Bilder aus, erzählte uns in ihren Briefen von den Vögeln, machte Omnibusfahrten, besuchte Freunde, las Ruskin oder Heiligengeschichten. Ganz allmählich und unvermerkt ging sie in ihre Umgebung ein, sie wurde eins mit ihrem grünen Gartenhang, stocherte und spähte zwischen den blühenden Büschen umher, genauso zerzaust und bunt wie diese. Heiter und ohne lästige Ordnung, ohne Streit, ohne Zweifel und Furcht waren diese letzten Jahre, in denen sie sachte in eine bäuerliche Einfalt zurückfiel, wie eine Moosrose wieder zur Heckenrose wird.

Dann starb ganz plötzlich unser ferner Vater – er verunglückte mit dem Wagen in einem Vorort von Morden. Und damit, mit seinem Tod, der auch der Tod ihrer Hoffnung war, gab unsere Mutter ihr Leben auf. Die lange Trennung hatte nun ein Ende gefunden, und die Kälte, mit der das geschah, tötete sie. Sie hatte treu und einsam Vaters beide Familien aufgezogen; fünfunddreißig Jahre lang hatte sie auf sein Lob gewartet. Und die ganze Zeit hindurch hatte sie sich an die eine phantastische Vorstellung geklammert, daß er, gealtert und gebrochen, schließlich doch noch ihrer bedürftig, eines Tages wieder zurückkäme. Mit seinem Tod starb diese Hoffnung, und damit ging auch ihr Verstand dahin. Die reife Ruhe, die ihr in den letzten Jahren zugewachsen war, ließ sie jetzt für immer im Stich. Sie wurde gebrechlich und einfältig, sie kehrte in ihre Jugendzeit zurück, in jene Mädchenzeit, die von ihm noch nicht gewußt hatte. Niemals wieder erwähnte sie ihn, aber sie sprach zu Schatten, sah Erscheinungen, und dann starb sie.

Wir begruben sie im Dorf, am Rande des Buchenwaldes, nicht weit von ihrer Tochter, die mit vier Jahren gestorben war.

Winter und Sommer

Niemand wird sich darüber wundern, daß es mir vorkommt, als wären die Sommer und Winter meiner Kindheit ganz besonders stark und echt gewesen; sie liefern mir noch heute den Maßstab der Vollkommenheit, wenn die Rede auf die Jahreszeiten kommt. So absolute Herrscher waren sie für uns, daß wir gewissermaßen jeweils die Nationalität wechselten, und wenn ich in der Erinnerung auf mein Tal zurückblicke, sehe ich niemals nur ein einziges Bild vor mir, sondern stets, säuberlich voneinander getrennt, ein Winterdorf und ein Sommerdorf. Der Städter hat es ja heutzutage kaum mehr nötig, sich auf ganz große Hitze oder ganz starke Kälte einzustellen, aber damals übten Sommer und Winter ihren Einfluß auf alles was wir taten, sie drangen in unsere Häuser ein, beherrschten unsere Gedanken und unsere Spiele und stellten eine Ordnung auf, in die sich unser ganzes Leben fügte.

Nicht daß der Winter in unserem Tal stärker ausgeprägt gewesen wäre als der Sommer oder daß man ihn einfach als dessen Gegenteil hätte bezeichnen können – das Dorf im Winter war eben ein anderes Dorf. Und irgendwie wußte man nie, wie man eigentlich dahin gelangt war; man kam an, und der Winter war da. Eines Tages war ganz plötzlich alles bis in die kleinsten Einzelheiten verändert, und man mußte das Dorf von neuem entdecken. Die Nase starb einem ab, und das Atmen tat weh, und auf den Fensterscheiben hatte der Frost seine Zickzacklinien gezogen. Bei Tage war das Haus von einem eisgrünen Licht erfüllt, während draußen – in der unsichtbaren Welt – ein seltsames hartes Schweigen herrschte oder ein metallisches Knirschen, ein zartes Beben von Zweigen und Drähten.

An diesem Morgen war dann die Küche voller Dampf, der aus Kesseln und Töpfen quoll. Die Pumpe draußen war wieder gefroren und klirrte wie zerbrochenes Geschirr, so daß die Mädchen Eiszapfen von den Dachrinnen brachen, um sich Wasser zu verschaffen. Und der Tee, den wir tranken, war zerkochtes Eis. »Ein Jammer ist das«, sagte Mutter, »die armen, armen Vögel.« Dabei schüttelte sie sich vor Kälte.

Sie und die Mädchen hatten sich eingemummt, so gut sie nur konnten, doch Mäntel, Schals und Fausthandschuhe verhinderten nicht, daß sie vor Kälte zitterten und mit tropfender Nase dastanden, und die arme kleine Phyllis wiegte sich auf einem Stuhl und hielt ihre Frostbeulen wie eine Handvoll Bienen.

Dann kam es scheppernd und klirrend den Gartenpfad herunter, und der Milchmann stieß die Türe auf. Die Milch in seinem Eimer war hart gefroren. Er mußte mit einem Hammer Stücke abschlagen.

»Eine Mordskälte ist draußen«, sagte der Milchmann.

»Den Schafen machen die Krähen zu schaffen. Im Teich sind Schwäne eingefroren. Und Meisen fallen tot aus der

Luft...« Seine Augenbrauen tauten auf, während er seinen Tee trank, dann gab er Dorothy einen Klaps aufs Hinterteil und ging wieder.

»Ach, die armen, armen Vögel«, sagte Mutter noch einmal.

Draußen hüpften sie ums Fensterbrett und piepten nach Brot und Fett – Rotkehlchen, Amseln, Spechte und Eichelhäher, die man sonst nie beieinander sah. Wir fütterten sie eine Weile und staunten, wie zahm sie waren, dann wickelten wir uns unsere langen wollenen Schals um den Hals.

»Dürfen wir hinaus, Mutter?«

»Ja, aber erkältet euch nicht. Und vergeßt nicht, ein bißchen Holz mitzubringen.«

Zuerst suchten wir uns ein paar alte Kakaobüchsen, stießen Löcher hinein und stopften sie dann voll schwelende Lumpen. Legte man die Hände darum und blies ab und zu darauf, so hielten sie mehrere Stunden warm. Sie waren wärmer als Handschuhe, und außerdem rochen sie ja so gut. Wir zogen jedenfalls nie Handschuhe an. Mit den Büchsen bewaffnet und dem heißen Frühstück im Magen zogen wir aus in die Winterwelt.

Es war eine Welt aus Glas, glitzernd und regungslos. Rauhreif hatte sich über jeden Zweig gelegt und die Bäume in Zuckerzeug verwandelt. Alles war starr, verschlossen und versiegelt, und wenn wir einatmeten, war die Luft wie Nadeln, die in den Nasenlöchern stachen und uns niesen machten. Nachdem wir ein paar Eiszapfen gelutscht und der Wassertonne ein paar Tritte versetzt hatten – das hörte sich jetzt so anders an –, hauchten wir Löcher in die Eisblumen auf der Fensterscheibe und liefen dann auf die Straße hinauf. Dort standen wir herum und warteten, daß irgend etwas passierte. Wie ein Geist in einer Wolke trottete ein Hund vorbei, den sein keuchender Atem umwallte. In dem blassen, schrägen Sonnenlicht waren die fernen Felder schrundig wie Austernschalen.

Sofort stießen noch ein paar Buben zu uns, vermummt wie die Russen, mit Nasen in allen Schattierungen. Wir standen in einem Häuflein beieinander und gafften einander an in der Erwartung, daß jemandem etwas einfiele. Die Mageren waren blau im Gesicht, zogen die Schultern hoch und standen zitternd, die Hände tief in die Taschen vergraben. Die Dicken waren rosig und schnauften wie Walfische, und uns allen tränten die Augen. Was sollten wir machen? Wir wußten es nicht. So boxten die Dicken die Dünnen, die krümmten sich und sagten »Hau ab«. Dann boxten die Dünnen die Dicken, und die husteten, als wollten sie am Leben verzagen. Dann hüpften wir alle ein bißchen herum, schlugen mit den Armen und bliesen in unsere Kakaobüchsen.

»Also was sollen wir denn jetzt mal machen?«

Wir wurden still und dachten nach. Ein magerer Junge, der vor Kälte zitterte, fletschte die Zähne dem Wind entgegen. »Los, Galopp«, sagte er plötzlich, machte einen Luftsprung und fing an zu wiehern und sich Hiebe zu versetzen. Sofort galoppierten wir alle los, aufbäumend und schnaubend ging es die Straße hinunter, wir rissen an unsichtbaren Zügeln und droschen nach Kräften auf unsere Hinterviertel los.

Jetzt hatten wir den Wintertag in Gang gebracht und durchstreiften hoch zu Roß das kristallene Königreich. Wir durchstöberten das ganze Dorf nach allem, was der Frost angerichtet, was er uns Brauchbares hinterlassen habe. Da war die gefrorene Quelle neben der Straße, mächtig wie eine angeschwollene Blume. Bachstelzen schwebten darüber und ließen sich, verdutzt vor der schweigsamen Starre, immer wieder zum Trinken nieder, um immer wieder als verwirrte Federknäuel aufzuprallen. Da war der Fluß im Tal, schwarz und gestaut, ein geteerter Weg, der sich durch die Weiden schlängelte. Wir sahen Bäume, die unter ihrer Eislast zerbrochen waren, Viehspuren wie Schlaglöcher in Felsgestein, stille Schafe, die in Klumpen beieinander standen und das spitze Gras mit ihren wunden Zungen leckten. Die Kirchturmuhr war stehengeblieben und der Wetterhahn eingefroren, so daß Zeit und Wind stillstanden; und nichts, meinten wir, sei aufregender als dies; das Eingreifen einer unbekannten Kraft, das Nein des Winters zu Gesetz und Brauch – unheimlich, achtunggebietend, willkommen.

»Kommt, wir helfen auf dem Gut von Wells«, sagte ein dicker Junge.

»Kannst du ja machen – ich hab keine Lust«, erwiderte ein Dünner.

»Wenn du nicht mitgehst, geb ich dir eins aufs Maul!«

»Angeber!«

»Bin ich gar nicht.«

»Bist du doch.«

Schließlich machten wir uns zu dem Hof am Rande des Tales auf, der aus den Trümmern einer längst verschwundenen Abtei errichtet war. Der Bauer Wells hatte einen kranken Jungen, der schöner war als ein Mädchen. Der winkte uns aus seinem Fenster zu, als wir in den Hof einmarschierten – er sollte das Ende des Winters nicht mehr erleben. Der Schlamm im Gutshof war hart und braun und vom Frost überzuckert wie ein gebackener Brotpudding. Aus den Ställen kam das Geklapper der Ketten und Eimer beim morgendlichen Melken, man hörte das tiefe Seufzen einer Kuh, stolpernde Hufe und ein stetiges Kauen.

»Können wir was helfen, Mr. Wells?« fragten wir.

Er kam quer über den Hof und trug ein Joch mit zwei Eimern, seine Sachen waren wie gewöhnlich voller Mist. Er war klein und kahl und hatte lange schlenkernde Arme, die aussahen, als hätte die schwere Arbeit sie in die Länge gezogen.

»Also kommt mit«, sagte er. »Aber macht mir keine Dummheiten ...«

Drinnen im Stall war es wohlig warm, es roch süß und milchig, nach atmendem Fell, nach grünem Dung und Eutern, nach Dunst und Gärung. Wir holten kurzgeschnittenes Heu ganz innen aus dem Schober, das so fest zusammengepreßt war wie Tabakballen, von Gräsern und Wiesenblumen, würzigen Versteinerungen, durchsetzt – ein ganzer Sommer, den wir da einbalsamiert in unseren Armen hielten.

Ich griff mir einen Eimer Milch, um ein Kalb zu füttern. Es öffnete sein Maul wie eine warm-feuchte Orchidee, sog an meinen Fingern, gurgelte in der Kehle und schlug seine Augen mit den langen Wimpern auf. Die Milch war zum Buttern abgerahmt, und das Kalb bekam am Tag einen Eimer voll. Zu Hause tranken wir auch manchmal Magermilch; Mr. Wells verkaufte sie um einen Penny den Krug.

Waren wir fertig mit Füttern, so bekamen wir jeder eine Handvoll Äpfel und eine gebackene Kartoffel. Die Äpfel waren so kalt, daß einem die Zähne weh taten, aber die Kartoffeln waren heiß und gebuttert. Wir hielten unsere Mahlzeit und trollten uns ins Dorf zurück, wo wir Walt Kerry, dem Dorftyrann, in die Arme liefen.

»Soll ich euch was verraten?« fragte er.

»Was denn?«

»Sag ich euch nicht!«

Er pfiff ein bißchen und putzte sich die Ohren aus. Was er wußte, gab er nur in kleinen Portionen weiter.

»Na, wenn ihr's wirklich wissen wollt, könnt ich ja vielleicht...«

Wir warteten, ein vor Kälte zitternder Haufe.

»Jones sein Teich hält«, sagte er schließlich. »Ich bin schon den ganzen Vormittag geschlittert. Haufenweise waren sie da, mit Pferden und Karren und Schlittschuhen und so Zeug.«

Wir sausten los, den gefrorenen Fußweg entlang, aufgeregt und mit ausgestellten Ellenbogen.

»Aber denkt dran – ich hab's euch gesagt. Und ich war zuerst dort. Und ich komm auch wieder, ich geh nur Tee trinken.

Wir ließen ihn im schrägen rosigen Sonnenlicht stehen; schmächtig wie eine brandige Rose, stachlig und dornig, ein Ding, vor dem man sich fürchten mußte und dem man nur mit der Schere nahe kommen durfte.

Den Teich hörten wir schon, als wir den Berg hinunterrannten: Geschrei, wie es nur am Wasser entsteht, das Quietschen der Schlittschuhe, das Klingen des Eises und sein hohl anschwellendes Grollen. Dann sahen wir ihn, schwarz und flach wie ein Tablett, auf dem die Schlittschuhläufer wie Murmeln umherrollten. Wir brachen in Geschrei aus, stürzten auf das Eis los und lagen auch schon nach allen Richtungen verstreut auf der Nase. Nie habe ich diese zauberische Substanz mit ihren trügerischen Gaben meistern können: sie heftete mir Schwingen an die Fersen und ließ mich schweben wie Hermes, den Götterboten, doch nur, um mich sogleich auf die Nase fallen zu lassen. Freilich hatte sie auch ihre Günstlinge, aber die Wahl fiel anders, als man gedacht hätte: gerade diejenigen, die in der Schule als rechte Trampeltiere galten, flogen auf ihren Schlittschuhen einher, ein Bein in die Luft gestreckt, sie wirbelten mit geziertem Lächeln herum und schossen wie Schwalben vorüber; und nicht ein einziges Mal fielen sie hin – das überließen sie anderen.

Ich gehörte zu den Fußgängern, und wir legten eine Rutschbahn über dem polierten Dunkel an. Sie war so glatt, daß man beim ersten Schritt schon dahinglitt, während das Tal wie Öl vorüberrann. Man konnte sich auch auf den Bauch legen und versuchen auf dem Eis zu schwimmen, indem man mit Armen und Beinen schlug. Und wenn man so dalag, sah man tief unten kleine Blasen wie kalte grüne Sterne, unheimlich gezackte Sprünge, tote Bänder von Schlingpflanzen, ertrunkene Rohrkolben, prall wie Feuerwerkskörper.

Der gefrorene Teich war an solch einem Winterabend eine unerschöpfliche Quelle des Vergnügens. Jedes Gefühl für Zeit schwand dahin, eine fast sexuelle Erregung ergriff uns, wir trieben das Spiel bis zur Erschöpfung, liefen und schlitterten, bis wir von Schweiß tropften; unsere Halstücher waren perlübersät von unserem Atem. Die Schilfgräser und Schachtelhalme am Rande des Teiches rochen scharf wie Altmännerfinger. Herabhängende Weidenzweige, die das Eis in Fesseln hielt, erblühten wie Flieder in der untergehenden Sonne. Dann ging eisig der Mond über den kohlschwarzen Bäumen auf, und wir wußten, daß wir zu lange gespielt hatten.

Wir hatten Mutter versprochen, ein wenig Holz zu sammeln. Im Winter mußten wir das jeden Tag tun. Die Hände in den Taschen, schlurften Jack und ich schweigsam die Gasse hinauf; es war Nacht geworden, und wir hatten Angst. Der Buchenwald war eine Höhle aus Mondlicht und Schatten, und wir hielten uns dicht nebeneinander.

Die toten Äste auf dem Boden waren leicht zu erkennen, der frische Nachtfrost glitzerte darauf. Schmutz und Blätter hingen wie Schorf daran, als wir sie von der Erde rissen, und uns fingen die Hände von der Kälte zu brennen an. Der Wald stand still im harten Frost, weiß war er und roch nach Wölfen. So mag die Nacht gewesen sein, in die verirrte Jäger starrten, als sie zum erstenmal nordwärts in die Eiszeit vorstießen. Wir dachten an Höhlen, warme Felle und Feuerstellen, packten unsere Stecken und flitzten nach Hause.

Dann ging es los mit »Wo wart ihr bloß?, Laß gut sein, Ach du lieber Himmel, Kommt ans Feuer, Ihr seht ja halb erfroren aus«. Da war zuerst der langsame, langwährende Schmerz bis die Hände aufgetaut waren, eine stille Qual, wenn das Blut wieder einschoß. Schlimmer als Zahnweh war das; schluchzend saß ich da, doch allmählich verebbte die Woge des Schmerzes. Dann kamen ganze Krüge voll Tee, heißes Röstbrot und Schmalz, und später kamen die Schwestern.

»In Stroud war's fürchterlich. Ich bin zweimal hingefallen, mitten auf der Straße, und die Strümpfe hab ich mir auch zerrissen dabei. Sehr manierlich sah das bestimmt nicht aus. Es war gräßlich, Ma. Und bei Maypoles ist ein Pferd ins Schaufenster geschlittert. Und der alte Mr. Fowler konnte nicht den Berg runterkommen und mußte auf dem Hosenboden runterrutschen. Und jetzt wird der Frost immer noch schlimmer! Morgen kann sich überhaupt niemand mehr von der Stelle rühren.«

So saßen sie beim Tee und sangen im Klageton ihre Litanei. Und wir Buben waren zufrieden; wir wußten, der Winter war nun da, richtiger Winter, der neue Schauplatz unserer Taten...

Später, als es auf Weihnachten zuging, kamen heftige

Schneefälle, die die Straßen bis auf die Höhe der Hecken hoben. Da lagen Millionen Tonnen dieses wunderbaren Stoffes, der so rein war, sich formen ließ und zu jedem Zweck verwenden, der niemandem gehörte, mit dem man wie ein Bildhauer oder wie ein Tunnelgräber arbeiten, den man essen oder einfach umherwerfen konnte. Er bedeckte die Berge und schnitt die Dörfer ab, aber niemand dachte an Rettungsaktionen, denn man hatte ja Heu in der Scheune und Mehl in der Küche, die Frauen buken Brot, das Vieh hatte Futter und ein Dach über dem Kopf – schließlich war das ja nicht das erste Mal, daß wir von der Welt abgeschnitten waren.

Die Woche vor Weihnachten, wenn der Schnee am dicksten lag, war die rechte Zeit fürs Weihnachtsliedersingen, und wenn ich an diese Abende zurückdenke, höre ich den Schnee knirschen und sehe das Licht der Laternen auf ihm liegen. Das Weihnachtsliedersingen war in meinem Dorf ein Privileg der Jungen, die Mädchen hatten wenig damit zu schaffen. Wie das Heumachen, Brombeersuchen, Steinauflesen und Frohe-Ostern-Wünschen gehörte es zu den einträglichen Vorrechten, die jede Jahreszeit uns bot.

Instinktiv wußten wir, wann die Zeit gekommen war; einen Tag zu früh – und niemand hieß uns willkommen, einen Tag zu spät – und wir hätten nur magere Blicke geerntet von Leuten, deren Freigebigkeit bereits erschöpft war. Kam der rechte, wohlausgewogene Augenblick, so spürten wir das und waren bereit.

Sobald also das Holz im Bratrohr untergebracht war, wo es für das Feuer am nächsten Morgen trocknen mußte, schlangen wir unsere Schals um, machten uns auf den Weg durch den Ort und riefen laut zwischen vorgehaltenen Händen, bis die verschiedenen Freunde, die das Zeichen kannten, aus ihren Häusern gerannt kamen und zu uns stießen.

Einer nach dem anderen stolperte durch den Schnee heran, die Laterne über dem Kopf schwingend, rufend und erschrecklich hustend.

»Gehst du auch mit zum Weihnachtssingen?«

Wir gehörten alle zum Kirchenchor, eine Antwort war also überflüssig. Ein Jahr lang hatten wir unmelodisch genug den Herrn gepriesen, und für diesen Dienst wurden wir – außer mit einem Ausflug – dadurch belohnt, daß wir in allen den großen Häusern vorsprechen, unsere Lieder singen und unseren Tribut einziehen durften.

Wollten wir keines auslassen, so hieß es fünf Meilen zu Fuß über unwegsames und fast immer verschneites Gelände marschieren. Als erstes arbeiteten wir also unsere Marschroute aus; das war nur eine Formalität, denn sie änderte sich nie. Trotzdem bliesen wir uns auf die Finger und disputierten, und dann wählten wir unseren Führer. Freilich war diese Wahl nicht bindend, denn wir trauten uns ausnahmslos Führerqualitäten zu, und wer beim Aufbruch vorne ging, trottete gewöhnlich auf dem Heimweg mit blutender Nase hinterher.

Wir waren unser acht an jenem Abend. Sixpence der Simpel, der noch nie in seinem Leben einen Ton gesungen hatte (in der Kirche machte er nur den Mund auf und zu); die Brüder Horace und Boney, die mit jedermann Streit anfingen und immer den kürzeren dabei zogen; Clergy Green mit dem Predigerspleen, Walt der Dorftyrann und meine zwei Brüder. Als wir die Gasse hinuntergingen, zeigten sich schon andere Jungen aus anderen Dörfern am Hang; sie machten viel Geschrei und riefen in die Schlüssellöcher: »Der Klopfer macht poch, die Glocke macht kling – gebt mir ein Pfennig, wenn ich schön sing.« Freilich waren sie nicht, wie wir, der Kirchenchor, eine genehmigte Institution, aber es lag doch so etwas wie Konkurrenz in der Luft.

Wie gewöhnlich besuchten wir zuerst das Haus des Squire, aufgeregt marschierten wir die Auffahrt entlang. Zur Beleuchtung führten wir Kerzen in Marmeladegläsern mit uns, die wir an Stricken hängen hatten und die einen bleichen Schimmer auf die hochgetürmten Schneewälle zu beiden Seiten der Auffahrt warfen. Ein Schneesturm wehte, aber wir waren gut eingepackt, hatten Wickelgamaschen um die Beine, wollene Mützen auf den Köpfen und mehrere Schals um die Ohren gewickelt.

Als wir uns dem Herrenhaus über die stillen weißen Rasenflächen näherten, verfielen auch wir in ehrfurchtsvolles Schweigen. Der Teich daneben war starr und schwarz, der Wasserfall gefroren und stumm. Wir stellten uns mit viel Hin- und Hergetrampel im Halbkreis vor dem großen Haustor auf, klopften dann und meldeten den Chor an.

Ein Dienstmädchen verschwand in den hallenden Tiefen des Hauses, um unsere Ankunft zu verkünden, und wir räusperten uns geräuschvoll, während wir warteten. Dann kam sie wieder, man hieß uns anfangen, und die Tür blieb einen Spalt offen. Wir hatten keine Noten mitgebracht, wir wußten die Lieder auswendig.

»Los, wir singen die ›Wilden Hirten‹«, sagte Jack. Am Anfang fanden wir uns noch nicht gleich zurecht: Tonarten, Texte und Tempi purzelten durcheinander; aber wir nahmen alle Kraft zusammen, der lauteste Sänger riß die übrigen mit sich, und das Lied nahm Gestalt an, wenn es auch nicht eben anmutig klang.

Dieses mächtige steinerne Haus mit den efeubewachsenen Mauern war immer ein Geheimnis für uns. Was bargen diese Giebel, diese Zimmer und Mansarden, die schmalen, hinter Zedern versteckten Fenster? Während wir › Wilde Hirten ‹ sangen, machten wir lange Hälse, gafften in die von Lampen erleuchtete Diele, die wir nie betreten hatten, starrten auf die Flinten und leeren Stühle, die prächtigen, von Staub überzogenen Gobelins – bis wir plötzlich auf der Treppe ihn selbst stehen sahen, den alten Squire, der uns mit schräggehaltenem Kopf zuhörte.

Er rührte sich nicht, solange wir sangen; dann kam er unsicheren Schrittes langsam auf uns zu, warf mit zitternder Hand zwei Münzen in unsere Büchse, kritzelte seinen Namen in ein Buch, das wir bei uns hatten, bedachte jeden von uns mit einem langen Blick aus seinen feuchten blinden Augen, um sich dann schweigend von uns wegzuwenden.

Wie von einem Zauberbann befreit, taten wir erst ein paar gesetzte Schritte und fielen dann in einen Galopp bis zum Gartentor. Erst als wir aus dem Grundstück heraus waren, hielten wir an. Voller Ungeduld, endlich das Ausmaß seiner Freigebigkeit festzustellen, kauerten wir uns neben die Kuhställe, hielten unsere Laternen über das Buch und sahen, daß er »Zwei Shilling« geschrieben hatte. Das war ein ganz guter Anfang. Kein Mensch im ganzen Kreis, der etwas auf sich hielt, würde es wagen, uns weniger zu geben als der Squire.

Mit Geld in der Büchse stießen wir nun also ins Tal vor, nicht ohne uns gegenseitig mit unseren Gesangsleistungen aufzuziehen. Unser Selbstvertrauen war nun gestärkt, und wir begannen uns Gedanken über die Qualität unserer Darbietungen zu machen und ob uns nicht vielleicht das eine Weihnachtslied besser läge als das andere. Walt meinte, Horace solle überhaupt nicht mitsingen, er sei schon im Stimmbruch. Horace bestritt das, und es kam zu einer nur angedeuteten Balgerei – sie machten es im Gehen ab, warfen sich mit riesigen Schneebrocken, dachten aber bald nicht mehr daran, und Horace sang weiterhin mit.

Stetig arbeiteten wir uns durch das ganze lange Dorf vor, wir gingen von Haus zu Haus, besuchten die »besseren Leute« – unter denen es auch wieder Abstufungen gab –, die Bauern, die Ärzte, die Kaufleute, die Militärs und sonstigen bedeutenden Persönlichkeiten. Es hatte wieder starker Frost eingesetzt, und ein scharfer Wind blies; dennoch spürten wir die Kälte keinen Augenblick. Der Schnee wehte uns in die Gesichter, drang in Mund und Augen, weichte unsere Wickelgamaschen durch, glitt in die Schuhe und tropfte von unseren Wollmützen. Doch das kümmerte uns nicht. Die Sammelbüchse wurde immer schwerer und die Namensliste im Buch immer länger und verschwenderischer; denn jeder wollte den anderen übertrumpfen.

So gingen wir Meile um Meile, kämpften gegen den Wind an, fielen in Schneewehen und peilten die Lichter in den Häusern wie Leuchttürme an. Haus um Haus wurde aufgesucht;

wir sangen in Höfen und Fluren, vor Fenstern oder im feuchten Schimmer von Korridoren; wir hörten Stimmen aus verborgenen Stuben, wir rochen reiche Kleider und fremdartige warme Speisen; wir sahen Dienstmädchen, die Schüsseln hinein- oder Kaffeetassen heraustrugen; wir bekamen Nüsse, Kuchen, Feigen, kandierten Ingwer, Datteln, Hustentropfen und Geld; aber nicht ein einziges Mal bekamen wir unsere Gönner zu sehen. Nur der Squire hatte sich gezeigt, um zu beweisen, daß er noch am Leben war, im übrigen sangen wir gewissermaßen die Schloßmauern an, und etwas anderes hatten wir auch nie erwartet.

Als es später wurde, machte uns Boney Kummer. Wir hatten ein Lied – ›Weihnachten‹ hieß es – mit einer besonders feurigen und wohlklingenden Stelle, die er unbedingt mitsingen wollte, und immer zu tief. Die anderen verboten ihm, bei diesem Lied überhaupt mitzusingen, und Boney sagte, er wolle sich mit uns schlagen. Als er sich aufrappelte, gab er zu, daß wir recht hätten, verschwand aber dann ganz und gar. Er machte einfach kehrt, stapfte im Schnee davon und gab keine Antwort, als wir ihn zurückrufen wollten. Viel später, als wir zu einem entfernten Haus kamen, das weit oben im Tal lag, sagte jemand »Horch!« und wir blieben stehen, um zu lauschen. Von weit her drang über die Felder aus dem fernen Dorf eine schwache Stimme an unser Ohr, die ›Weihnachten‹ sang, und zwar zu tief. Das war Boney, der sich selbständig gemacht hatte.

Wir näherten uns nun unserem letzten Haus, das hoch oben auf dem Berg lag und dem Bauern Joseph gehörte. Für ihn hatten wir ein besonderes Lied ausgesucht, das von dem anderen Joseph handelte. Wir fanden immer, daß die Nacht noch eine besondere Note erhielte, wenn wir ihm dieses Lied vorsangen. Das letzte Stück Weg vor diesem Bauernhof war vielleicht das allerschwerste. Auf diesen rauhen, öden Pfaden, durch die alle Winde ungehindert pfiffen, wurden Schafe vom Schnee verweht, und Fuhrwerke gerieten in die Irre. Eng aneinandergedrängt marschierten wir in den Fußtapfen des

Vordermannes, Schnee so fein wie Staub wehte uns in die zusammengekniffenen Augen, die Kerzen brannten mit winziger Flamme, manche verloschen ganz und gar, und wir mußten den Sturm überschreien, wenn wir miteinander sprachen.

Schließlich überquerten wir noch den zugefrorenen Mühlgraben – im Sommer drehte das Mühlrad noch immer ein Werk, das nicht mehr mahlte – und kletterten zu Josephs Gutshaus empor. Wie es im Schutze seiner Bäume und warm in seinem Bett aus Schnee dalag, schien ihm die Zeit nichts anhaben zu können. Wie immer, war es auch diesmal spät geworden, wie immer war dies unser letzter Besuch. Der Schnee hatte eine feine Kruste, und die alten Bäume funkelten wie Lametta.

Wir stellten uns um die Vorhalle des Gutshauses auf. Der Himmel war jetzt klar, und breite Sternenbänder zogen sich über das Tal und weiter nach Wales hin. Auf den weißen Hängen des Slad sah man durch die schwarzen Stämme des Waldes noch ein paar Lampen in rötlichen Fenstern schimmern.

Alles war ruhig; überall herrschte das zarte, knisternde Schweigen der Winternacht. Wir stimmten unser Lied an und waren alle bewegt von den Worten und dem echten Klang, den unsere Stimmen plötzlich annahmen. Rein, sehr klar und atemlos sangen wir:

Als Joseph seine Straße zog,
hört er die Engel singen:
»Die Nacht wird uns Herrn Jesus Christ,
den Himmelskönig, bringen.«

»Ihm dient kein' Magd, kein Hofgesind,
kein Engel wird ihn wiegen.
Er kommt zur Welt in einem Stall,
wo Ochs und Esel liegen.«

Da wurden zweitausend Weihnachten für uns Wirklichkeit, die Häuser, die Hallen, die Stätten des Paradieses waren alle schon besucht; die Sterne strahlten am Himmel, um die Könige durch den Schnee zu geleiten; und drüben überm Hof hörten wir die Tiere in ihren Ställen. Man gab uns gebratene Äpfel und heiße süße Pasteten, Düfte von Weihrauch und Myrrhen hatten wir in der Nase und Gold für alle in unserer hölzernen Schachtel, als wir unseren Heimweg ins Dorf antraten.

Der Sommer, Junisommer, wenn die Erde grün wurde und die ganze Welt sich aufschloß und zu sieden begann – er kam so plötzlich wie der Winter, und man wußte es schon im Bett, fast vor dem Aufwachen; denn man hatte den Kuckuck schon gehört seit es hell wurde, die Holztauben im Walde gurrten unentwegt, und die Meisen zirpten in der Pfirsichblüte.

Oben an der Schlafzimmerdecke, das hatte man schon im Schlaf wahrgenommen, breitete sich wie eine Pfütze Sonnenschein aus – das war das Spiegelbild des Teiches, das die geschwind steigende Sonne durch die Bäume emporwarf. Noch schlaftrunken beobachtete ich an der Decke über mir sein glitzerndes verkehrtes Abbild, sah jede Regung der schlafwandlerischen Wellen und fand hier gespiegelt, was immer sich dort an Leben abspielte. Von Zeit zu Zeit zogen Pfeile darüber hin, denen der ferne Schrei des Teichhuhns folgte; ich sah das Lichtgekräusel um jeden Teichbinsenschaft, der See in all seinen Einzelheiten war da. Dann plötzlich sprang das ganze Bild in Stücke, es war zerstört wie ein geschmolzener Spiegel, ein Amoklauf winziger goldener Kügelchen begann, zitternd und rasend; dann hörte ich mächtige Flügel auf Wasser schlagen, in stetem Crescendo, während die Schatten von Schwänen über die Decke hinstrichen, die in den Morgennebel davonbrausten. Ich hörte ihre Schreie über das Haus hinziehen und starrte in das Lichtchaos über mir, das langsam wieder zur Ruhe kam, seine Sterne wieder versammelte und wieder zum stillen Abbild des Sees wurde.

Die Schwäne von meiner Schlafzimmerdecke auffliegen sehen – das war im Sommer ein häufiger Tagesanfang. Ich ermunterte mich also und schaute durchs offene Fenster hinaus auf einen Morgen der Kühe und jungen Hähne. Die Buchen, die den See und das Tal säumten, schienen zu einer königlichen Jagd einzuladen, aber sie waren genausogut zum Hinaufklettern geschaffen, und ihre Blätter konnte man auch im Juni noch essen, einen schmalgefältelten, saftigen Salat.

War man erst draußen, so wußte man nicht recht, was eigentlich passiert war, und konnte sich kaum erinnern, wie es vorher gewesen war. Es hatte weder Regen noch Frost noch Wolken gegeben – es war immer gewesen wie jetzt. Die Hitze stieg einem vom Erdboden an den Beinen hoch und schlug einen unter das Kinn. Der Garten, zum Schwindeln erfüllt von Düften und Bienen, loderte rings heiß auf von weißen Blüten, jede einzelne in heller Glut und so blendend, daß es den Augen weh tat, wenn man sie ansah.

Die Leute im Dorf nahmen den Sommer als eine Art Strafe hin. Die Frauen konnten sich nie daran gewöhnen. Viele Eimer Wasser ließ man die Wege hinabrinnen, murrend ging man dem Staub zu Leibe, Bettdecken und Matratzen hingen wie Zungen aus den Fenstern, und hechelnde Hunde verkrochen sich unter den Regentonnen. Ein Mann ging vorüber und fragte »Hast du's heiß genug?«, und ein gequälter Klagelaut kam als Antwort.

Im Stall des Baumeisters, wo es schön schattig war, halfen wir Browns Pferd striegeln. Wir rochen sein glühendes Fell, das Horn der Hufe, das heiße Lederzeug und den Pferdemist. Wir fütterten es mit Kleie, die trocken war wie ein Wüstenwind, bis wir und das Pferd dem Ersticken nahe waren. Mr. Brown wollte mit seiner Familie eine Ausfahrt machen, wir rollten also den Einspänner auf die Straße, führten das Pferd mit seinen Scheuklappen rückwärts an die Deichsel und schnallten das klingelnde Lederzeug fest. Die Straße lag verlassen, von einer Staubschicht überzogen, es war, als läge das ganze Tal regungslos da. Mr. Brown mit Frau und Tochter im besten Staat, dahinter der Schwiegersohn im harten Hut, stiegen einer nach dem anderen in den hohen gefederten

Einspänner und setzten sich dort zeremoniell und steif zurecht.

»Wo fahren wir denn hin, Vater?«

»Auf den Berg, ein bißchen Luft schnappen.«

»Den Berg hinauf? Da fällt uns der ja tot um.«

»Halt den Mund«, sagte Mr. Brown, dem schon der Schweiß von der Stirn lief, »noch ein Wort, und du kannst wieder nach Hause gehen.«

Er zog am Zügel, ließ die Peitsche knallen, und das Pferd setzte sich in einen Zuckeltrab. Die Frauen faßten nach ihren Hüten bei dieser unerwarteten Bewegung, und wir blickten ihnen nach, bis nichts mehr von ihnen zu sehen war.

Als sie fort waren, gab es nichts mehr zum Anschauen, das Dorf fiel wieder zurück in die Stille. Die ungeteerte Straße schlängelte sich talaufwärts, noch unbefleckt von Automobilen, leer wand sie sich zu anderen Dörfern hin, die gleichfalls verlassen dalagen, den ganzen heißen Tag lang, und darauf warteten, daß ein Fremder sich sehen ließ.

Wir setzten uns an den Straßenrand, schaufelten den Staub mit den Händen und türmten ihn zu kleinen Haufen im Rinnstein auf. Dann glitten wir durchs Gras, legten uns auf den Rücken und starrten einfach nur in den leeren Himmel. Es gab nichts zu tun. Nichts regte sich und nichts passierte, es geschah überhaupt nichts – es war nur Sommer. Kleine heiße Lüftchen wehten uns über das Gesicht, Löwenzahnsamen schwebten vorüber, wir rochen den kochenden Saft und die glühenden Nesseln, vermischt mit dem dumpf-rostigen Aroma des trockenen Erdbodens. Das Gras stand junihoch, es war aufgeschossen, eine dichte Wirrnis von allerlei Blütenkronen, und die Speere des wilden Weizens schwebten darüber, und Wicken durchkrochen und bündelten es, und überall summte es von taumelnden Bienen und blitzte es scharlachrot von Schmetterlingen. Wir lagen auf dem Rücken und kauten Grashalme, das Gras stand wie ein Gitter vor dem Himmel, wir hörten den Sommer und nur den Sommer; Kuckucke reihten bald fern bald nah ihre Schreie wie Glieder einer Kette aneinander, Fliegen surrten und brummten einem die Ohren voll, und Wellen Windes trugen das zackige Geklapper der Mähmaschinen von den Feldern herüber. Wir rührten uns. Wir gingen in den Laden, kauften Brausepulver und sogen es durch Lakritzenstangen ein. War man behutsam, so bestäubte das Pulver nur die Zunge; war man zu hastig, so verstopfte einem der süße Staub die Kehle; blies man aber in die Lakritzenröhre, so platzte die Brausepulvertüte und man verschwand in einem Schneesturm von Zucker. Saugend und blasend, hustend und tränenden Auges schlurften wir unseres Weges. Wir tranken an der Quelle, um den Mund wieder sauber zu bekommen, spritzten einander voll Wasser und produzierten Regenbogen. Mr. Jones' Teich quirlte von Leben und war mit großen weißen Seerosen bedeckt – sie quollen aus ihren Blättern wie Kerzenwachs, das schmelzend sich ausbreitete und auf dem Wasser abkühlte. Teichhühner tauchten plumpsend, Tauchentchen jagten davon, Insekten ruderten und glitten sausend dahin. Frisch ausgeschlüpfte Frösche hüpften wie Flöhe umher, Eidechsen pumpten im Gras. Der Weg selbst war von Kuhdreck überkrustet, der hartgebacken war und angenehm roch.

Wir begegneten Sixpence Robinson unter den Teichbinsen, und er sagte: »Kommt, wir machen ein bißchen Spaß.« Er wohnte am Weg gerade hinter der Schafschwemme in einem Bauernhaus neben einem Sumpf. Sie waren zu fünft bei ihm zu Haus, zwei Mädchen und drei Buben, und ihre Namen fingen alle mit S an: Sis und Sloppy, Stosher und Sammy und unser guter Freund Sixpence der Simpel. Sis und Sloppy waren sehr schöne Mädchen, die sich vor uns Buben hinter den Stachelbeerbüschen zu verstecken pflegten. Wir spielten nur mit den Brüdern, und Sammy, der ein Krüppel war, gehörte zu den flinksten Burschen im ganzen Dorf.

Bei ihnen waren wir immer gern, und man konnte sich gut mit ihnen vertragen. (Wie wir hatten sie keinen Vater, der Unterschied war nur, daß der ihre nicht mehr lebte.) So saßen wir heute in der würzigen Hitze ihres Sumpfes im Kreis auf

Balken und pfiffen, schälten Stöcke, spielten Ziehharmonika, dämmten den Bach ab und schnitten Hafenbecken in die kühlen Lehmufer. Dann holten wir alle Tauben aus ihren Schlägen, tauchten sie in die Regentonne und hielten sie so lange unter Wasser, bis ihnen Blasen aus den Schnäbeln stiegen – dann warfen wir sie hoch in die Luft. Wassertropfen von den Flügeln sprühend, flogen sie rund ums Haus, um sich dann, die Dummköpfe, wieder auf ihre Stangen zu setzen. (Sixpence hatte eine einäugige Taube, Spike genannt, mit der er prahlte, weil sie am längsten untenbleiben konnte, doch eines Tages stürzte das arme Tier, nachdem es alle Rekorde gebrochen hatte, zwischen die Kohlköpfe und rührte sich nicht mehr.)

Als wir damit fertig waren, zogen wir uns wieder auf die Koppel zurück und spielten Kricket unter den Bäumen. Sammy sauste mit seinen geschienten Beinen auf und ab. Hennen und Perlhühner retteten sich auf die Bäume. Sammy ging wie ein Wilder auf uns los, und wir verteidigten unsere Torstäbe unter Lebensgefahr. Der Lärm der Schlaghölzer; die Schreie im Schilf; der Geruch von Federvieh und Wasser; der lange Nachmittag mit den steilen Hängen rings um uns, während Sloppy noch immer in den Stachelbeeren steckte und uns zusah – hier unten schien es, als könne kein Unglück geschehen, als könne uns niemals etwas zustoßen. Hier waren Sammy und Sixpence daheim, im Haus hinter der Schafschwemme, dem Versteck, in dem es kein Befehlen und Gehorchen gab, wo ertränkte Tauben flogen und Krüppel umherflitzten – wo es Sommer war, irgendwie immer Sommer.

Der Sommer war aber auch die Zeit für dies: plötzlicher Überfluß, träge Stunden und Taten, diamantene Schleier und Staub auf den Augen, die Zeit, da das Tal schlummerte wie nach jedem Frühling; da wir Vögel begruben, in denen Verwesung brodelte; da Mutter fest schlief um die Mittagsstunde; Zeit der wildtanzenden Wespen und Libellen, der Heuhaufen und Distelsamen, der wirbelnden weißen Schmetterlinge, der

Lercheneier, des Knabenkrauts und der aufgeregten Ameisen, der aufmarschierenden Jugendgruppen und Pfadfinderhornsignale; die Zeit, da einem der Schweiß die Beine hinablief, wo wir Kartoffeln auf Reisigfeuern kochten und die Flammen wie blaues Glas in die Sonne aufstiegen; wo wir nackt im bergkühlen Fluß lagen und Pfennige für Limonade erbettelten; Zeit der nackten Mädchenarme und der unreifen Kirschen, der grünen Äpfel und weichen Walnüsse, der Kämpfe und Stürze und frischverschorften Knie, Zeit der Verfolgungen und Fluchten unter Tränen; der Picknicks hoch oben in den bröckelnden Steinbrüchen, wenn die Butter wie Öl davonlief, der Sonnenstiche, Fieberanfälle und Gurkenschalen, die kühl auf der brennenden Stirn klebten. Das alles – und dazu das Gefühl, so bliebe es nun immer, diese Tage würden ewig dauern, wo die Pumpe kein Wasser mehr gab und es in der Tonne wimmelte und der Kalkboden hart war wie auf dem Mond. Alles was man sah, leuchtete doppelt hell, man roch und schmeckte doppelt intensiv, und ein Spieltag war so lang wie zwei. Wie die Ameisen auf der Wiese von der Sonne mit doppelter Energie geladen, nützten wir das Licht aus bis zum letzten violetten Tropfen und konnten auch dann das Bett noch nicht finden.

Wenn die Dunkelheit einfiel und der Mond riesengroß aufging, wurden wir munter für ein zweites Leben. Dann streiften Buben rufend durch die Straßen, sie stießen wilde Tierschreie aus, Wildkaterrufe, Walt Kerry ein schrilles Jodeln durch die Nase, Boney ein Schakalheulen. Sobald wir das hörten, schlichen wir uns hinaus, traten aus den stickigen Schlafzimmern in die tagwarme Mondnacht und reihten uns ein in die kalkig weiße Bande, das Mondlicht wie eine Maske über dem Gesicht.

Spiele unter dem Mond. Verfolgung und Gefangennahme, Spiele, wie die Nacht sie verlangte. Den Vorrang hatte »Fuchsjagd« – mit Auslauf nach überallhin und dem ganzen Tal als Jagdgrund. Zwei Ausgeloste setzten in großen Sprüngen von Baum zu Baum, und schon hatte sie das Dunkel verschluckt. Fünf Minuten gaben wir ihnen Zeit, dann begannen wir die Verfolgung. Friedhof, Gutshof, Scheunen, Steinbrüche, Hügelkuppen und Wälder boten sich als Zuflucht an, und sie hatten die ganze Nacht, den ganzen Mond und fünf Meilen Land, sich zu verstecken...

Mit leichten Raubtierschritten liefen wir unter den schmelzenden Sternen dahin, durch Haine, die scharf nach Knoblauch rochen, über blauüberglänzte Felder, und eine einzige Spielregel, der Frage- und Antwortschrei, half uns die Fährte verfolgen. Immer wieder verharrten wir keuchend und prüften, wo unser Wild stand. Runde Köpfe hoben sich witternd, Zähne blitzten im Mondlicht. »Pfeif-oder-schrei! Oder die Jagd-ist-vorbei!« Es war ein langgezogener Ruf über zwei Töne. Von der anderen Seite des Hügels kam über breite Nebelfelder der Fuchsschrei schwach zurück. Da stürzten wir wieder los, durch die hellwache Nacht, an schlaflosen Enten und Dachsen vorüber, während unser Wild schon in ein anderes Kirchspiel geflüchtet war und es noch Stunden dauern sollte, bis wir sie fänden.

Es war nun Mitternacht, als wir sie stellten, unter einem Heuschober und ganz erschöpft. Inzwischen hatten wir sie durch die ganze Welt gejagt, durch Dschungel, Sümpfe und Tundren, über Pampasflächen und Weizensteppen und Hochebenen sausender Sterne, während Hasen Hochzeit hielten im silbernen Gras und der große heiße Mond über uns emporklomm und in meinem Kopf Gezeiten der Nacht und des Sommers aufwühlte, die dort noch immer nicht zur Ruhe gekommen sind.

Kranker Junge

Als Kind pflegte ich mich mit der seltenen Auszeichnung zu brüsten, daß ich zweimal getauft worden war. Das zweite Mal fand in der Kirche statt und war eine etwas rauhe Angelegenheit: ich zählte drei Jahre, war frech zum Pfarrer und zeigte wenig Respekt vor dem heiligen Wasser. Meine erste Salbung jedoch war ein feierlicher Vorgang, der unmittelbar nach meiner Geburt erfolgte. Schweigsam und voller Zweifel war ich in die Welt eingetreten, ein gebrechliches, lebloses Bündel, und die Hebamme sagte nach einem einzigen Blick auf mein abgerackertes Gesicht, ich würde keinen Tag alt werden. Jedermann war ihrer Ansicht, der Doktor auch, und sie warteten nur darauf, daß ich stürbe.

Meine Mutter jedoch hatte sich zwar damit abgefunden, daß sie mich verlieren sollte, war aber fest entschlossen, mich in den Himmel zu bringen. Sie dachte an jene winzigen namenlosen Gräber, versteckt in lorbeerumbuschten Friedhofecken, wo rasch verstorbene Säuglinge hinter dem Rücken des Pastors heimlich zwischen den Marmeladegläsern verstaut wurden. Sie sagte, die Gebeine ihres Sohnes sollten auf gottgeweihtem Grund liegen und nicht neben diesen erbarmungswürdigen Heiden modern. So ließ sie den Hilfsgeistlichen holen, der auch kam und meinen Adam aufrief, mich aus einer Teetasse taufte, in die Kirche aufnahm und mir drei Namen gab, mit denen ich sterben konnte.

Diese hastige Taufe stellte sich jedoch als unnötig heraus. Irgend etwas – wer kann sagen was? –, eine ererbte Zähigkeit vielleicht, brachte mich heil über den ersten Tag. Ich blieb viele Monate hindurch ernstlich krank, träge und stumpf, ein trübseliger Gläubiger des Lebens, mehr oder weniger aufgegeben von jedermann.

»Nicht ein einziges Mal hast du geschrien oder dich gerührt«, sagte meine Mutter, »wo ich dich hingelegt habe, bist du einfach liegengeblieben, wie ein kleines Götzenbild, und hast den ganzen Tag auf die Decke gestarrt.« Während ich so bewegungslos dahindämmerte, war ich nur ein Erdklumpen, ein schwachatmendes Päckchen aus Fleisch. Ein Jahr lang lag ich einer Attacke nach der anderen preisgegeben, ich hatte Diphtherie, Keuchhusten, Rippenfellentzündung, doppelseitige Lungenentzündung und Blutstauungen in der Lunge – genug, um ein ganzes Waisenhaus auszurotten. Meine Mutter sah sich das alles mit an, ohne mir helfen zu können; sie wartete, ohne hoffen zu dürfen. In jenen Tagen gingen die kleinen Kinder ein wie die Küken, da man von ihren Krankheiten noch nicht genug wußte. Wie zum Ausgleich waren die Familien groß, man rechnete damit, daß mindestens ein Viertel nicht am Leben blieb. Mein Vater hatte schon drei Kinder begraben und war nicht überrascht, daß ich ihnen folgen sollte.

Doch heimlich, still und von unbekannten Kräften unterstützt, klammerte ich mich ans Leben – das freilich an einem Haare hing. Der gefährlichste Augenblick kam, als ich mit achtzehn Monaten Mrs. Moore, einer Nachbarin, ausgeliefert war. Meine Mutter lag noch im Wochenbett, nach Tonys Geburt, der, wie damals üblich, zu Hause auf die Welt gekommen war. Mrs. Moore, eine Negerin, war zur Hilfe herbeigeholt worden, sie sollte die Kinder schrubben und ihnen Suppen kochen. Sie war ein lustiges Geschöpf mit vorstehenden Augen und hantierte wie ein Medizinmann in unserer Küche, wenn sie sich ohne viel Federlesens unser annahm. Noch in ihrer Obhut bekam ich einen zweiten Anfall von Lungenentzündung. Was darauf folgte, hat man mir viel später erzählt...

Es scheint, daß Bruder Tony erst zwei Tage alt war und Mutter eben anfing, sich wieder um uns zu kümmern. Die elfjährige Dorothy kam zu einem Besuch zu ihr hinauf, spielte ein Weilchen mit dem Baby, knabberte ein paar Kekse und setzte sich dann pfeifend ins Fenster.

»Wie kommt ihr denn alle zurecht?« fragte Mutter.

»Ach, ganz gut«, sagte Dorothy.

»Seid ihr auch artig?«

»Ja, Mama.«

»Und was treibt ihr denn alle?«

»Nichts Besonderes.«

»Wo ist denn Marjorie?«

»Draußen im Hof.«

»Und Phyllis?«

»Die schält Kartoffeln.«

»Und wie steht's mit den anderen?«

»Harold putzt seinen Karren. Und Jack und Frances sitzen auf der Treppe.«

»Und Laurie? Wie geht's Laurie?«

»Laurie? Der ist doch tot.«

»Was?«

»Er ist ganz gelb geworden. Jetzt machen sie ihn gerade zum Aufbahren fertig...«

»Unseren Laurie hat niemand aufzubahren!«

Nach Luft schnappend arbeitete sich Mutter die Treppe hinunter und stolperte in die Küche, und wahrhaftig, da lag ich, nackt auf dem Tisch ausgestreckt und gelb, wie Dorothy gesagt hatte. Mrs. Moore summte fröhlich vor sich hin, während sie meinen Körper mit einem Schwamm bearbeitete, als ob sie ein Hühnchen fürs Mittagessen zurechtmachte.

»Was machen Sie denn da – was fällt Ihnen ein!« schrie meine Mutter.

»Der arme Junge, nun ist er hinüber«, lamentierte die Negerin, »zu den Engeln fortgeflogen – ich dachte, ich mache ihn gleich für den Sarg fertig – ich wollte Sie nicht erst damit plagen, Ma'm.«

»Sie böses, grausames Weib! Unser Laurie ist nicht tot – sehen Sie doch, was er für eine gesunde Farbe hat!«

Mutter riß mich vom Tisch weg, wickelte mich in eine Decke und trug mich wieder in mein Bettchen, nicht ohne Mrs. Moore laut schimpfend des Menschenraubes zu beschuldigen und die Heiligen zu fragen, was sie sich denn eigentlich bei der ganzen Sache gedacht hätten. Irgendwie blieb ich am Leben – es hing allerdings an einem Haar, wirklich an einem einzigen Haar. Wie leicht hätte ich Mrs. Moores kaltem Schwamm erliegen können! Daß Dorothy Langeweile hatte, das war meine Rettung.

Nicht viel später starb meine Schwester Frances. Sie war ein schönes, zartes Kind mit dunklen Locken und die einzige Tochter meiner Mutter. Mit ihren vier Jahren wachte sie doch schon wie ein richtiges Kindermädchen über mich, saß den ganzen Tag neben meinem Bettchen und sprach in einer eigenen Sprache leise mit mir. Niemand bemerkte, daß sie selbst dem Tode nahe war, alle hatten sie viel zuviel mit mir zu tun. Sie starb still und plötzlich, ohne Klage, auf einem Stuhl in einer Stubenecke sitzend. Ein Tod aus Unwissenheit, der nicht hätte sein brauchen ... und ich glaube, daß sie mir ihr Leben geschenkt hat.

Doch betrauert wurde sie wenigstens. Es verging kein Tag nach ihrem Tode, an dem Mutter nicht ein paar Tränen für sie vergossen hätte. Mutter wachte nun auch noch sorgfältiger über uns anderen, sie machte sich mehr Sorgen um unsere Gesundheit. So wurde aus mir zwar kein blasser, ewig kränkelnder Junge, aber doch auch kein ganz gesunder: sah ich einmal aufreizend wohl aus – mindestens ebenso kräftig wie die anderen Jungen –, so erwartete mich todsicher ein Rückfall, und das Schreckgespenst der Krankheit empfing mich wieder mit Hitze und Kälte, grausam und häßlichen Angesichts. Ging es mir gut, so stellte ich meinen Mann; niemand schonte mich, denn ich sah nicht aus, als ob ich es nötig hätte. Doch wenn ich krank war, verschwand ich einfach von der Bildfläche und blieb wochenlang unsichtbar. War es Sommer, wenn das Fieber mich packte, so lag ich in meinem Bett wie gewöhnlich und schwitzte, und nie wußte ich ganz genau, wer nun eigentlich nicht in Ordnung war, ich oder das Wetter mit seiner Bruthitze. Doch im Winter wurde im Schlafzimmer Feuer gemacht, und da wußte ich dann, daß ich wirklich krank war. Für gewöhnlich blieben unsere Schlafzimmer ungeheizt, selbst wenn das Wasser in den Waschbecken einfror und sich allenthalben Eiszapfen bildeten; wurde aber ein Feuer angemacht, überdies in Mutters Zimmer, dann hieß das, daß jemand ernstlich krank geworden war.

Sobald ich spürte, daß die Krankheit wieder ihr Auge auf mich richtete – meine Hände wurden federleicht, der Kopf schwindlig, und in den Lungen stach es wie Dornen bei jedem Atemzug –, war immer das erste, daß ich mich meiner Phantasien erinnerte und Botschaften an die bekümmerte Welt aussandte. Erwachte ich mit Fieber, so dachte ich sogleich an meine Untertanen, und ihre Besorgnis gab mir immer Trost. Morsezeichen, auf den Bettrand geklopft, übermittelten kurze und schwerwiegende Nachrichten. »Er ist krank.« (Ich stellte mir den ersten Schrecken vor.) »Er hat es seiner Mutter gesagt.« (Aufatmen.) »Er leistet tapfer Widerstand.« (Bittgottesdienste in überfüllten Kirchen.) »Es geht ihm schlechter.« (Verzweiflungsschreie auf den Straßen.) Es gab Zeiten, in denen ich fast zu Tränen gerührt war, wenn ich an mein bekümmertes Volk dachte, an die unsichtbaren Massen landein landaus, die der Schmerz zusammenschloß, den sie über das bedrohte Leben ihres Königs empfanden. Wie bedrückt erwarteten sie jedes einzelne düstere Bulletin, und wie tapfer war ich indessen! Gewiß, ich bemühte mich, ihnen etwas zu bieten, worum sie sich sorgen könnten, aber ich hieß sie doch auch stark bleiben. »Er wünscht keine besonderen Veranstaltungen. Nur Musikkapellen und Tanks. Ein oder zwei Paraden. Und vielleicht drei Minuten Schweigen.«

Damit füllte ich meinen ersten Vormittag aus, solange das Fieber noch frisch war; doch wenn der Abend kam, delirierte ich meist schon. Es fing mit den Gliedmaßen an, sie splitterten wie Balken, es war, als wüchsen mir Dutzende von Armen. Das Bett erstreckte sich unermeßlich und wurde zu einer Wüste aus heißem, feuchtem Sand. Ich fing an zu einem zweiten Kopf zu sprechen, der da aufs Kissen gelegt war, mein eigener Kopf und doch nicht der meine; er gab niemals Antwort, lag nur da und grinste mich teilnahmslos an. Dann kamen die Wände des Schlafzimmers an die Reihe; sie fingen an sich zu wölben, zu kräuseln und zu tosen, sie zerflatterten in Schichten wie Blätterteig, schmolzen wie Zucker, zerströmten blutend in gräßlichen Farben. Dann trat aus den Wänden und oben aus der Zimmerdecke reihenweise ein Lächeln hervor, nicht zu fassen, doch harmlos zunächst, heiter und gar nicht bedrohlich – nur lächelte es viel zu lange. Selbst das Lächeln eines Wahnsinnigen gerät einmal ins Wanken, aber dieses hier verharrte einfach schweigend, wurde strahlender, teilnahmsloser und immer eisiger, bis mir das kranke Blut in den Adern tobte. Es war wie das Katzenlächeln in Alices Wunderland, ohne Gesicht und ohne Umrisse: ich konnte durch das Lächeln hindurch das Zimmer deutlich erkennen. Dennoch hing es über mir wie ein Flecken auf der Luft, ein Lächelregister im Raum, Lächeln ohne Erbarmen, Lächeln ohne Liebe, lächelndes Lächeln nichtlächelnden Gelächels; noch nicht einmal das Lächeln Fremder, sondern ein Niemandslächeln, das sich da in strahlendem Schweigen ausbreitete, beharrlich und wissend und ohne Ende ... bis ich aufbrüllte und an die Bettwände hämmerte.

Auf mein Geschrei verfestigten sich alle Wände wie mit einem Donnerschlag, und alles war wieder normal. Die Küchentür öffnete sich, Füße stampften die Treppe herauf, und die Mädchen hasteten ins Zimmer. »Er hat wieder die Gesichter gesehen«, flüsterten sie. Und laut: »Es ist schon wieder gut – komm, komm, jetzt siehst du keine mehr. Da, trink das Zitronenwasser hier.« Dann trockneten sie mich ab und brachten das Bettzeug wieder in Ordnung. Ich lag still da, während sie herumhantierten; was sollte ich ihnen denn sagen? Daß ich gar keine Gesichter gesehen hatte – nur Gelächel? Ich versuchte es, aber es kam nichts dabei heraus.

Später, als die rote Nacht über mir zusammenschlug, war ich nur halb bei Bewußtsein. Ich hörte mich selbst singen, stöhnen und reden, und die Geräusche waren wie Hände auf meinem Körper. Das Blut kochte, mein Fleisch erschauerte, die Zähne klapperten und preßten sich aufeinander, und meine Knie zogen sich hoch bis an den Mund; ich lag in einem üblen Sumpf von Schweiß, der mich abwechselnd dampfender Hitze und frostiger Kälte aussetzte. Mein Hemd war wie eine Art Himmel ringsum, eine feuchte Hülle um die schaudernde Haut, und immer wieder bliesen heiße Winde aus Afrika und Schneestürme vom Nordpol darüber hin. Alle Gegenstände im Zimmer verschwammen wieder, und die Bilder übermalten sich neu; Dinge bewegten sich hin und her, veränderten ihre Form, wurden ungeheuer groß oder entschwanden in grenzenlose Fernen. Die Kerzenflamme warf Schatten, die ein Ding ums andere wie unter einer Hülle dem Auge entzogen, dann wieder schraubte sie sich in die Höhe wie eine elfenbeinerne Heiligenfigur, oder sie kicherte und fiel zu einer Kugel zusammen. Ich hörte Stimmen, die sich nicht in der Gewalt hatten, bald flüsterten sie tonlos, bald erdröhnte plötzlich lautschallend ein großes Wort, »Schaufel!« etwa, oder »Altmännerohren!« Jeder derartige Ruf erschreckte mich durch sein gräßliches Forthallen, es war, als werde ein Klavier von Pferdehufen malträtiert.

Zweifellos war ich selbst derjenige, der diese Worte aussprach, und solche Monologe dauerten Stunden. Manchmal gab ich ganz bewußte Antworten, doch meistens lag ich und lauschte und sah zu, wie sich aus den dunklen Klüften im Zimmer der Rauch der aschweißen Alpträume erhob... Eine solche Fiebernacht machte alles langsam und leise, als hätte man heiße Tücher in eine Uhr gestopft. Unter der Oberfläche des Schlafes glitt ich dahin wie ein Delphin in tropischen Gewässern, hörte durch Wassergrotten das trockene Haus erklingen, durchmaß Höhlen in endlosen Traumgefilden, um nach Jahren, in denen ich viele Male gelebt hatte und viele Male gestorben war, klaftertief heraufzutauchen und festzustellen, daß der Mond im Fenster keinen Zoll sich bewegt hatte, die Welt um keine Minute älter geworden war.

Zwischen Schlafen und Wachen durchlebte ich so zehn

Generationen, und diese lange Reise verzehrte meine Kräfte. Doch wenn ich schließlich aus dem endlosen Delirium auftauchte, war mir die wirkliche Welt plötzlich lieb. Während ich schlief, war sie süß geworden, vom Fieber gereinigt umgab sie mich jetzt wie eine gläserne Glocke. Erfrischt vernahm ich eine Zeitlang ihre schwächsten Geräusche: wie die Flüsse dahinströmten, das Laub der Bäume sich rührte, die Vögel ihre Schwingen falteten, ein Schaf am Berg hustete, ein Gartentor in der Ferne aufschwang oder ein Pferd auf dem Felde schnaubte. Unter mir murmelte es behaglich in der Küche, Schritte entfernten sich die Straße hinauf, eine Stimme sagte gute Nacht, ein Tor quietschte und schloß sich – oder ein Junge rief plötzlich durch die Nacht, hell wie ein Tier im Dunkeln, und weit in der Ferne gab jemand Antwort. Ich lag, als wäre ich eben aus dem Totenreich zurückgekehrt, die köstlichen Klänge rührten und lähmten mich. Dann kam das Fieber wieder – so ging es immer –, das Zimmer fing wieder an zu wispern und zu tanzen, die herabgebrannte Kerze spuckte einmal und erschauerte, und ich sah, wie der Docht sich krümmte und verlosch... Dann traf mich Dunkelheit, ein fressendes Dunkel, eine Dunkelheit dicht und geballt, und eine Kette schwarzer Laternen schwang von der Decke herunter und schwebte lächelnd auf mich zu. Und wieder hämmerte ich voller Schrecken auf die Bettwände und schrie laut nach den Schwestern und Licht.

Solche Anfälle waren vertraute Heimsuchungen, und die Meinen hatten sich längst daran gewöhnt. Jack fragte immer, ob ich denn gar so ächzen und stöhnen müsse, während Tony mich mit schlauem Blick abschätzend betrachtete; meistens allerdings behandelte man mich wie einen Hund, der die Staupe hat, und überließ es der Zeit, mich allmählich wieder auf die Beine zu bringen. Das Fieber trat zwar plötzlich und gewaltsam auf und stieg hoch, aber es war auch rasch wieder ausgebrannt. Danach kam eine angenehme Zeit der Genesung, in der ich von Eierspeisen und Zwieback lebte; dann wurde es mir allmählich langweilig, ich stand auf, ging aus dem Haus, fing eine Prügelei an, und meine Krankheit war vorbei. Von den Delirien abgesehen, die mich freilich verwirrten und mir zu schaffen machten, fühlte ich mich niemals wirklich krank, und wenn ich auch manchmal von angegriffenen Lungen und Tuberkulose flüstern hörte, so dachte ich doch nie daran, daß ich etwa sterben könnte.

Dann kam eine Nacht, da mir während einer hitzigen, aber wie mir schien nicht außerordentlichen Fieberattacke ein Schrecken eingejagt wurde, der mich mit einem fast wollüstigen Schauer erfüllte. Wie immer war mein Fieber heftig aufgeflammt, und ich warf mich in der gewohnten Glut umher, als ich irgendwann mitten in der Nacht mit klarem Kopf aufwachte und die ganze Familie um mein Bett versammelt fand. Sieben Augenpaare starrten furchtsam-ahnungsvoll nicht auf mich, sondern auf irgend etwas in mir. Mutter stand hilflos und rang die Hände, und die Mädchen weinten still vor sich hin. Selbst Harold, der sonst alle Gemütsbewegungen mit einem Achselzucken von sich abschüttelte, sah blaß und angespannt aus im Kerzenlicht.

Mich überraschte das Schweigen aller und der Ausdruck ihrer Augen, in dem sich Furcht und Trauer mischten. Was hatte sie so plötzlich in finstrer Nacht aus den Betten geholt, und warum standen sie so heulend um mich herum? Ich fühlte mich warm und behaglich, ganz locker und gelöst; ich empfand ein Vergnügen, als hätte ich sie irgendwie zum Narren gehalten. Dann fingen sie alle leise zu sprechen an, rings um mich, über mir und über mich hinweg, aber niemals unmittelbar zu mir.

»So schlimm war's noch nie mit ihm«, sagte jemand.

»Hör bloß wie das rasselt!«

»Er hat auch noch nie so eine gräßliche Farbe gehabt.«

»Grausam ist das – das arme kleine Wurm.«

»Und er war so ein lustiger kleiner Kerl, hu-hu-hu.«

»Komm, komm, Phyl; reg dich nicht so auf.«

»Denkst du, daß der Pfarrer um diese Zeit herkäme?«

»Es sollte doch jemand laufen und ihn holen.«

»Wir wollen lieber auch Jack Halliday herausklopfen. Er könnte in den Ort radeln und den Doktor holen.«

»Wir müssen aufbleiben, Ma. Er rasselt so schrecklich beim Atmen.«

»Vielleicht sollten wir seinem Vater ein Telegramm schicken...«

Da ich bei vollem Bewußtsein war, hörte ich jedes Wort und war versucht, auch etwas zu sagen. Doch der seltsame Ton, in dem sie sprachen, lähmte mir die Zunge; es lag eine sonderbare Drohung in ihrem Gehaben, und aus Augen und Stimmen sprach eine ängstliche Scheu, als erblickten sie schon Schatten des Grabes in mir. Das war der Augenblick, in dem mir klar wurde, daß ich sehr krank war. Nicht der Schmerz war ausschlaggebend, denn körperlich fühlte ich mich nicht anders als sonst immer. Stillschweigend machten die Mädchen sich für die Nachtwache zurecht und hüllten sich in ihre Schals ein. »Geh du jetzt und schlafe ein bißchen, Ma – wir rufen dich später.« Ernsthaft verteilten sie sich rings um das Bett, falteten die Hände im Schoß und forschten mit übernächtigen Augen in meinem Gesicht nach einem ersten Anzeichen der Wendung zum Schlimmsten. Unter dem Schweigen dieser wartenden Gestalten wurde mir in jener eisigen Mitternachtsstunde zum erstenmal in meinem Leben bewußt, daß mein Tod im Bereiche der Möglichkeiten lag.

Ich habe keine Erinnerung weiter an jenes düstere Ereignis; ich glaube, ich bin einfach wieder eingeschlafen, mein letzter Blick – es hätte leicht mein allerletzter in dieser Welt sein können – fiel auf die schwesterliche Totenwache rings um mich. Als ich am nächsten Morgen zur Überraschung aller wieder aufwachte, war die Krise offensichtlich überstanden. Und wäre nicht jener Mitternachtsbesuch gewesen und die Anteilnahme des Dorfes, die sich nun bezeugte, so hätte ich wohl nie erfahren, in welcher Gefahr ich schwebte. Viele Wochen lang blieb ich in Mutters Schlafzimmer, und von morgens bis abends brannte ein Holzfeuer im Ofen. Schulfreunde kamen wie zu einer Wallfahrt in ihren besten Kleidern und brachten mir Blumen. Mädchen schickten mir Hühnereier, auf die sie Grüße und Küsse gepinselt hatten; Buben brachten mir ihre zerbrochenen Spielsachen. Sogar meine Lehrerin (die ein Herz aus Stein hatte) kam mit einer Tüte voll Bonbons und Nüsse. Schließlich verriet mir Jack, der das Geheimnis nicht mehr für sich behalten konnte, daß man in der Kirche für mich gebetet habe, unmittelbar vor dem Spruch, zwei Sonntage hintereinander. Das gab mir den Rest, ich fühlte mich unsterblich; es gab nicht viele Leute, die diese Ehre überlebt hatten.

Diesmal wurde ich noch mehr umsorgt während der Genesungszeit. Ich bekam Fleischextrakt und trockenen Biskuitkuchen zu essen. Täglich rieb man mich mit Kampferöl ein und machte mir warme Umschläge. So lag ich dann in scharfe und würzige Dünste gehüllt und spielte stunden- und tagelang, während sich auf meinem Bett die Murmeln häuften und Bilderheftchen, gepreßte Blumen, alte Patronenhülsen, Taschenmesser, Zündkerzen, Heuschrecken und mehrere ausgestopfte Hänflinge sich ansammelten.

Ich zog soviel wie möglich Nutzen aus meinem Hätschelzustand und hatte eine einfache Methode, wenn Schwierigkeiten auftraten. Besonders wenn ich meine Medizin einnehmen sollte, einen Höllensud, der unsagbar widerwärtig schmeckte.

Es oblag meinen Schwestern, ihn mir einzuflößen, und sie sparten nicht an süßen Worten, wenn sie mit vorgehaltenem Löffel auf mich zukamen.

»Jetzt komm, Kerlchen – eins, zwei, drei!...«

»Hinterher darfst du das Marmeladeglas ausputzen...«

»Wir halten dir die Nase zu. Dann schmeckst du überhaupt nichts.«

Ich fing an zu schielen und starrte in die Ferne.

»Sei ein guter Junge. Nur das eine Mal. Komm doch, los.«

»Archie sagt nein«, erklärte ich.

»Was?«

»Archie«, sagte ich, »will die Arzenei nicht. Archie mag die Arzenei nicht. Und Archie nimmt die Arzenei nicht. Sagt Archie.«

»Wer ist Archie?« flüsterten sie und sahen einander kopfschüttelnd an. Gewöhnlich ließen sie mich dann in Ruhe.

Nach dem Fieber fühlte ich mich leicht in Kopf und Gliedern wie eine taufeuchte Pflanze. Die Krankheit hatte mich so völlig ausgeleert, daß ich jeden Gehalts beraubt schien. Nach so langem Aufenthalt in dem sonnenlosen, fiebermatten Zimmer steckte ich voller absonderlicher Phantasien. Ich kam mir blaß und blutleer vor, bar aller Organe, durchlässig für Farben und Töne, während das Licht vom Fenster her, die staubdurchwirbelte Luft, der flackernde Feuerschein und die sanftleckenden Zungen der Kerze meinen Körper durchdrangen. Hitze, Spiegelbilder, Geflüster und Schatten umspülten mich, als wäre ich aus Glas. Es war, als wäre ich körperlos, flach auf die Laken gedruckt, substanzlos wie ein Netz im Wasser. Was aus mir herausgespült worden war an plumper, überflüssiger Leiblichkeit, dumpfen Gallerten und trägen Salzen, wußte ich nicht zu sagen, aber meine Sinne waren jetzt auf eine so qualvolle Wachheit gestimmt, daß sie vibrierten, wenn die Welt nur im geringsten sich rührte, bei jeder Veränderung und jedem Verharren draußen und drinnen, als müsse ich die ganze Welt neu erfahren.

Wenn ich frühmorgens feucht von Schwäche erwachte, war das Tageslicht Milch aus dem Paradies; es kam durch die Fenster in strahlenden Fluten, in grünen und blauen Strömen, die Fetzen von Vogelsang, Blütenblätter, Stimmen und das strömende Öl des Himmels hereintrugen. Das Licht wusch die Nacht und ihre Gespenster aus dem Zimmer und ließ mich den Tag wie immer sehen, so daß mein Erwachen zu einem Augenblick der Dankbarkeit wurde, wie ihn Wilde empfunden haben müssen. Die Gegenstände im Schlafzimmer nahmen ihre Hexenmasken ab und zeigten sich in fast dümmlicher

Alltäglichkeit. An den getäfelten Wänden traten Äste und Maserung klar hervor; der Spiegel meldete nur Tatsachen; die Bilder im goldenen Rahmen der Morgensonne zeigten mir wieder vertraute Gesichter. Ich seufzte und streckte mich wie ein auf Land gespülter Seemann, der festen Boden unter sich spürt, nicht mehr den wilden Fluten ausgeliefert, sondern wunderbar gerettet und in grünem Laub geborgen.

So lag ich jeden Morgen in dankbarer Verzückung. Ich witterte die Gerüche des Zimmers, roch die Federn, das Wasser im Krug, den Staub in den Ecken, freundliche Düfte von Glas und Papier, die trockenen Steine vor den Fensterbänken, Bienen, die gegen die Geranienblätter prallten, das Föhrenholz des Bleistifts neben meinem Bett, die erloschene Kerze und das Feuer im Streichholz. Doch ich spürte auch, wie es stand um den frühen Tag: woher der Wind kam und wie er durch die Bäume fuhr, ob Kühe auf der Wiese waren oder nicht, ob das Gartentor offenstand oder eingeklinkt war, ob die Hühner schon ihr Futter hatten, wie schwer die Wolken am Himmel hingen, und ich wußte genau, wie warm es draußen war. Wie ich so im Bett lag, spürte ich das ganze Tal mit der Oberfläche meiner Haut, den Wandel der Stunden, den Stand des Jahres, das Wetter und das Leben, das sich bald regen würde. Ein pantheistisches Hochgefühl ließ mich eins werden mit dem Dorf, so daß mir war, als liege mein Schicksal in seinem beschlossen; vom Fieber gereinigt, eiskalt doch lebendig, könne ich's nun nie mehr verlieren... Dann kam Mutter mit meinem Frühstück die Treppe heraufgeträllert, frisch wie eine Lerche im Wind. »Ich hab dir ein Ei gekocht, und eine Tasse guten Kakao hab ich dir auch gemacht. Und ein paar feine dünne Butterbrote.«

Das frische Ei schmeckte wie sonnenwarmes Manna, der Kakao schäumte und dampfte, und die Butterbrote – Krankenformat – waren so dünn geschnitten, daß man den Teller durchschimmern sah. Mit matter, melancholischer Miene schlang ich alles hinunter, während Mutter mein Bett glattstrich, mir Stift und Zeichenblock, Murmeln und Spielzeug reichte und von allerlei guten Dingen erzählte, die für mich in Aussicht standen.

»Ich geh dann nach Stroud und kauf dir einen Malkasten. Und vielleicht Lakritzen, von jeder Sorte was. Alle möglichen Leute haben nach dir gefragt. Sogar Miss Cohen – stell dir das bloß vor.«

Mutter setzte sich aufs Bett und betrachtete mich stolz. Liebe allenthalben; und ich konnte nichts verkehrt machen. Stand ich auf, so würde ich kein Feuerholz spalten müssen, und vier Wochen lang würden sie alle nett zu mir sein. Ach, wie stark war die Versuchung, die mich da befiel, immer und ewig krank zu sein...

Lungenentzündung – das war meine Hauptattraktion, und ich verstand sie gut genug auszuwerten. Aber freilich hatte ich auch noch andere Waffen. Ich las auch geringfügigere Krankheiten auf, darunter innerhalb weniger Jahre Gürtelrose, Windpocken, Mumps, Masern, Ringelflechte, Polypen, Nasenbluten, Läuse, Ohrenschmerzen, Bauchweh, Schwindelanfälle, Gleichgewichtsstörungen, Scharlach und vorübergehenden Verlust des Gehörs.

Um das Maß vollzumachen, zog ich mir schließlich noch eine Gehirnerschütterung zu. In pechschwarzer Nacht fuhr mich ein Radfahrer um, und ich lag zwei Tage ohne Bewußtsein. Als ich völlig wund und zerschlagen wieder zu mir kam, hatte sich eine meiner Schwestern in den Radfahrer verliebt, einen hübschen jungen Mann aus Sheepscombe, der auch meine Mutter bezwang.

Doch im Laufe dieser Kindheit voller Schrecken und Fieber wurde doch wenigstens eines deutlich: wäre ich ein zartes Kind gewesen, so hätte ich sie gewiß nicht überlebt. Es bestand also kein Zweifel an meiner Zähigkeit. Wie ich schon sagte, waren das ja damals noch Zeiten, in denen Kinder rasch dahinschwanden, wo man bei angegriffenen Lungen nicht viel mehr tun konnte als Kohlenteer verbrennen und beten. In den kalten Häusern unseres Tals mit ihren triefenden Wänden, feuchten Betten und quellenden Fußböden konnte ein Kind innerhalb eines Jahres krank werden und sterben, und gewöhnlich waren es gerade die kräftigsten, die gehen mußten. Ich war nicht kräftig; ich war nur zäh, durch Selbstimpfung vor allen den Seuchen geschützt. Doch wenn ich manchmal darüber nachsinne, meine ich, daß ich damals doch nahe an der Grenze angesiedelt war.

Seltsam, daß es keine Krankheit war, sondern – so glaube ich wenigstens – der Unfall, von dem ich das dauerhafteste Andenken zurückbehielt. Jener nächtliche Aufprall, der mir die Gehirnerschütterung brachte, hat mich wohl für immer gezeichnet, hat mir ein dunkles Mal auf die Stirn gedrückt und eine unheilvolle Tür in meinem Gehirn aufgestoßen – eine Tür, durch die regelmäßig Boten zu mir dringen, deren Worte ich nie ganz verstehen kann, die Ahnung von Welten, die sich um Haaresbreite meinem Zugriff entziehen, eine Tür, durch die Schwermut, Jubel und Schrecken über mich kommen...

Die Onkel

Unsere Familie war selbst für die kinderreichen Zeiten von damals groß, und ganz besonders gesegnet waren wir mit Onkeln. Dabei spielte die Zahl eine geringere Rolle als ihre Lebensweise, durch die sie für uns Buben zu legendären Gestalten wurden und für die Mädchen zur Quelle von Kummer und Aufregung. Onkel Georg – der Bruder unseres Vaters – war ein schmächtiger, schnauzbärtiger Tunichtgut, der auf der Straße Zeitungen verkaufte, meist in Lumpen herumlief und, wenn man dem Gerücht glauben wollte, ein Vermögen in barem Gold besaß. Doch von Mutters Seite her waren noch fünf andere Onkel da – vierschrötige, faustgewaltige und trinkfeste Helden, die wir liebten und die die Idole unserer Jugendjahre waren. Da wir sie so gern hatten und so stolz auf sie waren, wird sie hoffentlich nicht verdrießen, was ich nun berichte.

Großvater Light, der von allen Kutschern in Gloucestershire die schneidigsten Beine hatte, ließ seine Söhne in einer Welt von Pferden aufwachsen, und sie erbten viel von seinem Geschick. Zwei kämpften gegen die Buren, und alle fünf standen im Ersten Weltkrieg bei der Kavallerie, wo sie die Massaker von Mons und Ypern überstanden, auch durch einige andere sich geschickt hindurchlavierten und schließlich mit ihren schrapnellgespickten Gliedern zurückkehrten in Frieden und Sicherheit. Meine früheste Erinnerung zeigt sie mir als khakifarbene Erscheinungen, die aus der Schlacht auf Urlaub heimkamen, eckige Riesen mit Gamaschenbeinen, die süßlich nach Leder und Hafer rochen. Sie kamen als kampferprobte Krieger, schliefen den ganzen Tag wie Tote, wichsten dann ihre Stiefel und putzten ihre Knöpfe, um wieder in den Krieg zurückzukehren. Es waren Männer von großer Kraft, Vollbringer blutiger Taten, eine Faust, drohend gegen den Feind geballt, höllische, apokalyptische Reiter, und jeder von ihnen halb Mensch, halb Pferd.

Erst nach dem Krieg spaltete sich diese rächende Bruderschaft für mich in ihre Teile auf, die ich nun endlich als Individuen und als Menschen sah und kennenlernte. Die Söhne John Lights, die fünf Brüder Light, gaben mancher heimischen Mythe ihren Glanz, man bewunderte ihre Wildheit, ihre Stärke und ihren gelassenen und überlegenen Witz. »Wir stammen von der ältesten Familie der Welt ab. Wir kommen schon in der Schöpfungsgeschichte vor. Der Allmächtige sagte ›Es werde Licht‹ – und da war Adam noch lange nicht auf der Welt...«

Alle Onkel waren zu Kutschern erzogen und sollten ihrem Vater nachfolgen, aber als sie aus dem Krieg heimkamen, fanden sie eine veränderte Welt vor, und als ich groß genug war um wahrzunehmen, womit sie sich beschäftigten, hatte nur einer noch mit Pferden zu tun; alle anderen hatten neue Berufe: einer befaßte sich mit Bäumen, ein anderer mit Motoren, ein dritter mit Schiffen, und der vierte baute Eisenbahnen in Kanada.

Onkel Charlie, der älteste, war meinem Großvater am ähnlichsten. Er hatte dasselbe lange Gesicht und dieselben schneidigen Gamaschenbeine, er verbreitete denselben räucherigen Tabaksgeruch und hatte dieselbe langsame Redeweise beim Erzählen und den schweren Gloucesterbaß. Er wußte lange Geschichten vom Krieg und seinen Leiden, vom Pferdezureiten im Schlamm von Flandern, von schlauen Kniffen, in der Schlacht sein Leben zu retten, die den üblichen Vorstellungen von Heldentum ins Gesicht schlugen. Diese drolligen Geschichten gab er mit unbewegtem Gesicht zum besten, mit einer distanzierten, überlegenen Trockenheit, so daß die Bewältigung der kritischen Lage – es ging ja jedesmal um Leben oder Tod – nicht mehr zu sein schien als ein raffinierter Gewinn beim Kartenspiel.

Nachdem er nun schließlich aus seinen geheimnisvollen Kriegen heimgekehrt war, hatte er eine Försterstelle angenommen und lebte in den Tiefen der heimatlichen Wälder mit seiner Frau und vier schönen Kindern. Er wohnte nacheinander in mehreren Häusern, von denen jedes, sobald er sich darin niedergelassen hatte, den Waldcharakter seines Berufes annahm und mich an Kohlenbrenner und an die einsamen Waldhütten aus den Märchen der Brüder Grimm erinnerte. Wir Buben liebten es, die Familie Onkel Charlies zu besuchen und sie drunten im Walde aufzuspüren. Immer stak das Haus in einer Wolke duftenden Rauches, im Hof lag hoch aufgeschichtet das Winterholz, während von Dachrinnen und Türpfosten Marderschwänze, Fuchspelze, Krähengerippe, Fallen und Mäuse herabhingen. In der Küche lehnten Äste und Gewehre an den Wänden, in der Ecke stand ein Steinkrug voll

Ingwerbier und auf dem gewaltigen Feuer ein brodelnder Topf, in dem Tauben oder vielleicht ein frisch gehäuteter Hase schmorten.

Um das frühere Leben Onkel Charlies rankten sich Geheimnisse, die nicht einmal unsere Mutter aufzudecken wußte. Als der Burenkrieg zu Ende war, hatte er eine Zeitlang in einer südafrikanischen Diamantenstadt als Barmann gearbeitet. Das waren damals freie, unbeschwerte Zeiten, in denen dieser Beruf verlangte, daß man in der Lage war, Betrunkene außer Gefecht zu setzen. Onkel Charlie war offensichtlich der richtige Mann dafür, er war ja in seiner Jugend stark wie ein Löwe. Wenn die Bergleute nach ihrem heißen Arbeitstag aus ihren Lagern herabstiegen, die Taschen schwer von Diamantenstaub, dann kauften sie den Whisky faßweise, tranken sich toll und voll und machten sich daran, das Lokal anzuzünden... Das war dann Onkel Charlies großer Moment, dann schwang er, der Heros der Kneipen, die Flaschen mit starkem Arm und legte sie reihenweise auf den Rücken. Doch auch er war nur ein Mensch und kam nicht ohne Schaden davon. Eines Nachts benutzten die Männer ihn als Rammbock, um einen Schnapskeller aufzubrechen. Zwei Tage lag er mit gebrochenem Schädel, und noch jetzt konnte er die Wahrheit dieser Geschichte mit einer stattlichen Beule beweisen.

Dann verschwand er zwei oder drei Jahre vollständig und tauchte in Johannesburg unter. Während dieser Zeit hatten wir weder Briefe noch Nachrichten von ihm, und was eigentlich los war, ist nie herausgekommen. Darauf kehrte er ganz plötzlich ohne jede Ankündigung nach Stroud zurück, blaß, mager und ohne einen Pfennig Geld. Wo er gewesen war und was er getan hatte, wollte er nicht sagen, erklärte aber, seine Wanderjahre seien jetzt vorbei. Also nahm ihn die hübsche Fanny Causon, ein Mädchen aus unserer Gegend, und heiratete ihn.

Er ließ sich dann zu Hause in den Wäldern nieder und wurde einer der besten Förster in Cotswold. Seine Dienstherren waren freigebig mit Lob und Schmeichelei, aber sparsam mit klingender Münze, doch er war trotzdem zufrieden unter seinen Bäumen. Mit einem Arbeiterlohn unterhielt er seine Familie, er nährte sie von Wildbret aus dem Walde, erzog seine Töchter allein durch seinen Humor und lehrte seine Söhne die Erfahrung seines Herzens.

Es war, als ob man in ein Geheimnis eindränge, wenn man ihn arbeiten sah, irgendwo auf einem gerodeten Waldstück, wo er mit Sämlingen hantierte wie mit frisch ausgebrüteten Vögeln, zart ihre faserigen Klauen ausschüttelte und sie mit sicherer Hand längs der Böschungen und Buchten in die Nester setzte, die seine Finger vorbereitet hatten. Die Bewegungen seiner Hände waren zärtlich und doch voll unbewußter Kraft, und die Pflanzen fügten sich seinem Zugriff rasch und willig, es war, als füllten sich die kleinen Blätter im Nu mit Lebenssaft und schlügen Wurzeln für immer, wo er sie hinsetzte.

Die jungen Wälder, die jetzt in Horsley, in Sheepscombe, in Rendcombe und in Colne aufwachsen, das sind die Wälder, die mein Onkel Charlie für fünfunddreißig Shilling die Woche gepflanzt hat. Von ihm stammen diese Hallen voll sommerlichen Schattens, die ihre Firste aus Laub und Vögeln himmelwärts strecken, von ihm die Blöcke jungen Grüns, die jetzt bei uns hügelan steigen und das wieder darbieten, was früher schon einmal das Auge erfreute. Onkel Charlie ist im vorigen Jahr gestorben, und seine Frau wollte nicht bleiben – keine Woche nach ihm starb auch sie. Doch er hat in unserer Landschaft Spuren hinterlassen, wie er sie sich dauerhafter nicht wünschen konnte.

Der zweitälteste Light war Onkel Tom, ein dunkler, leiser Mensch, der es gut mit den Frauen verstand. In meiner frühesten Erinnerung sehe ich ihn als Kutscher und Gärtner in einem alten Haus in Woodchester. Damals war er schon mit meiner Tante Minnie verheiratet, einer hübschen, zierlichen Frau mit Mittelscheitel, die aussah wie eine Zeichnung von

Cruikshank. Das Leben in ihrem kleinen, sauberen Stallhof inmitten eingetopfter Farne, stolzierender Ponies und buntbemalter Karren und Wagen schien mir nicht eigentlich ein Stück Menschenwelt, sondern eher ein Spielzeugdasein, und ein Besuch bei ihnen bedeutete, daß man die Maßstäbe wechseln mußte und die plumpe Welt da draußen weit hinter sich ließ.

Onkel Tom hatte sehr gute Manieren und sah ein wenig aus wie ein Dandy. Mit seinen Augenbrauen konnte er tolle Dinge anstellen; er konnte sie unabhängig voneinander auf seiner Stirn nach oben und nach unten rutschen lassen – eine seltsam vielsagende Angewohnheit war das. Schwieg er, so sprachen seine Augenbrauen unablässig, als wollten sie uns seines Wohlwollens versichern, und seinen Erfolg bei den Frauen schrieb man zu einem guten Teil dieser Taktik zu – außerdem natürlich seiner würdevollen Persönlichkeit. Als Junggesellen verfolgten ihn die Mädchen sozusagen pausenlos, aber er war, obwohl so bedächtig, schnellfüßig genug und ließ sich nicht so leicht einfangen. Unsere Mutter war stolz auf seine Erfolge. »Er war was Besonderes«, sagte sie. »Ein echter Gentleman. Grad wie König Edward. Es kam ihm nicht drauf an, auch mal etwas springen zu lassen.«

In seiner Jugend warfen die Mädchen sich ihm an den Hals und bestachen unsere Mutter, für sie ein gutes Wort einzulegen. Andauernd wurde sie zum Tee und was noch allem eingeladen und sollte dann Botschaften überbringen und glühende Briefe, die in bunte Schärpen für sie selbst eingeschlagen waren. »Ich war das beliebteste Mädel in der ganzen Gegend«, sagte sie. »Unser Tom war so ein feiner Mann...«

Jahrelang spielte Tom ein listiges Spiel, ohne je in eine Schlinge zu geraten. Dann traf er seinesgleichen: Effie Mansell, ein Mädchen, das kein Erbarmen kannte und dazu noch häßlich war. Laut Mutter war Effie Mansell ein Ungeheuer, eine Riesin und stark wie ein Bauernpferd. Kaum hatte sie bei sich beschlossen, daß sie Onkel Tom haben wollte, als sie ihn auch schon vom Rad boxte und ihm ihren Entschluß mitteilte.

Gleich am nächsten Morgen machte er sich nach Worcester davon und nahm eine Stelle als Straßenbahnschaffner an. Besser wäre er in ein Bergwerk eingefahren, denn das Mädchen folgte ihm auf den Fersen. Sie fing an, den lieben langen Tag auf seiner Straßenbahn hin und her zu fahren, denn dort war er ihr ausgeliefert. Das schlimmste an der Sache war, daß er ihr auch noch das Fahrgeld bezahlen mußte – noch nie in seinem Leben war er so gedemütigt worden. Schließlich verlor er die Nerven, kam mit seinem Wechselgeld durcheinander, wurde entlassen und versteckte sich in einem Steinbruch. Doch die Gefahr ging vorüber, Effie heiratete einen Inspektor, und Onkel Tom kehrte zu seinen Pferden zurück.

Er hatte nun seinen Dämpfer weg, und die Ställe waren ihm eine Beruhigung: auf einem Pferd konnte man die Flucht ergreifen, nicht aber auf einer Straßenbahn. Doch am allermeisten wünschte er sich jetzt den Schutz einer guten Frau; er hatte das Bedürfnis nach einem ruhigeren Tempo. So heiratete er bald darauf die Minnie seiner Wahl, sagte seinen Junggesellenerfolgen Lebewohl und ließ sich mit einem Seufzer der Erleichterung und ein paar erstaunlichen Augenbrauenmanövern endgültig als Hausvater nieder.

Seither lebte Onkel Tom ruhig und dankbar wie ein Fürst in selbstgewähltem Exil und zog nur noch ab und zu jene Schleier der Anmut und Würde über sein Gesicht, das bedeutungsvolle Blinzeln und verständnisinnige Kräuseln der Augenbrauen, jene letzten Zeugen vergangener Pracht...

Meine erste Begegnung mit Onkel Ray – dem Erzschürfer, Dynamitverbrecher, Stierkämpfer und Erbauer transkontinentaler Eisenbahnen – war denkwürdig, weil sie so völlig unvermutet kam. Eben noch der sagenhafte Onkel am anderen Ende der Welt, lag er eines Tages plötzlich in meinem Bett. An die seidenweichen Glieder meiner jüngeren Brüder und Schwestern gewöhnt, erwachte ich eines Morgens neben einem schnarchenden und schuppigen Riesen. Ich befühlte die dicken Beine und muskulösen Arme, machte mir meine

Gedanken über die Bartstoppeln am Kinn, betastete die Krokodilhaut dieses Prachtstückes und fragte mich, was das wohl sei.

»Das ist dein Onkel Ray, er ist heimgekommen«, flüsterte Mutter. »Steh jetzt auf und laß ihn schlafen.«

Ich sah ein rostigbraunes Gesicht, eine hagere Indianernase und roch das strenge Aroma von Zigarren und Schmieröl. Hier war er, der Held unserer Prahlereien in der Schule, und sein Anblick war wahrlich keine Enttäuschung. Er glänzte wie Eisen, war verwittert wie ein Felsblock und lag da wie ein schlafender Häuptling. Von seinem Eisenbahnbau war er zu einem Besuch heimgekommen, mit viel Geld und viel Durst, und die Tage, die er damals in unserem Hause verbrachte, waren voller Glut und Wunder.

Zunächst einmal glich er niemandem, der uns bisher vor Augen gekommen war – und übrigens auch niemandem, den wir vom Hörensagen kannten. Mit seinem gegerbten Gesicht, dem großen Mund mit dem Prachtgebiß, den fernblickenden eisblauen Augen sah er aus wie ein Indianerkrieger, den Sonne und heldenhaftes Gemetzel gezeichnet hatten. Er sprach das Kanadierenglisch der Eisenbahnlager langgezogen und klingend durch die Nase. Am ganzen Körper hatte er kein Fleckchen, das nicht tätowiert war – Schiffe unter vollen Segeln, Fahnen aller Nationen, Reptilien und rundäugige Mädchen. Durch geschickte Bewegungen seiner Muskeln konnte er diese Segelschiffe dahingleiten, die Flaggen im Winde wehen und die Schlangen sich um die bebenden Mädchen ringeln lassen.

Onkel Ray war ein Teufelsgeschenk für uns, ein ungeheures Spielzeug, ein gutmütiges Monstrum, fremdartiger als ein Zirkusaffe. Er saß ganz still, wenn wir ihn erforschten, und er ließ sich alles von uns gefallen. Schlugen wir ihn, so heulte er, zwickten wir, so schluchzte er; was wir ihm auch antaten, ertrug er wie ein Caliban. Er war auch immer gleich bereit, uns an den Füßen zu packen und um sich herumzuwirbeln, uns sich auf den Leib zu stellen oder paarweise – auf jeder Hand einen – hochzustemmen, bis wir mit den Köpfen an die Decke stießen.

Doch früher oder später sagte er stets:

»Na, Jungs, jetzt muß ich fort.«

Dann stand er auf, schüttelte uns ab wie Flöhe und leckte sich bedächtig die Lippen.

»Wo mußt du hin, Onkel?«

»Mit jemand reden. Wegen einem Esel.«

»Gar nicht! Wo gehst du wirklich hin? Was hast du vor?«

»Meine Finger bügeln lassen. Und die Zunge stärken. Und den Rücken ölen.«

»Gar nicht wahr! Du schwindelst, Onkel!...«

»Ich muß aber fort, Jungs. Wiedersehn im Backofen. Schrubbt euch die Ellbogen. Seid artig. Wiedersehn.«

Und schon war er weg wie der Blitz. Der Himmel wußte wohin – wir konnten uns jedenfalls nicht vorstellen, wo er sich herumtrieb. Erst nach langer Zeit kam er dann wieder, am nächsten Abend etwa, durch und durch naß und mit einem treuherzigen Grinsen. Er konnte dann kaum seinen Weg finden, war nicht imstande, seinen Mantel aufzuhängen, verfehlte den Drücker an der Tür. Er setzte sich ans Feuer, sang und dampfte und scherzte mit den quiekenden Mädchen. »Am gescheitesten gingst du zu Bett«, sagte Mutter dann streng, und er fing daraufhin zu ächzen und zu stöhnen an. »Ich kann nicht, Annie! Kann mich nicht von der Stelle rühren. Hab 'n Knochen im Bein... vielleicht auch zwei.«

Einmal war er zwei Tage fort gewesen und kam dann auf einem Fahrrad heim. In stürmischer Nacht sauste er schnurgerade die Böschung herunter und krachte an die Waschhaustür. Die Mädchen liefen und holten ihn herein, er heulte und war ganz blutverschmiert. Sie legten ihn der Länge nach auf den Küchentisch, zogen ihm die Schuhe aus und wuschen ihn ab. »In einem Zustand ist er!« entrüsteten sie sich und kicherten dabei. »Das kommt vom Whisky oder so Zeug, Mutter.« Er fing an zu singen, »O Dolly, liebe Dolly...« und dann fraß er plötzlich Seife. Er sang und machte Seifenblasen, und wir versammelten uns um ihn – so einen Mann hatten wir wahrhaftig noch nicht in unserem Hause gehabt.

Bald verbreitete sich überall die Kunde, Ray Light sei mit einem Haufen kanadischen Geldes nach Hause gekommen. Nun setzten ihm die Taugenichtse zu, Mädchen machten Jagd auf ihn, und die Polizei verwarnte ihn mehrere Male. Mit alledem wurde er ohne viel Mühe fertig, nur die Mädchen brachten ihn bisweilen in Schwierigkeiten. Eine junge Näherin aus gutem Haus, die er im Kino umarmte, stahl ihm dabei im Dunkeln die dollargespickte Brieftasche. Dann stand eines Morgens Beatie Burroughs vor unserer Tür und verkündete, er habe ihr die Ehe versprochen. In der Brauereieinfahrt von Stroud, sagte sie, um die Sache zu fixieren. Drei Tage lang mußte er sich auf unserem Speicher verstecken...

Doch nüchtern oder betrunken, Onkel Ray blieb immer derselbe; ein großes, zottiges Tier, das davontrabte, um seinem Vergnügen nachzugehen; ein hilfloser Riese, liebenswert und einfältig, gefühlvoll und unverhohlen lüstern. Er verstörte meine Schwestern, aber sie beteten ihn trotzdem an, und wir Buben – was hätten wir uns Besseres wünschen können? Er brachte uns sogar bei, wie wir ihn fesseln könnten, und brüstete sich, daß kein Strick für ihn stark genug wäre. So fesselten wir ihn eines Abends an einen Küchenstuhl, sahen eine Weile seinen Befreiungsversuchen zu und gingen dann zu Bett. Mutter fand ihn am nächsten Morgen auf allen vieren, noch immer gefesselt und in festem Schlaf.

Jener Besuch Onkel Rays mit allen den Spielen und Spektakeln war wie ein verlängertes Weihnachten in unserem Hause. Der übliche Tagesablauf, jede Zucht und Ordnung waren während jener Zeit außer Kraft gesetzt. Wir blieben bis in die Nacht hinein auf, erlaubten uns Frechheiten und teilten seine Räusche, während er im Hause herumturnte, auf Exkursionen verschwand, verwirrt und zerzaust wieder heimkam, die Mädchen neckte, Lieder sang, hinfiel und wieder aufstand und mit Dollars um sich warf. Mutter war abwechselnd schockiert und voller Nachsicht, mißbilligte oder kicherte. Und die Mädchen waren genauso aufgeregt und besessen wie wir, nur auf eine andere, verstohlene Weise, wenn sie tuschelten: »Soll man das glauben! Also wirklich! Wie schrecklich!« oder »Hast du gehört, was er da zu mir gesagt hat?«

Als Onkel sein Geld durchgebracht hatte, ging er wieder nach Kanada, zurück in sein Eisenbahnbaulager, nicht ohne mehrere eingeschlagene Köpfe zurückzulassen und eine ganze Reihe von Kneipenwirten und Mädchen, die ihr Schäflein ins trockene gebracht hatten. Bald darauf sprengte er sich selbst in die Luft, als er in den schneebedeckten Rockies arbeitete. Er flog dreißig Meter tief vom Kicking-Horse-Paß herunter und landete auf einem zugefrorenen See. Eine Lehrerin aus Tamworth – jetzt ist sie meine Tante Elsie – reiste viertausend Meilen weit, um ihn wieder instandzusetzen. Erst klaubte sie ihn vom Eise weg und taute ihn wieder auf, dann heiratete sie ihn und brachte ihn heim. Damit waren die Pioniertage dieses feurigen Präriehundes vorüber; aber ohne ihn hätte die kanadische Pazifikbahn niemals den Stillen Ozean erreicht – das ist jedenfalls unsere Meinung.

Der düster-majestätische Onkel Sid war der vierte, aber nicht der geringste unter den Brüdern. Dieser kleine, energische Mann, der erst als Kricketspieler Preise davongetragen hatte, wurde später von Rheumatismus geplagt. Nach dem Krieg war er Omnibusfahrer geworden, ihm hatte man unsere ersten Doppeldecker anvertraut. Diese Wagen zur Personenbeförderung mit ihren kompakten Reifen und dem offenen Oberdeck waren damals die Leviathane der Landstraße – taumelnde Belagerungstürme, die oft außer Kontrolle gerieten und mit dem Oberdeck unter Brücken steckenblieben. Unser Onkel Sid, der zur Fahrerelite gehörte, war in der ganzen Umgebung bekannt und berühmt. Mit Stolz und nicht ohne Furcht sah man ihn hoch oben in seiner stinkenden Kabine hocken, schwitzend von Bier und Anstrengung, wenn der große Bus vorüberdonnerte und er am Steuerrad riß und zerrte, um ihn in der Bahn zu halten. Jede Fahrt durch die Stadt kostete Dachziegel und Dachrinnen und schüttelte die Gasstrümpfe aus den Lampen, aber er gab sich stets Mühe, Frauen und Kindern auszuweichen und geriet kaum je auf einen Bürgersteig. Brüllender Durchbrenner, mit Menschenseelen bestückt, Gegenstand wilden Schreckens für Polizisten und Pferde – Onkel Sid war sein Meister und bändigte den irren Lauf mit starker Hand.

Onkel Sids Geschichte begann wie die Onkel Charlies im Burenkrieg. Als gemeiner Soldat hatte er sich einen Namen gemacht durch seine Verschwiegenheit, Schlauheit und Kraft. Dazu verschaffte ihm sein Können als Kricketspieler, das sich von den Maulwurfshügeln Sheepscombes herschrieb, noch besondere Vorrechte. Früh schon wurde er für die Mannschaft der Armee ausgewählt und mit der besten Verpflegung traktiert. Er spielte auf Teufel komm raus, wie das in seinem Heimatdorf üblich war, und richtete unter den Offizieren wahre Verheerungen an.

Endlich stand er nun auf einer ebenen Bahn mit dem vorgeschriebenen Tor, nachdem er die Buckel und Kuhfladen des heimatlichen Geländes hinter sich gelassen hatte; er rangierte plötzlich unter den Kricket-Assen und machte Rekorde und Nerven am laufenden Band zuschanden. Sein mörderisches Spiel versetzte selbst Helden in Panik: sie winkten ihm eben noch ein Lebewohl zu und nahmen die Beine unter den Arm; wenn er am Schlag war, zogen die Männer die Köpfe ein und retirierten einer nach dem anderen bis an die äußersten Grenzen des Spielfelds. Ich kann mir gut vorstellen, wie der kleine, vierschrötige, drahtige Bursche den Kricketball vom Platz wegschlug mit einem Gesicht, das ziegelrot war von angestauter Wut, und mit Schultern, die die Hosenträger sprengen wollten. Ich sehe ihn vor mir, wie er sich duckt für den nächsten Schlag, dann auf seinen kurzen Reiterbeinen herumwirbelt und den Ball wieder halbwegs bis Johannesburg sausen läßt, während der Beifallsjubel im fernen Sheepscombe ihm in den Ohren klingt. In einer alten

Transvaaler Zeitung, die meine Mutter aufgehoben hatte, habe ich einmal im Sportteil ein Spielresultat gefunden, auf dem die Punktzahl des Gemeinen Light das Zweieinhalbfache sämtlicher Punkte der beteiligten fünf Offiziere betrug. Vermutlich war das der Gipfel von Onkel Sids Ruhm und die Zeit, an die er am liebsten zurückdachte. Von da an geht die Kurve leicht abwärts, wenn sie auch gelegentlich noch steile Spitzen aufweist.

Da war zum Beispiel der große Ausflug. Der Tag, an dem unser Dorf drei Lastwagen nach Clevedon nahm und Onkel Sid den ersten Wagen fuhr, mit einer Kiste Bier neben sich. »Hol alles raus, Onkel Sid«, schrien wir, als wir durch das sommerliche Land brausten. Mit einer Hand soff er, mit der anderen steuerte er, und so flogen wir dahin im Sturmgebraus, über den Heckenkronen, der Erde entrückt durch diesen Mann am Steuer...

Dann auf unserer Heimfahrt, am Abend, stand eine schreiende Frau am Weg. Sie hielt ein Kind in den Armen und duckte sich vor einem Mann, der sie bedrohte. Uns erschienen sie wie ein lebendes Bild: die Frau mit zerzaustem Haar, das jammernde Kind, der Mann mit erhobener Hand. Unsere Wagen hielten rüttelnd an, und wir alle schrien los wie ein Mann. Wir beugten uns über die Seitenwände und schalten den Mann einen Schurken. Die Männer beschimpften ihn hemmungslos von ihren Sitzen aus und drohten ihm, er solle nur ja die arme Frau in Ruhe lassen. Unser Onkel Sid aber legte einfach seine Jacke zusammen, stieg ohne ein Wort aus seinem Wagen, schritt auf den Burschen zu, holte aus und schlug den Mann geradewegs durch die Hecke. Für ihn war das Leben schwarz und weiß, und nach diesem Schema hatte er gehandelt. Finsteren Blicks und stolz kehrte er ans Steuerrad zurück und fuhr uns heim als ein Held.

Onkel Sid unterschied sich, was Ritterlichkeit, Temperament und Alkohol betraf, nicht im geringsten von den anderen Brüdern. Er konnte einen Mann oder ein Glas Bier genauso rasch und sauber umlegen wie jene. Aber seine Arbeit als Busfahrer (und sein Rheumatismus) vermehrten seinen Durst und standen ihm doch auch im Wege. Das Ergebnis war, daß er offiziell gemaßregelt wurde. Hier hatte er seine Achillesferse, und hier schlug das Schicksal zu.

Als er meine Tante Alice heiratete und Vater zweier Kinder wurde, bestand gute Hoffnung, daß sein Beruf ihn zur Besinnung bringen würde. Aber das Gesetz war gegen ihn, und schon bald geriet er in Schwierigkeiten. Er war ohne jeden Zweifel der beste Fahrer für zweistöckige Omnibusse in Stroud, und wenn er getrunken hatte, fuhr er eher noch sicherer und genialer. Jedermann wußte das – außer der Omnibusgesellschaft. So hielt man ihm Vorträge, ermahnte und verwarnte ihn und entzog ihm zeitweilig Fahrerlaubnis und Gehalt.

Wenn das passierte, nahm er sich jedesmal aus Respekt vor Tante Alice das Leben. Er hat in der Tat öfter Selbstmord begangen, als mir das sonst bei jemandem vorgekommen ist, aber er machte es stets überaus vernünftig. Ertränkte er sich, so war der Kanal gerade abgelassen, sprang er in einen Brunnen, so war kein Wasser darin; und wenn er Desinfektionsmittel trank, dann stand immer ein Gegengift bereit, und zwar deutlich gekennzeichnet, damit er niemandem Umstände machte. Er kalkulierte ganz richtig, daß Tante Alices Zorn über eine neuerliche Entlassung vor der viel größeren Angst zurücktreten werde, die sie empfinden mußte, wenn sie ihn wieder einmal am Rande des Grabes sah. Und tatsächlich ließ ihn Tante Alice in dieser Beziehung nie im Stich und verzieh ihm jedesmal aufs neue, wenn er wieder ins Leben zurückkehrte.

Die Omnibusgesellschaft zeigte sich fast ebenso bereit zu verzeihen; man stellte ihn immer wieder ein. Schließlich fanden sie ihn eines Abends – er hatte den Bus wohlbehalten heimgebracht – fest schlafend am Steuerrad. Er roch nach Malz und Apfelwein, und diesmal wurde er endgültig entlassen.

Wir saßen an jenem Abend noch ziemlich spät in der Küche beieinander, als es plötzlich laut an die Tür klopfte. Eine dumpfe Stimme rief »Annie! Annie!« und wir wußten, daß etwas passiert war. Dann öffnete sich langsam die Küchentür, und draußen standen drei dunkelgekleidete Gestalten. Es war Tante Alice mit ihren zwei kleinen Töchtern, und alle hatten ihr bestes Sonntagszeug an. Stumm wie Gespenster standen sie am Fuße der Küchentreppe, und aus Tante Alices Gesicht mit den weitaufgerissenen Augen sprachen Unheil und Trauer.

»Diesmal hat er's getan«, sagte sie schließlich mit Grabesstimme. »Bestimmt. Ich weiß es.«

Sie sprach salbungsvoll wie der Pfarrer in der Kirche, und mir lief es kalt den Rücken hinunter. Majestätisch hatte sie die Arme um die kleinen niedlichen Mädchen geschlungen, die sich teils schniefend, teils kichernd der Umarmung zu entwinden suchten.

»Er ist überhaupt nicht nach Hause gekommen. Die müssen ihn entlassen haben. Jetzt ist er fort und macht Schluß.«

»Nein, nein«, schrie unsere Mutter. »Komm und setz dich nieder, Liebe«, und sie zog sie ans Feuer.

Tante Alice saß steif wie eine gotische Heiligenfigur da und ließ ihre widerstrebenden Kinder noch immer nicht los.

»Wo sollte ich sonst hingehen, Annie? Er ist bestimmt nach Deadcombe runter. Er hat mir immer gesagt, daß er dort...«

Plötzlich wandte sie sich zu meiner Mutter und ergriff deren Hände. Wild mit ihren schwarzen Augen rollend rief sie:

»Annie! Annie! Er bringt sich um. Deine Jungen – die müssen ihn einfach finden!...«

Jack und ich rüsteten uns also mit Mützen und Mänteln aus und brachen auf in die Halbmondnacht. Von diesem Gefühlsausbruch war ich ganz wirr im Kopf, am liebsten hätte ich herausgelacht oder mich irgendwo versteckt. Doch Jack war kühl und unerschrocken wie immer, er preßte die Lippen aufeinander wie der Kommandant eines Kanonenbootes. Wir waren jetzt Männer in einem kritischen Augenblick, auf geheimer Mission, entschieden gewissermaßen über Leben oder Tod. Also hielten wir uns dicht nebeneinander und trabten das Tal entlang auf den Wald von Deadcombe zu.

Schweigend, öde und fäulnisbrütend, wie verwandelt und verkleidet stand der mitternächtliche Wald um uns; ein feiner Regen ging nieder, nasse Farnkräuter durchweichten unsere Strümpfe, das Laub erbebte von Nachtvögeln und Nässe. Was sollten wir nun eigentlich machen, fragten wir uns. Warum waren wir überhaupt hierhergekommen? Wir streiften hierhin und dorthin zwischen den tropfenden Bäumen und riefen »Onkel« mit zager, flacher Stimme. Was würden wir finden? Vielleicht gar nichts. Oder, was schlimmer wäre, das, was wir zu suchen ausgesandt waren... Doch wir dachten an die Frauen, die so angstvoll zu Haus warteten. Über unsere Pflicht bestand kein Zweifel, so traurig sie war.

Wir stolperten und patschten also durch ungesehene Bäche, folgten Pfaden, wichen unheimlichen Schatten aus. Wir stocherten mit Stecken in Haufen alten Laubes herum, stachen in Fuchslöcher, kämmten den Wald seiner ganzen Länge nach durch. Nichts war da außer dem moderigen Dunkel, überhaupt gar nichts – nur unsere Furcht.

Schon wollten wir heimgehen – nur allzugern –, da sahen wir ihn plötzlich. Er stand auf Zehenspitzen unter einer großen abgestorbenen Eiche und hatte seine Hosenträger um den Hals. Die elastische Schlinge, die er an einem Ast über seinem Kopf befestigt hatte, ließ ihn wie eine Puppe auf- und abhüpfen. Voller Angst näherten wir uns der grotesken Gestalt; dann sahen wir zwei bösblickende Augen auf uns gerichtet.

Unser Onkel Sid war in einer gräßlichen Laune.

»Verdammt lange habt ihr gebraucht«, sagte er.

Von da an fuhr Onkel Sid niemals mehr einen Omnibus; er nahm eine Gärtnerstelle in Sheepscombe an. Alle Onkel waren nun nach einem ziemlich wilden Aufbruch in der Nähe der Heimat zur Ruhe gekommen – das heißt, alle außer Versicherungsfred, der uns durch Entfernung und Wohlstand abhanden kam. In diesen Männern lebte viel von Mutters Wesensart, sie waren närrisch, phantastisch und launisch, blieben aber trotz ihrer Torheiten die eigentlichen Helden meiner frühen Kinderjahre. Noch heute sehe ich sie so, wie sie mir damals erschienen: sie waren wie Barden und Orakel, jeder von ihnen; wie ein wuchtiger Megalithenkreis auf einem Hügel meiner Heimat, verwittert und von den Narben vergangener Triumphe bedeckt. Sie waren die Reiter und wortgewaltigen Kämpen eines versunkenen Zeitalters, und ihr Leben war wie ein langes Lebewohl. Es sprach von Feldzügen in ödem Grenzland, von Ohm Krügers Kanone und Flanderns Schlamm; von einer Welt, die sich noch im gleichen Schritt bewegte wie Cäsars Welt, und von jenem Reich, das größer war als das seine – in dem sie gekämpft hatten, scharfäugig und namenlos, und dessen erste Vorposten sie hatten wanken und stürzen sehen...

Ausflüge und Feste

Das Jahr drehte sich um das Dorf, der Reigen der Feste um das Jahr, die Kirche um die Feste, der Squire um die Kirche und das Dorf um den Squire. Unser Mittelpunkt war der Squire, eine altersschwache Dorflinde, und es gab in der Tat nur wenige Festlichkeiten bei uns, die sich nicht in seinem Schatten abspielten. Bei bedeutenderen Gelegenheiten durften wir seinen Park benutzen, bei geringeren steuerte er Rosinenbrötchen und Festreden bei, und in historischen Augenblicken vaterländischer Begeisterung – wenn Könige geboren wurden, Feinde besiegt waren oder wenn die Konservativen eine Wahl gewonnen hatten – plünderte er seine Rumpelkammer und versorgte uns mit Maskenkostümen, damit wir auch feiern konnten, wie es sich schickte.

Das erste große Fest, an das ich mich erinnern kann, war der Friedenstag im Jahre 1919. Es war ein Tag zauberischer Verwandlungen, es gab Tränen und Staub im Sonnenschein, Musikkapellen, Umzüge, Rosinenbrötchen haufenweise; und ich war noch so klein, daß ich dachte, das müsse alles so sein...

Man hatte uns sämtlich in Kostüme gesteckt, und auch das kam mir nicht weiter ungewöhnlich vor. Zu dem, was der Squire beitrug, hatte Marjorie noch wochenlang emsig genäht, um uns und die Nachbarn gehörig herauszustaffieren. Da wurde nichts improvisiert oder aus dem Lumpensack zusammengeflickt: Marjorie hatte gearbeitet, als gelte es eine Hochzeitsgesellschaft auszurüsten. Am Festtagsmorgen kam Poppy Green zu uns und wollte ihr Engelskostüm anprobieren. Mit ihren fünf Jahren war sie etwa so alt wie ich. Sie hatte rotbraune Locken wie Apfelschalen, ein glänzendes Kürbisgesicht, einen frechen Silberblick und wirkte so saftig wie ein Pudding mit geplatzter Kruste. Ich liebte sie, sie war wie ein wandelnder Bonbonladen. An jenem Morgen sah ich zu, wie meine Schwestern sie anzogen. Sie sollte eine Elfe darstellen, und sie hatten ihr einen kurzen Rüschenrock gemacht, einen Helm aus Stanniol, Pappflügel und einen Zauberstab mit einem Stern. Als die Schwestern sie angezogen hatten, stellten sie sie auf den Kaminsims und betrachteten sie nach Herzenslust. Dann gingen sie einen Augenblick weg, um etwas anderes zu erledigen, und ließen uns beide allein.

»Flieg!« befahl ich. »Du hast doch Flügel, oder nicht?«

Poppy wand sich und hob und senkte die Schultern.

Ich wurde ungeduldig, stieß sie vom Kamin herunter, und sie fiel aufheulend in die Feuerstelle. Als ich sah, wie sie von Ruß und Tränen verschmiert mit zerknittertem Flügelpaar und Zauberstab da unten lag, empfand ich nichts als Wut und

Überraschung. Hätte sie nicht durchs Zimmer flattern müssen?

Poppy wurde abgewaschen und getröstet und trabte heimwärts, den verbogenen Stab krampfhaft in der Hand. Bald liefen dann allerlei Gestalten und Gespenster durch das Dorf, und wir machten nun auch uns selbst langsam fertig. Marge trat als Königin Elisabeth auf, und Phyllis als ihre Hofdame. Marjorie – sie war sechzehn und wunderschön – trug einen Hermelinmantel, ein brokatenes Mieder und eine perlenübersäte schwarze Haube. Sie erfüllte die Küche mit soviel Glanz und Anmut, daß wir nur dastanden und sie anstarrten. Es war das erstemal, daß ich Königin Elisabeth sah, aber das war kein Tudorgesicht mit scharfen Zügen. Zart und stolz in ihren majestätischen Gewändern, stand eine Himmelskönigin vor uns, aus Staub erblüht, als Marge erst zu erkennen, wenn sie den Mund auftat, mit Augen, die aus den Hermelinhüllen strahlten wie schneegefaßte Smaragde. Die dreizehnjährige Phyllis, selbst auch im Staat, hüpfte wie eine Elster um sie herum in ihrem langen Kleid aus schwarz-weiß-kariertem Sammet und dem Hut voller Federn und Motten.

Wir anderen, sämtlich von Marjorie eingekleidet, stellten das Ergebnis eigener Einfälle dar. Dorothy als »Nacht« war vielleicht am erstaunlichsten, eine Erscheinung von überirdischer Schönheit, ein schwarzer Blitz, ein Stück Nachthimmel, in geheimnisvolle Schleier aus schwarzem Tüll gehüllt, von Silberpapier durchblitzt. Einen aufgehenden Mond hatte sie an die Brust gesteckt, einen Kometen über die Stirn, und ihre langen schwarzen Locken fielen in nachtblauen Wellen herab und waren mit Silber bestäubt. Wenn ich sie ansah, roch ich den Frost und hörte das Knistern der Sterne; Dorothy, die Vertraute, schien plötzlich fremd und beunruhigend. Bruder Jack hatte sich geweigert, überhaupt ein Kostüm anzulegen, wenn er nicht irgendeinen recht tapferen Helden darstellen dürfe. Er wurde also grün bezogen, bekam Pfeil und Bogen und nannte sich Robin Hood. Klein-Tony zogen sie als Bauernmädchen an; mit bloßen Armen, Lockenkopf und Schutenhut war er süß wie die Liebe; er trug einen Blumenkorb und war so stolz, daß wir ihm die Mädchenkleider nachsahen.

Was mich betraf, so sorgten mein stämmiger Bau und mein kurzer Hals dafür, daß nur eine einzige Rolle in Frage kam. Ich war John Bull. Wer das eigentlich war, wußte ich nicht, aber seine Bedeutung ahnte ich sofort. Ich weiß noch, wie die Mädchen mich mit viel Gequieke und Gekicher in meine Kleider praktizierten. Majestätisch reichte ich einen Arm oder ein Bein, alles mit Würde und ohne mich mit meiner Umgebung gemein zu machen. Marjorie hatte, geschickt und erfinderisch wie immer, die traditionellen Kleidungsstücke beschafft. Ich trug einen Zylinder und hohen Stehkragen, eine Union-Jack-Weste, Gehrock und karierte Reithosen. Doch dann ließen sie es in der Eile bei Pappgamaschen bewenden, die nur mit Stecknadeln flüchtig zusammengesteckt waren – eine liederliche Improvisation, die meinen guten Geschmack arg verletzte und die ich niemals verzeihen konnte.

Dieser Friedenstag lebt in meiner Erinnerung als ein großer, bunter Fleck fort, der meinen anfänglichen Zorn ebenso einschloß wie meinen Triumph am Ende. Da gab es einen Umzug mit Musik. Ich schritt in würdevoller Einsamkeit einher. Phantastische Masken umgaben mich; mir kam es vor, als hätten sich ausnahmslos alle mit Bärten, falschen Nasen und Perücken ausstaffiert oder mit Schuhwichse beschmiert. Wir waren noch gar nicht weit, als ich meine Stiefel verlor und gleich darauf auch die Pappgamaschen. Ich blieb stehen, um sie aufzuheben, da wogte der Festzug über mich hin. Nun setzte ich mich an den Straßenrand und heulte. Ich weinte, weil ich die Kapelle in der Ferne verklingen hörte, weil ich John Bull war und weil das einfach nicht hätte passieren dürfen. Ein Wagen nahm mich auf, brachte mich wieder zum Festzug, wo ich auf einen Karren gesetzt und von nun an gezogen wurde. Barfuß und ohne Gamaschen saß ich da mit gekreuzten Beinen und fuhr wie ein Fürst durch das Dorf.

In Staub und Schweiß schlich der Umzug endlos zwischen den Häusern dahin. Die Alten und Kranken standen am Rinnstein und jubelten uns zu; ich nickte von meinem Karren zurück. Schließlich erreichten wir den kühlen Buchenwald, durch den sich die Auffahrt zum Herrenhaus schlängelte. Die donnernde Blechmusik brach sich im Gezweig. Eulen schrien und suchten das Weite.

Wir traten aus dem Wald in den Park, und wieder brannte die Sonne auf uns herab. Haus- und Waldtauben flogen aus den Zedern auf. Die Schwäne erhoben sich aus dem See. Auf der Freitreppe des Herrenhauses stand mit feuchten Augen der Squire; ihm kamen allein schon bei unserem Anblick die Tränen. Seine Mutter hielt von ihrem Korbsessel aus eine Ansprache, in der die Herrlichkeit Gottes, das Empire und wir vorkamen sowie die Ermahnung, wir sollten ja die Finger von den Blumen lassen.

Danach löste sich der Umzug auf, ich wurde von meinem Karren gekippt und streifte durchs Gelände. Fahnen und Rosen leuchteten vor dem Himmel, bunte Gestalten zwischen den Büschen. Japanerinnen und rußgeschwärzte wilde Männer wuchsen seltsam aus Fliederhecken. Ich sah Charlie Chaplin, Peter den Pastetenverkäufer, ein Rudel Tiger, die auf zwei Beinen gingen, einen verwundeten Soldaten, nicht älter als ich selbst, und eine Braut am Arme eines Affen.

Später bekam ich vom Squire einen Preis und wurde mit einer Gruppe photographiert, die sich an einer Felsgrotte aufgestellt hatte. Das Bild habe ich heute noch, es ist ganz braun geworden, ein Blatt vom Baume jenes Sommertags. Inmitten von Mädchen in Gazegewändern, von Druiden und Königen aus dem Morgenland bin ich ein festgegründetes Standbild unerschütterlichen Selbstvertrauens, eiförmig, gewichtig und voller Stolz. Etwa zwei Fuß hoch und ebenso breit stehe ich da in meinen Reithosen, die wie Ballone ohne Luft an mir hängen, den Zylinder auf dem Kopf, trotzig blickend und streng wie ein alter Römer. Von den um mich Stehenden erkenne ich noch manchen wieder. Auf allen hat der weißstaubige Tag seine Spuren hinterlassen. Tony hat seinen Blumenkorb verloren, Jack steht ohne Pfeil und Bogen da. Poppy Green hat man die Flügel abgerissen, sie hält eine geknickte Lilie krampfhaft in der Hand. Heftig schielend und von der Hitze ein wenig aufgelöst, steht sie neben mir, und die Silberschrift auf ihrem Helm – die ich damals nicht lesen konnte – heißt FRIEDEN.

Dorfausflüge gab es kirchliche und weltliche, doch sie waren selten genug. In jenen Tagen überschritt man nicht oft die Grenzen der Heimatgemeinde – das geschah nur beim alljährlichen Ausflug des Kirchenchores. Zwischendrin machte sich die Sippe zu ihren eigenen – freilich unheiligen – Streifzügen auf, etwa zum Nußschlagen oder Brombeerpflücken, wenn ein unverhoffter schöner Morgen die Familien hinauslockte. Dann brachen wir auf ins wildere Ende des Tales, in den Busch mit seinen Brombeerhecken, ausgerüstet mit Körben und Eimern und Flaschen voll kalten Tees, wie Indianer auf dem Kriegspfad. Brombeeren strebten in Büscheln ans Licht, schwer und dunkel wie Donnergegroll, wir pflückten und verschlangen sie Stunde um Stunde, die Lippen purpurn, die Hände bis an die Gelenke verschmiert. Oder später die Pilze – wie Manna vom Himmel gefallen, Knöpfe im zottigen Gras, die man in nebliger Septemberfrühe fand, mit feuchten Spinnfäden überzogen. Sie kamen in der Nacht, ohne Wurzeln, nirgendwoher, wie Gummibälle verstreut. Ihre Saugfäden hingen an den Graswurzeln fest und rissen mit elastischem Schnappen ab. Die Haut löste sich wie Birkenrinde, das Fleisch schmeckte irgendwie fremd... Zu anderen Zeiten gab es wilde grüne Damaszener, winzige Pflaumen, schwarze Schlehen, rosa Holzäpfel – der reiche Überfluß der Wälder, eine unverbotene Fülle, die wir eimervoll nach Hause tragen konnten. Ob wir Marmelade, Gelee oder Kuchen daraus machten oder sie einfach nur verfaulen ließen, darauf kam es nicht an.

Dann machten wir auch manchmal einen Tagesausflug,

nach Sheepscombe vielleicht, um Verwandte zu besuchen – das waren vier Meilen, aber unseren kurzen Beinen kam es viel weiter vor, und wir brauchten den ganzen Tag dafür. Ganz früh brachen wir auf, wenn die Sonne eben aufging und das Tal noch vom Nebel verhüllt lag...

»Heute wird's heiß«, sagt unsere Mutter strahlend, und gewöhnlich hat sie recht. Langsam steigen wir zum Bulls Cross hinan und stochern unterwegs in den Büschen nach Vogelnestern. Oder wir bleiben stehen, graben ein Loch oder schaukeln auf Gattertoren, während Mutter sich umdreht und die Aussicht genießt. »Ein Bild ist das«, sagt sie leise vor sich hin. »So grün, so grün... und der Mohn da, rot, so rot.« Der Nebel zieht sich aus den Baumkronen, fliegt hinauf in den Himmel, und plötzlich ist ringsum alles blau.

Im anderen Tal breitet sich Painswick aus, weiß wie das Skelett eines zerschellten Mammuts. Aber da dringen tätige Geräusche seiner fleißigen Frühe – Karrengerassel und kreischende Sägen, Rufe und Hammerschläge – stoßweise zu uns herauf. Der schmale Weg nach Sheepscombe zweigt steil zu unserer Rechten ab. »Legt einen Schritt zu, Burschen!« sagt unsere Mutter mit munterer Stimme. Dann fängt sie an, uns ein Gesangbuchlied beizubringen, so eine Klage um irgendein verlorenes Eden, zu dem man sich gut eine Tamburinbegleitung vorstellen kann. Ich habe es vorher nie gehört (seither übrigens auch nicht), aber es ist der vollkommene Ausdruck unseres Ausflugs – das abgelegene struppige Tal, in dem wir uns befinden, der Geruch von heißem Stroh, der in der Luft liegt, Heckenrosen und weite Entfernungen, Staub und Quellen und die lange Tagesreise mit vielen Rasten zu den Schafhürden unserer wilden Verwandtschaft.

Sie warten schon auf uns mit warmem Ingwertrank und einer Mahlzeit aus dicken Bohnen mit Speck. Tante Fan sagt: »Annie, geh aus der Sonne, komm rein. Du mußt ja zum Umfallen müd sein.« Wir gehen hinein, da sehen wir unseren Onkel Charlie, der mit einem Gartenmesser am Speck herumsäbelt. Die kleine Base Edie und ihre zurückhaltenden

Brüder scheinen zu überlegen, ob sie uns mit Kopfnüssen traktieren sollen. Aus dem Häuschen nebenan kommt »unser Großpapa« herein, er trägt Kleider aus modergrünem Kord. Wir setzen uns zum Essen, und die Vettern treten uns unter dem Tisch gegen das Schienbein, aber das ist nicht bös gemeint, sie sind nur aufgeregt. Dann spielen wir mit ihren Frettchen, spucken in ihren Brunnen, raufen ein bißchen und reißen eine Mauer ein. Später werden wir zitiert und bekommen eine Tracht Prügel, dann steigen wir auf den Baum neben dem Abort. Edie klettert am höchsten hinauf, da beißen wir sie in die Beine, und nun hängt sie mit dem Kopf nach unten und brüllt. Es ist ein randvoller, ausgedehnter Tag, mit dem man zufrieden sein kann; nun fällt die Dämmerung ein, und wir sagen Lebewohl.

Wieder unten auf dem Pfad in der dicken, heißen Finsternis, gehen wir schläfrig, schlurfend in ungewohnten Schuhen. Aus Wäldern und Gärten wehen nächtliche Düfte heran; süßer Moschus und herbgrüne Säure. Die großen Sterne am Himmel springen auf und ab im Rhythmus unseres Stolperschritts. Glühwürmchen heller als Lampen und Kerzen spikken die Felder mit ihren zitronenfarbenen Flämmchen, während gehörnte Riesenkäfer aus dem Dunkeln taumeln und blind um unsere Köpfe schwirren.

Dann zeigt sich Painswick – ein Seestern aus Lichtern, der sich im Tümpel der Ferne hinbreitet. Wir machen, daß wir über die Spukwiese wegkommen und erreichen endlich das obere Ende unseres Tals. Der Wasserfall beim Dorf, noch eine Meile hin, erhebt sein kühles, vertrautes Geraune. Wir kommen immer näher, schon sind wir fast daheim. Mutter beginnt ein Gedicht herzusagen: »Das Haus, wo meine Wiege stand...« Sie sagt es auf von Anfang bis Ende, und ich zappele neben ihr her und blicke auf zu den Wipfeln, die am Himmel dahingleiten...

Unser allererster Kirchenausflug ging nach Gloucester, und zwar in einem Leiterwagen. Nur die Tenöre, die Bässe und die Jungen vom Sopran waren von der Partie. Später, als Kremser und Lastkraftwagen aufkamen, machte das ganze Dorf mit. Wir kamen mit Hilfe der starken neuen Fahrzeuge sogar aus unserem Landkreis heraus; wir ratterten dahin bis ans Ende der Welt, nach Bristol oder gar noch weiter.

Einmal ging der Ausflug nach Weston-super-Mare, und wir hatten monatelang draufhin gespart. Am Abend zuvor legten wir unsere Wäsche zurecht, und bei Morgengrauen standen die Mädchen auf und machten Butterbrote. Das erste was ich tat, als ich an jenem Morgen herunterkam, war, daß ich hinausging und nach dem Wetter schaute. Der Himmel war düster, und Tony stand hinter dem Waschhaus und betete inständig mit gefalteten Händen. Als er merkte, daß ich ihn gesehen hatte, kratzte er sich und fing an zu pfeifen, aber das Ganze war natürlich doch ein sehr schlechtes Zeichen.

Frühstück brachten wir keines hinunter, der Haferbrei war wie Kies; Jack und ich liefen also die Böschung hinauf um festzustellen, wie es stand. Da sammelten sich schon Familien für die Wagen, und wir rannten wieder hinunter. Die Mädchen waren fertig und Tony auch. Mutter fuchtelte mit einem Besenstiel unter dem Klavier herum.

»Komm, los, Mutter. Die fahren sonst ohne uns!«

»Ich muß nur noch mein Korsett suchen.«

Sie fand es und fing an, sich ganz langsam zu waschen, wie eine Ente, die den ganzen Sommer dafür Zeit hat. Wir standen ringsherum und nörgelten, unsere Nerven waren am Zerreißen.

»Geht nur schon – ihr stolpert mir nur vor den Füßen herum.«

Wir gingen also und trollten uns zum Sammelplatz. Das ganze Dorf wartete da schon; Mütter mit Schweineeimern, die voll Proviant gestopft waren, Kinder mit Sandschaufeln aus Kakaobüchsen, Väter mit aufgetriebenen Mänteln, in denen nichts als klirrende Flaschen steckten. Da stand die kleine Mrs. Tulley, sammelte das Fahrgeld ein und zupfte sich nervös im Gesicht herum, Mr. Vick, der Kaufmann, der seine

Schlüssel in einem Korb mit sich führte, die zwei Schneiderinnen in Kleidern, die ihnen nicht abgenommen worden waren, und Lily Nelson, die ihrem Bruder durchgegangen war und jedermann mit Flüsterstimme beschwor: »Sag bloß Arnold nichts davon – der bringt mich sonst um.« Der alte Gärtner des Squire hatte einen Korb Tauben mitgebracht, die er von der Landungsbrücke aus fliegen lassen wollte. Und der Briefträger hatte, weil es keinen Menschen mehr im Dorf gab, dem er Briefe abliefern konnte, die Posttasche in die Ecke gefeuert und war auch mit von der Partie.

Gesichter schimmerten bleich im Morgenlicht. Man schnupperte in die Luft und spähte zum Himmel auf. »Sieht nicht gerade blendend aus, was?« »Kann man nicht behaupten.« »Verdammt schwarz über Stroud.« »Kann schon noch aufklaren...« Köpfe wurden zweiflerisch geschüttelt, Gesichter bedenklich verzogen – ich fühlte, wie das Verhängnis sich über mir zusammenzog.

Der Pfarrer kam im Regenmantel, unter dem die Schlafanzughosen herausguckten, und gab uns noch ein Wort auf den Weg. »Gleich an der Promenade ist eine sehr schöne Kirche... ich hoffe, alle werden einen Augenblick Zeit finden...« Jedem Chorknaben zahlte er seinen Essensshilling aus, um dann wieder nach Hause in sein Bett zu wanken. Als letzter stellte sich Herbert ein, der Totengräber, mit irgend etwas Komischem in einem Sack. Als letzter – außer meiner Mutter natürlich, von der noch immer nichts zu sehen war.

Dann kamen die Wagen, und alle kletterten hinauf und stritten sich um die besten Plätze. Wir schrieben unsere Mutter ab und gingen auch an Bord, Schuld und Schande im Herzen. Es waren hohe Wagen mit breiten, offenen Sitzen und zusammengefalteten Segeltuchplanen am Heck, und es war das Vorrecht von uns Chorknaben, auf diesen Planen zu hocken, herunterzufallen und den Hals zu brechen. Wir nahmen alle unsere Plätze ein, die Leute wickelten sich in Decken, Hupen erklangen, und wir waren bereit. »Sind alle da?« flötete der Chorleiter. Jack und ich schwiegen still, schändlicherweise.

In diesem Augenblick erschien wie üblich unsere Mutter, in der Ferne kam sie herangetrabt, rufend und fröhlich mit ihren Handtaschen winkend, um etwa vorhandene Ungeduld gleich im Keim zu ersticken. »Los, los, Mutter Lee! Beinahe wären wir ohne Sie abgefahren!« Strahlend kletterte sie herauf. »Ich mußte nur eben noch mein Halstuch auswaschen«, sagte sie und band es an die Windschutzscheibe zum Trocknen. Und dort flog es wie ein flatternder Wimpel, als wir endlich aus dem Dorf hinausfuhren.

Fünf Fahrzeuge hintereinander, ein Heer von Streitwagen, sausten wir donnernd hügelab. Bei der Geschwindigkeit und Höhe unserer Vehikel nahm das ganze Tal neue Dimensionen an; Wälder jagten unter uns vorüber, Felder und Fliegen schlang die stürzende Luft. Kinder des Winds, flüchtig und stolz, grüßten wir jubelnd, was da kreuchte und fleuchte, und überschütteten alle die Unglücklichen mit Spott und Hohn, die noch auf den Feldern arbeiteten. Das ging so, bis wir durch Stroud hindurchgebraust waren, dann kamen wir in die Fremde. Jetzt war es nicht mehr so leicht, Fußgängern damit zu imponieren, daß hier der alljährliche Kirchenchorausflug vor sich ging. Wir kamen also zur Ruhe, wickelten unsere Butterbrote aus und fingen allmählich an, im Vorbeifahren kritische Bemerkungen über die Landwirtschaft dieser Gegend zu machen.

Nach unseren steilabfallenden Hügeln erschien uns das flache Severn Valley langweilig, und der lachsrote Sandstein in den Clifton Gorges zu bunt im Vergleich mit unserem weißen Kalkstein. Alles kam uns seltsam und komisch vor, wir wollten uns vor Lachen ausschütten über die Form der Heuschober, machten uns lustig über den erbärmlichen Zustand der Rinder – »der macht's auch nicht mehr lange – guck dir bloß die Knie an!« Dieses fremde Land brachte uns einander näher, wir begannen im vertrauten Kreise uns freundlich zu betrachten, eine Woge von Liebe und Zusammengehörigkeitsgefühl hob uns empor. Wir fingen an, einander über die Sitzreihen hinweg zuzurufen. »Harry! He, Harry! Hör doch, Harry! Geht wie geschmiert, was? He, Bert! Was ist mit Bert? Wie geht's, altes Haus? Wo ist Walt? Heda, Walt, paß auf!«

Meile um ratternde Meile legten wir zurück, unter dahinjagendem Himmel, ließen Halstücher und Papierdrachen vom Heck flattern und kniffen die tränenden Augen zusammen im Wind. Die Älteren, die vorn saßen, gedeckt durch die Windschutzscheibe, kauten Speckschnitze oder schliefen auch. Mutter wies auf landschaftliche Sehenswürdigkeiten hin und hielt den Schläfern Vorträge über historische Stätten. Dann entdeckte ein kleiner Junge, der auf dem Boden umherkroch, den Taubenkorb, und Gekreisch und Flügelrauschen stiegen wie ein Springbrunnen in die Luft...

Als wir in Weston einfuhren, klarte das Wetter auf, und wir machten an der Promenade halt. »Die Küste«, hieß es; wir schauten uns um, ohne eine Spur vom Meer zu entdecken. Was wir sahen, war ein weiter blauer Himmel, Schlamm ohne Ende, und ganz hinten die Schatten von Wales. Doch Gerüche stiegen auf aus einem unsichtbaren Ozean und verblüfften unsere Landrattennasen: Salz, nasser Tang und fischiger Schlick; jeder Atemzug brachte Neues, ganz anderes. Von unserem tiefeingeschnittenen Tal her waren wir hierauf nicht vorbereitet, nie hatten wir eine solche Weite gesehen, die blaue windige Welt schien leergeräumt, so daß der Himmel nun in der Höhe unserer Augenbrauen ansetzte. Leinwandbuden klatschten im Wind dicht an der Promenade, Mäuler füllten sich mit Schellfisch und Essig; da gab es ganze Reihen von preziösen Pensionen (jede wie unser Pfarrhaus so groß); Strandstühle, Karren und Esel, und weit draußen auf dem geriffelten Schlamm auf Stelzbeinen eine weiße Landungsbrücke wie ein schlafender Drache.

Der blaue Tag gehörte uns; wir klimperten mit unseren Münzen und teilten uns in Gruppen auf. »He, Jake, Steve, nun wollen wir uns mal ein bißchen anfeuchten« – und die

Männer trollten sich durch eine Seitenstraße davon. »Ich bin ganz hin nach der Fahrt, Sie auch, Mrs. Jones? – da unten ist ein sauberes Plätzchen neben dem Musikpavillon.« Die alten Frauen nickten sich zu und gingen sich's gemütlich machen; die jungen machten sich auch auf den Weg – sie interessierten sich für die Polizisten.

Wir Buben waren inzwischen gleich nach dem Aussteigen losgerannt; eine ganze Welt von Schlamm lag vor uns, mit der wir uns befassen mußten. Mit einemmal waren Läden und Straßen zu Ende, wir standen an der Grenze allen Menschenwerks, und jenseits – nur noch Schlamm, salzige Winde und Vögel, gewissermaßen eine doppelte Portion Licht, ein atemberaubender Raum ohne Zäune und ohne Besitzer, und ganz weit draußen am Horizont das Wasser. Wir wieherten wie Pferde und stampften auf und ab, und jede Hufspur blieb klar geprägt hinter uns. Trat man in diesen Schlamm, so brachte man ihn zum Leben, der Fußabdruck fing an zu reden, er saugte und seufzte und füllte sich mit Wasser, er wurde ein Fuß aus Himmelsblau. Ich grub mit den Fingern tief im Schlamm und wollte sehen, wie tief er reichte, da spürte ich einen harten flachen Kieselstein, zog ihn heraus und studierte ihn auf meiner flachen Hand. Da sprang er plötzlich auf und streckte zwei Klauen heraus; entsetzt ließ ich ihn fallen und flüchtete...

Nun hatte sich schon das halbe Dorf Stühle gemietet und setzte sich tapfer dem Winde aus. Mrs. Jones beklagte sich über den Tee in Weston: »Mir scheint, den haben die aus Spülwasser gemacht.« Der alte Gärtner des Squire, dem ja seine Tauben abhanden gekommen waren, versuchte Möven mit seinem Korb zu fangen, und der Totengräber (der offenbar seinen Spaten mitgebracht hatte) grub Löcher draußen im Schlick. Dann kam die Flut heran wie dicker roter Schlamm, und wir gingen alle auf die Brücke.

Märchenhaftes Bauwerk, das auf den Wellen reitet, voll von monströsen und phantastischen Gebilden, von Wasserrutschen und Zerrspiegeln und einer ganzen Serie von Alpträumen für einen Penny. Man schlich sich heimlich zu seiner Lieblingsattraktion, in der Hand brannte die Münze, die einen Mord herbeizaubern konnte, das Delirium eines Trunkenbolds, ein Grab, an dem es spukt, oder eine Hinrichtung am Galgen. Ich schwärmte natürlich für den Galgen; was konnte einem doch der Penny einhandeln an überwältigender Furcht – den bunten Galgen, den nickenden Priester, den Schurken, dem sein Schicksal ins Gesicht geschrieben stand. Auf einen Fingerdruck hin zappelten sie ihren grausigen Tanz, Priester, Henker und Verbrecher, durch Drähte miteinander verbunden und jeder gewissermaßen zu ewiger Folter verurteilt. Der Ritus lief ab bis zur letzten Zuckung des Leichnams, dann erstarrten die Figuren, und das Licht ging aus. Ein zweiter Penny machte es wieder hell, belebte aufs neue das kataleptische Trio und schleppte den armen Verbrecher an den Galgen, wo er wiederum stranguliert wurde.

Jene weiße Brücke, die über den Wellen erglänzte, war wie ein festliches Beinhaus. Mit hängenden Mäulern, an blutroten Zuckerstangen lutschend, tasteten wir uns gierig von Graus zu Graus. Denn es gab auch noch andere Sehenswürdigkeiten neben den mechanischen Attraktionen, haarsträubende Mißgebilde unter Glas, darunter einen Indianer mit zwei Köpfen, ein Schaf mit sieben Beinen und ein Mädchenauge, in dem ein Kind kauerte. Auf dieser pompösen Brücke verbrachten wir mehr Zeit als sonstwo in Weston. Dann ging die Flut zurück, der Abend kam heran, und wir kehrten zu den wartenden Wagen zurück. Aus allen Richtungen nahten sich unsere Leute, mit Beuteln voll Muscheln und Tang. Den Totengräber holte man erst von seinen Löchern im Schlick, dann wurde gezählt und festgestellt, ob alle da waren. Schließlich saßen wir auf unseren Plätzen, die Plane wurde über unsere Köpfe gezogen, und mit einem Hornsignal fuhren wir los.

Eine lange Heimfahrt durch die rötliche Dämmerung, durch schon erloschene Landschaften, mit brummenden Motoren, schlafenden kleinen Kindern, garnelenverschlingenden Mädchen. Bei Sonnenuntergang machten wir halt vor einer Kneipe mit einer Gaslaterne, damit die Männer sich noch einmal stärken konnten. Das dauerte, bis sie alle rote Köpfe hatten und anfingen, ihren Frauen um den Hals zu fallen. Dann füllten sich die Wagen wieder, alles wurde schläfrig, und wir fuhren durch die Dunkelheit jenseits von Bristol. Das letzte Stück vor der Ankunft zu Haus: jemand spielte Mundharmonika; wir Buben suchten nach einem Frauenschoß und sanken in Schlaf unter dem Schwanken und traurigen Getöse des Lastwagens und dem gaumigen, halbtrunkenen Singsang der Männer.

Schließlich brachten wir Stroud hinter uns und klommen die Talstraße hinan. Hier hatten wir jede Kurve im Blut und balancierten selbst im Halbschlaf jede Neigung aus, bis wir schließlich erwachten und die Heimat rochen. Wir waren zu Haus, Laternen empfingen uns, der Ausflug war vorbei. Mit mattem »Gute Nacht« fanden wir uns wieder zu Familien zusammen und strebten dann auseinander, den Betten zu. Da lag ich auch bald, den Kopf voller Schlaf, in den Ohren noch das Geräusch der Motoren und der Harmonika, und hinter den geschlossenen Augen hafteten die Bilder des Tages – Schlick und roter Fels und Henker...

Das Winterfest des Dorfes war der Kirchgemeindetee mit dem alljährlichen Unterhaltungsabend. Er fand in der Schule statt, etwa um die Zeit der Zwölfnächte, und kostete jeden Gast einen Shilling. Der Tee war eine Orgie der Gemeindegefräßigkeit, weil jeder sich bemühte, mehr zu essen, als er bezahlt hatte, und die Helfer mehr aßen als die Gäste. Der Unterhaltungsteil, der sich anschloß, selbstgestaltet und bei Lampenlicht, versorgte uns mit geflügelten Worten, die ein ganzes Jahr lang ausreichten.

In unserer Küche spielten sich regelmäßig ein paar Wochen vor dem Festabend die gleichen Szenen ab: die Schwestern saßen jede in einer anderen Ecke, murmelten leise vor sich hin, lächelten, nickten und machten elegante Gesten, gerade als wären sie eifrige, einsame Irre. Sie probten ihre Rollen für den Unterhaltungsabend, und ich fand es ganz unmöglich, sie nicht mitzulernen, so daß tagelang drei gespenstische Monologe durch meine Träume geisterten, in denen alle Fragen ohne Antwort blieben.

Am Vormittag des Festes richteten wir die Schule her. Wir bauten eine Bühne aus Böcken und Planken. Mr. Robinson schnitt in der Garderobe gekochten Schinken in Scheiben – er hielt sich dort schon drei Tage lang auf –, und drei kichernde Helferinnen spießten jetzt das Fleisch auf und packten es zwischen Brotscheiben. Draußen im Hof hatte sich John Barraclough eingefunden und baute seine alte Feldküche auf; er hatte sechs Zaunlatten über dem Knie zerbrochen und füllte den Kessel mit Wasser. Auf der Mauer waren fünfunddreißig Teekannen aufgepflanzt, die man frisch gewaschen hatte und nun im Winde trocknen ließ. Die Vorbereitungen für das Fest waren im Gange, und Jack und ich machten uns durch Herbeischleppen von Stühlen, durch Handreichungen beim Bühnenbau und emsiges Wassertragen von der Quelle hinlänglich bemerkbar, um jeder eine Freikarte einzuheimsen.

Pünktlich um sechs Uhr kehrten wir in die Schule zurück, bereit, beim Essen unseren Mann zu stehen. Aus allen Richtungen strömten die Leute vom Dorf mit Laternen bewaffnet herbei. Wir hörten das Wasser in Barracloughs Kessel kochen, schmeckten den süßen Holzrauch seines Feuers und sahen sein rotes Gesicht wie eine Kugellampe glühen, wenn er sich niederkauerte, um das Feuer zu schüren.

Ohne die Kälte zu spüren, stellten wir uns im Freien an und warteten darauf, daß sich die Türen öffneten. Als es soweit war, zerbrach die Schlange, wir erkämpften unseren Einzug mit Stiefelspitzen, Kinn und Ellenbogen. Lampenlicht und Dekorationen hatten das Schulzimmer aus einem Gefängnis in eine Festhalle verwandelt. Die langen aufgebockten Tafeln waren bunt von Gerichten; Kuchen, Rosinenbrötchen, Schinkenbrote füllten sie. Die beiden Öfen lummerten und rochen nach Koks. Die Helferinnen saßen hinter vollen Teekannen. Steif nahmen wir Platz und starrten auf das Essen – wir zappelten, hüstelten und warteten...

Der Vorhang ging auf, und da stand der Squire, mit Mantel und Jägerhut angetan. Er ließ seine trüben, feuchten Augen über das vollgepfropfte Zimmer schweifen, seufzte dann, drehte sich um und ging. Hinter dem Vorhang her kam ein Flüstern. »Du lieber Gott!« sagte der Squire und kehrte wieder um.

»Der Kirchengemeindetag!« fing er an und machte dann eine Pause. »Nun ist er wieder einmal da ... meine ich. Und der Festabend. Ein neues Jahr! Ein neues Jahr beginnt!... Wenn ich euch hier alle versammelt sehe – wieder einmal – wenn ich sehe – wenn ich denke – Und hier sitzt ihr nun alle! Wenn ich euch hier sehe – und bestimmt seid ihr doch alle da – wieder einmal... Dann muß ich daran denken, meine Freunde! – wie die Zeit – wie ihr – wie wir alle hier – gewissermaßen...« Sein Schnurrbart zitterte, Tränen rannen ihm über die Wangen, er tastete nach dem Vorhang und verschwand.

An seine Stelle trat der weißhaarige Pfarrer, der dünn auf uns alle herablächelte. Zuerst gab er uns zwei Rätsel mit pädagogischem Einschlag auf, deren Lösung wir wie aus der Pistole geschossen hinaufbrüllten.

»Ach, ihr habt's gekannt«, knurrte er verdrießlich. Dann faßte er sich, faltete die Hände: »Und nun, Du gütiger Vater im Himmel...«

Wir rasselten das Tischgebet herunter, hatten auch schon die Hände an den Schüsseln und fingen an zu essen, wie es gerade kam. Kuchen, Brötchen, Schinken – das galt uns gleich, wir arbeiteten uns einfach von einer Platte zur anderen durch. Wer am Feuer saß, fächelte sich mit Schinkenbroten Luft zu, ein Spaßvogel briet sich Schinken auf dem Ofen, dampfende braune Teekannen wanderten auf und ab, und wir waren so beschäftigt, daß nur wenig gesprochen wurde. Vor den hellen Fenstern sahen wir den Schnee wie große weiße Federn von dem schwarzen Himmel herunterfallen. »Die alte Mutter Hawkins rupft ihre Gänse!« rief jemand. Das war ein großartiges Vorzeichen, wenn Mutter Hawkins in den Zwölfnächten an der Arbeit war, droben im Himmel mit ihrem Federvieh; wir schnallten unsere Gürtel weiter und nickten einander zu: das bedeutete ein fettes Jahr.

Auf den Tischen lagen unordentlich die Überreste umher, Kuchenkrümel und Fleischstückchen; noch sah man hier und da eine Hand zum Mund gehen, aber offensichtlich hatten wir alle genug. Der Vikar erhob sich wieder, und wir sprachen noch ein Dankgebet. »Und nun, meine Freunde, kommt das – eh – Fest fürs Gemüt. Wenn Sie einen Augenblick – eh – frische Luft schnappen wollen – es stehen fleißige Hände bereit, die den Saal aufräumen und für den – em – Unterhaltungsteil herrichten möchten...«

Wir drängelten hinaus und kauerten uns in den Schnee, während die Tische weggetragen wurden. Drinnen machten sich hinter den Vorhängen die Schauspieler zurecht – und auch für mich nahte die Stunde. Der Schnee wirbelte um mich, und ich fing an zu schwitzen, am liebsten wäre ich nach Hause geflüchtet. Dann gingen die Türen wieder auf, und ich hockte mich neben den Ofen, zitternd und zähneklappernd vor Aufregung. Der Vorhang teilte sich, und die Vorführungen begannen mit einer lustigen Szene, von der ich nichts sah und nichts hörte...

»Als nächstes, meine Damen und Herren, hören wir ein Instrumentalduett, es spielen Miss Brown und – eh – der kleine Laurie Lee.«

In meinem Elend setzte ich ein blödes Lächeln auf und ging vor zur Bühne. Eileens Gesicht war weiß wie eine halbe Note. Sie setzte sich ans Klavier, legte die Noten schief auf, ich rückte sie gerade, sie fielen hinunter. Ich bückte mich und holte sie herauf, wir sahen einander haßerfüllt an; im Zuschauerraum war es noch immer totenstill. Eileen wollte das a geben, schlug aber statt dessen b an, und ich stimmte wie ein Affe, der Nadeln einfädelt. Schließlich waren wir fertig, ich erhob meine Geige, und Eileen raste los wie ein durchgehendes Pferd. In der Mitte des Stückes hatte ich sie eingeholt – es war ein Wiegenlied, glaube ich –, und nach der Wiederholung, die zweimal so schnell ging, hörten wir einfach auf, unfähig uns zu rühren, völlig erledigt.

Kräftiges Trampeln und Pfeifen setzte ein, und jemand rief: »Spielt noch was!« Eileen und ich wechselten keinen einzigen Blick, aber jetzt waren wir einander zugetan. Wir suchten die Noten für ›Danny Boy‹ heraus und legten unsere ganze Seele hinein, zogen klangvolle Akkorde träumerisch in die Länge und sausten flott über hohe Stellen hinweg; schließlich fielen die Zuhörer ein, und zwar mit ihren Choralstimmen, was ein Ausdruck größter Hochachtung für uns war. Als es vorbei war, kehrte ich zu meinem Platz am Ofen zurück, und ich fühlte mich durch und durch wunderbar ausgeglichen. Eileens Mutter weinte in ihren Hut, und der meinen wird es, denke ich, nicht anders gegangen sein…

Jetzt war ich erlöst, ich gehörte zum Publikum, und das Fest blühte vor mir auf. Was vorher für mich ausgesehen hatte wie teuflische Kapriolen, das wurde jetzt plötzlich zu einer Offenbarung menschlichen Genies. Eine Nummer folgte der anderen, immer wieder etwas Neues, und alles war großartig. Mr. Crosby, der Organist, erzählte Witze und Anekdoten, als hinge sein Leben davon ab, zitternd und schwitzend, ohne Lachpausen zu machen und unter ständigem Augenrollen in die Kulissen hinein, von wo er Rettung erwartete. Doch wir fanden ihn sympathisch und wollten ihn nicht gehen lassen, obwohl er immer aufgeregter wurde, Monologe herunterhaspelte, Lieder von Garnelen schnatterte, herumkasperte, Gesichter schnitt und auf und ab sprang, als müsse er einen Haufen Wilde in Stimmung bringen.

Dann kam Major Doveton mit seinem indischen Banjo, das noch schwerer zu stimmen war als meine Geige. Er setzte sich rittlings auf einen Stuhl und begann sich mit den Stimmbolzen herumzuschlagen, nicht ohne uns alle auf gut englisch und auf Urdu zu verfluchen. Dann rissen alle Saiten, er verschwand knurrend von der Bühne und spielte in der Garderobe Fußball mit seinem Banjo. Darauf folgte ein Theaterstück, in dem Marjorie als Aschenbrödel in einem Kleid, das über und über mit Federn besteckt war, in einem Schloß saß. Während sie darauf wartete, daß der Kürbis sich in eine Kutsche verwandelte, sang sie: »Ganz allein am Telephon«.

Als nächstes kamen zwei Balladen, die Mrs. Pimbury, eine Witwe, mit erstaunlichem Feuer sang. In der ersten lud sie uns ein, mit ihr nach Kanada zu gehen, und in der zweiten wandte sie sich an einen Pilz:

> Wachse, wachse, wachse kleiner Pilz nur zu!
> Jemand sehnt sich schon so sehr nach dir.
> Morgen schau ich wieder nach dir aus –
> Bist du größer dann, so paßt du grad zu mir!
> Darum wachse, wachse kleiner Pilz nur zu.

Obwohl wir das zum erstenmal hörten, hatten wir es uns im Nu zu eigen gemacht, ebenso wie das Lied einer Dame, die später auftrat. Diese, eine Baronesse von Hohenburg mit dem Air einer Berufskünstlerin, gab unserem Festabend einen glanzvollen Abschluß. Sie kam als Gaststar aus Sheepscombe und frappierte schon durch ihr Äußeres, das einer Kunstjüngerin in jeder Beziehung angemessen war. Sie trug nämlich ein grünes Gewand, das lose herabfiel wie die Kittel der Patienten im Krankenhaus, und langes rotes Haar. »Sie schreibt«, flüsterte Mutter. »Gedichte, kleine Bücher und so was.«

»Ich singe Ihnen jetzt«, verkündete die Dame, »ein kleines Lied, das ich selbst verfaßt habe. Text und Musik stammen, wenn ich das sagen darf, von mir – und ich habe dabei an die schönen Täler hier gedacht.«

Damit setzte sie sich ans Klavier, krümmte ihren schönen Rücken, erhob ihre armreifgeschmückten Handgelenke über die Tasten, entlockte dem Instrument einige erstaunliche Läufe und Triller und sang mit strahlender Stimme:

Elfen, ihr munteres Völkchen, herbei!
Kommet und tanzet, das Tal steht euch frei!
Mit euren Flöten und mit euren Geigen
schwinget euch hurtig im lieblichen Reigen!
Kommet herbei – hei, schön ist der Mai – hai,
schön – ist – der – Mai!

Wir fanden diesen Text ziemlich albern, aber wir haben ihn nie wieder vergessen. Wann immer wir hinfort der Baronesse im Freien begegneten, plärrten wir ihr durch die Hecken ihr Lied zu. Doch sie blieb dann nur stehen, neigte lauschend den Kopf und lächelte verträumt vor sich hin...

Nach diesen Liedern ging der Abend mit allerlei Ulk zu Ende; grobe Scherze über Babies, Burschen, die sich als Frauen verkleidet hatten, Dialoge im breiten Gloucesterdialekt zwischen Bauerntölpeln und feinen Herren, bei denen die Bauern immer gut wegkamen. Uns taten die Seiten weh vor Lachen, wir strampelten mit den Beinen gegen die Stühle, aber wir wußten, daß es nun bald zu Ende war. Der Pfarrer erhob sich, sprach im Namen aller Worte des Dankes und sagte, am Ausgang würden Orangen verteilt. Dann kam – im Eiltempo – die Nationalhymne, darauf allgemeines Husten, und schließlich strömten wir alle hinaus in den Schnee.

Anschließend zu Hause erörterten die Schwestern ihre schauspielerischen Leistungen, bis ihnen die Tränen die Nase hinabliefen. Doch für uns Buben war es noch nicht vorüber, der morgige Tag stand noch bevor; noch war die Zitrone nicht völlig ausgepreßt. Morgen sehr früh würden wir wieder in die Schule gehen, wo die Körbe mit den Essensresten standen – angebissene Rosinenbrötchen, mit Kuchenkrümeln bedeckte Schinkenscheiben, und mit vereinten Kräften würden wir das alles aus der Welt schaffen.

So still war Jo immer, so schüchtern und doch willig, daß ich auf sie zuerst verfiel. Natürlich gab es andere, die einem deutlicher und derber entgegenkamen, aber gerade Jos kühles Antlitz, ihr säuberlich zurückgekämmtes Haar, der schmale Leib und ihre stumme Anmut boten mir die heimliche Süße, die ich suchte. Ohne es zu wissen, wurde sie so mein Wegweiser, die schlanke Kerze, die ich zu den Grotten trug, deren Schatten ich jetzt durchstreifte.

Wenn wir von der Schule heimgingen, hielt ich immer nach ihr Ausschau, trennte sie listig von den anderen, schaute auf das Messingkettchen, das ihr am Handgelenk baumelte. War ich elf oder zwölf Jahre alt? Ich weiß es nicht – sie war noch jünger. Vom Straßenrand lächelte sie demütig zu mir herauf.

»Was machst du jetzt, Jo?«

»Ach, nichts Besonderes.«

»Oh.«

Solange sie sich nicht von der Stelle rührte, war alles gut.

»Dann gehen wir ans Ufer runter. Sollen wir? Ja?«

Keine Antwort, aber auch kein Fluchtversuch.

»Runter ans Ufer. Wie letztes Mal. Was meinst du, Jo?«

Noch immer keine Antwort, kein Zeichen und kein Blick. Sie hörte nicht einmal auf, an ihrem Armband zu drehen, aber ans Ufer hinunter kam sie doch mit mir. Auf Zehenspitzen stieg sie über die Ameisenhaufen, ging dicht neben mir, stracks und schweigend, und ließ sich nicht anmerken, daß sie wußte, was ihrer harrte – sie kam nur mit.

Unter dem dichten Eibendach, in der düstergrünen Dämmerung, setzten wir uns feierlich nieder. Die alten roten Bäume wölbten sich über uns, fügten sich zu Hallen voll rostigen Dunkels. Jo rührte sich so wenig, als sei sie selbst ein Eibensproß, sie sah mich weder an noch floh sie meinen Blick.

Ich stützte mich auf einen Ellenbogen und schleuderte einen Stein in die Bäume – ich hörte, wie er von Ast zu Ast sprang.

»Was sollen wir jetzt machen, Jo?« fragte ich.

Wie gewöhnlich antwortete sie nicht.

»Was meinst du, Jo?«

»Mir ist es gleich.«

»Los – du sollst es sagen.«

»Nein, du.«

Immer war ich derjenige, der den Vorschlag machen mußte. Sie wartete, daß ich es sagen sollte. Sie wartete unbewegten Hauptes, starr vor sich hinblickend, und zupfte sacht an einer Staude.

»Guten Morgen, Mrs. Jenkins«, rief ich forsch. »Wo fehlt's denn heute?«

Ohne mit der Wimper zu zucken, ohne ein Wort zu sagen, legte sich Jo nieder aufs Gras und starrte in die mit roten Beeren besteckten Eiben hinauf, streckte den zarten Körper auf dem grünzerdrückten Bett, kratzte sich die Wade und wartete. Das Spiel hatte seine feste, feierliche Form, der Ritus duldete kein Abweichen. So still sie lag, so still bewegten sich meine Hände, und selbst die Vögel hörten auf zu singen.

Ihr Körper war bleich und milchig grün im Gras wie Birkenlaub im Wasser, leicht gewellt wie ein Blatt, geädert und glühend, von innen her sanft leuchtend. Das war nicht mehr Jo, sondern das enthüllte Unbekannte, ein Labyrinth nackter Stengel, seltsamer als Fleisch, glatter als weißes Wachs, wie etwas vom Mond Herabgefallenes. Die Zeit verstrich, und die kühlen Glieder bewegten sich nicht, weder zu mir hin noch weg von mir; sie wand nur einen Grasring um ihre Finger und starrte blind in die Ferne, meinen Blick meidend. Die Sonne stand schon tief und beleuchtete die scharfen, spitzen Halme, tigerte die Buchten des Mädchenkörpers, fesselte ihn mit blutroten Bändern und ließ ein träges Farbenspiel über ihn hingleiten.

Die Nacht und das Zuhause schienen weit entrückt. Wir waren gefangen zwischen den Wurzeln der Bäume. Auf taufeuchten Knien erwog ich schweigend, was Jos Willfährigkeit mich lehrte. Sie erschauerte leicht und bewegte die Hände. Eine Amsel rief in einem Busch...

»Nun, das wär's für heute, Mrs. Jenkins«, sagte ich. »Morgen komme ich wieder.«

Ich erhob mich von den Knien, bestieg ein unsichtbares Pferd und trabte heim zum Abendessen. Derweil zog Jo sich ruhig an und trödelte nach Hause, allein zwischen den einzelnstehenden Bäumen.

Natürlich wurden wir schließlich entdeckt; wir müssen geglaubt haben, wir wären unsichtbar. »Wie ist das, junger Mann? Du und Jo – gestern abend? Ha, ja! Wir haben euch gesehen, ei ei!« Zwei Kuhhirten hatten mich auf der Straße angehalten. Ich stritt es ab, aber überrascht war ich nicht. Früher oder später wurde man immer erwischt; doch die Sache wurde auch rasch wieder vergessen, im Dorf gab es wenig, was geheim blieb oder die Gemüter empörte, wir wiederholten einander nur. Solche frühen Spiele waren Übungen – wie wenn Kälber hörnerlos einander herausforderten. Freilich war es ein Glück für uns, daß wir auf einem Dorfe lebten, wo die Natur ringsum von Vorbildern nur so strotzte, die wir nachahmten, so gut wir konnten. Sah uns jemand, so gab es ein großes Gelächter – Richter waren nicht da, die uns verderbt hätten nennen können.

Jung und alt zog daraus Nutzen – niemals wird in einer Stadt so etwas möglich sein. Wir wußten, daß wir nicht besser waren als eine beliebige andere Gemeinde von gleicher Größe, nicht besser auch als etwa eine Straße in London. Aber bei uns gab es keinen Klatsch, keine Anrufe bei der Sittenpolizei; Missetäter hatten es mit der öffentlichen Meinung des Dorfes zu tun: man schwieg, man schimpfte, man neckte. Weil das Dorf sich selbst zu helfen wußte, blieben wir verschont von Anklageschriften, die die Vergehen unseres Fleisches kalt fixierten, verschont von düsteren Zellen, peinlichen Polizeiverhören und von den Schlagzeilen richterlicher Moralpauken.

Was uns Buben betraf, so ist gewiß, daß die meisten von uns als Halbwüchsige irgendwann einmal gegen die heutigen Gesetze verstoßen hätten und zum gar nicht ganz geringen Teil in Erziehungsanstalten eingewiesen worden wären. Statt dessen brachten wir diese Zeit hinter uns – nicht unschuldig zwar, aber doch ohne daß unsere Namen in Strafregistern auftauchten. Wir waren weder schlimmer noch besser als Großstadtjungen, liefen aber weniger Gefahr, über Gesetzesvorschriften zu stolpern. Wurden wir auf frischer Tat ertappt, so gab es eine rasche Tracht Prügel; und die Faust des Bauern, dem wir Äpfel oder Eier gestohlen hatten, war wohl besser am Platz und gerechter als ein kaltschnäuziger Polizist, der der Statistik einen neuen Fall lieferte. Nicht das Verbrechen hat sich vervielfacht, sondern seine Definition. Die moderne Großstadt ist für die Jugend eine Polizeifalle.

Unser Dorf war natürlich kein heidnisches Paradies, und wir waren uns unserer Toleranz gar nicht bewußt. Es war eben einmal so. Selbstverständlich steuerten auch wir unser Teil bei zur Summe dessen, was laut Gesetz als Verbrechen gilt. Totschlag, Brandstiftung, Raub und Notzucht tauchten regelmäßig auf im Lauf der Jahre. Blutschande blühte in der Stille, wo die Straßen schlecht waren; manche trösteten sich mit Tieren, und es gab auch die üblichen Freundschaften zwischen Männern und Knaben, die wie Liebende durch die Felder streiften. Meist waren Trunksucht, Primitivität und die Langeweile des Landlebens daran schuld. Das Dorf kannte weder Billigung noch Mißbilligung, doch es brachte auch nichts vor die Behörden. Manchmal wurde unseren Sündern das Leben zur Hölle gemacht, man überschüttete sie mit Spott und stellte sie an den Pranger, aber ihre Verbrechen wurden vom Leben im Dorf aufgesogen, und ihre Bestrafung war einzig und allein Sache der Gemeinde.

So ging es mir, als die Zeit gekommen war und das Geschlecht sich zu regen begann, weder um Schuld noch um Heimlichkeit, sondern einfach um Offenbarung. Jene frühe Erkundung des vor mir hingebreiteten Körpers der kleinen Jo war ein einsames Kartenstudium. Die Markierungen, die ich auf dieser Karte fand, zeigten mir den Weg, der einzuschlagen war, dann konnte ich sie zusammenfalten und wegstecken. Sehr bald holte ich andere Wanderer ein, die alle nach dem gleichen Ziel unterwegs waren. Ganz selbstverständlich nahmen sie mich auf, die Buben und Mädchen in meinem Alter, und wir drangen gemeinsam in das schwierige Gelände ein. Der helle Tag beschien unsere Taten, kein Schamgefühl zwang uns ins Dunkel; Ufer und Dickicht waren unsere Garderoben, und Neugier war es vor allem, was uns antrieb. Stellten wir uns auch linkisch an und verkrampft, so geschah doch alles ohne Heimlichkeit und Hinterhalt – daß wir einander so lange schon kannten, schützte uns davor. Und alle befanden wir uns noch in jenem grünen Alter, das nichts Böses anrichten konnte; unfertig wie wir waren, brachten wir in unserer kalten Unschuld nicht viel mehr zuwege als ein Nachäffen der Wirklichkeiten.

Den Mädchen fiel es zu, zu locken und zu zeigen, und sie fühlten sich dabei sicherer als wir. Sie spürten wohl, daß sie nun endlich Boden unter den Füßen hatten. Plötzlich waren sie nicht mehr Geschöpfe, die man herumkommandieren konnte, nicht mehr Notbehelf für Jungen wie bisher; sie besaßen die Schlüssel zu Geheimnissen, die bedeutsamer waren, als wir ahnen konnten, und sie wußten das auch. Sie waren jetzt schwer zu fassen und unberechenbar – und doch alles andere als unzugänglich. Die stille, scheue Jo zählte nun kaum mehr neben Herausforderungen, wie Rosie und Bet sie darstellten. Bet war frech, Rosie aufreizend, und diese beiden beschleunigten unseren Vormarsch. Bet war groß für ihre elf Jahre, eine farblose Blondine mit schläfrig-unverschämten Augen. »Gib mir 'n Bonbon«, sagte sie, »und ich zeig's dir, wenn du willst.« (Für ein Bonbon hätte sie sich in der Kirche ausgezogen.) Rosie wiederum war nicht so geradezu und viel gerissener, sie konnte von beißender Bosheit sein und ließ mich oft genug bis zu zitternder Erschöpfung um Scheunen und Hühnerställe hinter ihr dreinjagen. Wie man mit diesen beiden fertig wurde – mit Bet und mit Rosie –, lernte ich erst nach und nach. Inzwischen hatte ich das Gefühl, als wäre ich in heißes Öl getaucht, gebacken und getrocknet, und hinge nun zitternd an der Leine. Über Nacht meldeten sich geheimnisvolle Empfindungen, die mich schwelgerisch überwältigten, und es war gerade, als wäre der Körper durch solchen Wechsel im Gleichgewicht seiner Kräfte von Grund auf und gänzlich ein anderer geworden. Es war die Zeit, da die Schenkel brannten wie trockenes Gras und nach kühlem Wasser und Gurken zu lechzen schienen, da die Erregungen schläfrig zwischen Bauch und Händen schwangen, prickelten, hungerten, den Wolkenbogen ihre Form gaben, da man bäuchlings in einem Sommerfeld lag und sich von der Kraft der Erde durchpulsen ließ. Wir wurden jetzt plötzlich viel unternehmender, Bruder Jack und ich, immer rannten wir, kletterten auf Bäume, rackerten uns ab bis zur äußersten Erschöpfung, während wir doch bisher zur Trägheit neigten. Nicht daß wir im unklaren gewesen wären über unseren Zustand – wir wußten nur nicht, was wir damit anfangen sollten. Und wenn Rosie Burdock nicht gewesen wäre, so stiege ich vielleicht heute noch auf Bäume...

Kein Lüftchen regte sich an jenem Sommertag, da Rosie Burdock beschloß, sich meiner anzunehmen; es war ein weicher, zitternder, bernsteinfarbener Tag, und die Buchen standen wie in wilden Honig getaucht unter der drückenden Sonne. Es war die Zeit der Heuernte, und als Jack und ich aus der Schule kamen, gingen wir zum Helfen auf das Gut.

Das Klappern der Mähmaschine drang über die abgemähte Fläche zu uns herüber, Kaninchen sprangen wie Knallfrösche über die Felder, und das Heu roch frisch und süß. Die Leute vom Gut arbeiteten schwer, sie rechten und wendeten das Heu und luden es auf. Hochgewachsene bärtige Gesellen mit Haar auf der Brust wie Brombeergestrüpp gabelten das Gras auf. Die Luft sang von ihren Heugabeln, und die Schwaden bekamen Flügel und erhoben sich wie Adler bis zur Höhe der Wagen. Der Bauer reichte jedem von uns eine kurze Gabel, und wir luden mit den anderen auf...

Hinter einem Heuhaufen stolperte ich über Rosie, die mit den listigen, funkelnden Augen ihrer Mutter zu mir aufblinzelte. Sie hatte ihr Schottenkleid an und die billige Messingkette um den Hals, und ihre bloßen Beine waren braun vom Heustaub.

»Geh da raus«, sagte ich. »Los, geh.«

Rosie war groß geworden, ein strammes Mädchen, und ich hatte Angst vor ihr. In ihren Katzenaugen und den geschwungenen Lippen sah ich das Wissen um Dinge, die man nicht wissen sollte und die mir bedrohlicher schienen als alles, was ich mir vorstellen konnte. Bei unserer letzten Begegnung hatte ich sie mit einem Kohlstrunk geschlagen. Sie trug mir das nicht nach und lachte nur spöttisch.

»Ich kann dir was zeigen.«

»Geh hier fort«, sagte ich.

Tropfnaß und ausgedörrt fühlte ich mich, heiß und kalt. Ihre Augen glitzerten, und ich stand wie angewurzelt. Ihr Gesicht lag hinter einem bebenden Schleier, und Blitze schienen über ihren Körper zu zucken.

»Hast du Durst?« fragte sie.

»Nein, warum?«

»Eben doch«, sagte sie, »komm mit!«

Ich spießte also meine Gabel in die trockene Erde und folgte ihr wie einem Verhängnis.

Wir gingen eine lange Strecke, bis ganz ans Ende der Wiese, wo ein halbbeladener Wagen stand. Grasgirlanden hingen langzottig rings wie Vorhänge bis auf den Boden herunter. Wir krochen zwischen den Rädern durch unter den Wagen, in eine kräuterduftende Höhle, in der Dämmerung herrschte. Rosie tastete rings umher, hob einen Sack auf und zeigte mir einen Krug mit Apfelwein.

»Das ist Apfelwein«, sagte sie. »Aber den darfst du nicht trinken. Wenigstens nicht viel davon.«

Groß und dick lag der Krug im Gras wie eine Bombe, die noch nicht explodiert war. Wir hoben ihn an, schraubten den Stöpsel heraus, und der Duft vergorener Äpfel schlug uns entgegen. Ich hielt den Krug an den Mund und rollte die Augen zur Seite wie ein Tier an der Tränke. »Los«, sagte Rosie. Ich holte tief Atem...

Er bleibt mir unvergeßlich, dieser erste lange, heimliche Trunk vom goldenen Feuer, dem Saft jener Täler und jener Zeit, dem Wein aus verwilderten Gärten, aus bräunlichem Sommer, aus runden roten Äpfeln und Rosies glühenden Wangen... Unvergeßlich – und unwiederholbar...

Ich setzte den Krug ab, schluckte und holte keuchend Luft. Dann wandte ich mich zu Rosie und sah sie an. Sie war gelb bestäubt von Butterblumen und schien wie eine Katze zu schnurren im Dunkel; ihre Locken waren dicht wie ein Wildbienennest und ihre Augen voller Stacheln. Ich wußte nicht, was ich anfangen sollte mit ihr, und was ich lassen sollte, wußte ich auch nicht. Sie sah so weich und kostbar aus, so voller unauslotbarer Geheimnisse und gefährlich wie Treibsand.

»Rosie...«, sagte ich, auf Knien und mit Zittern.

Ein Rascheln im Gras, schon war sie bei mir, rasch und wunderbar sicher. Ihre Hand in der meinen war wie eine kleine feuchte Flamme, die ich nicht festhalten und doch auch nicht abwehren konnte. Dann zog Rosie mich aus meiner schwankenden Haltung mit unbarmherziger, unnachgiebiger Kraft herunter in ihr weites grünes Lächeln und in das hohe Gras, wie auf den Meeresgrund. Dann weiß ich nur noch wenig, und das Wenige ungenau. Trommelwirbel gingen durch meinen Kopf. Rosie war ganz nahe, salzig, ein unsichtbarer leichter Druck, zu dicht bei mir, als daß ich sie hätte sehen oder ermessen können. Und es war, als schwimme der Wagen, unter dem wir lagen, wie ein Kahn in die Ferne, über das Tal hinaus, wo wir ungesehen trieben, von reglosen Fluten geschaukelt.

Dann zog Rosie ihre Schuhe aus und füllte sie voll Blumen.

Mit meinen tat sie das auch. Ihre heisere Stimme knisterte wie Flammen in meinen Ohren. Neue Feuer loderten auf. Ich trank wieder vom Apfelwein. Rosie erging sich in wilden Phantasien. Sie mochte mich lieber als Walt, sagte sie, lieber als Ken und Boney Harris, ja sogar lieber als den jungen Pfarrer. Und ich gestand ihr mit lauter, rauher Stimme, daß sie noch hübscher sei als Betty Gleed. Lange Zeit saßen wir, Mund dicht an Mund, und atmeten dieselbe heiße Luft. Wir küßten uns nur ein einziges Mal, so scheu und trocken – es war als berührten sich zwei Blätter in der Luft.

Schließlich verstummte der letzte Kuckuck und zog sich in die Wälder zurück. Die Mäher gingen nach Hause und hatten uns vergessen. Ich hörte Jack rufen, als er den Weg hinablief, er rief meinen Namen, immer weiter entfernt, schließlich hörte ich ihn nicht mehr. Und wir lagen noch immer in unserem Gefährt aus Gras und rissen einander an den Händen, während Rosies heiseres, gefährliches Flüstern mich betäubte und der Apfelwein einen Gong in meinem Kopf erdröhnen machte...

Schließlich nahte die Nacht, wir krochen unter dem Wagen hervor und stolperten miteinander heimwärts. Tautropfen und Glühwürmchen funkelten hell über dem Gras, und die Hitze des Tages ließ nach. Ich fühlte mich wie ein Riese, schwang mich an Bäumen und tauchte meine Arme in Brennesseln – alles nur für Rosie. Was immer ich tat, schien heldenhaft und mühelos. Rosie trug ihre Schuhe in der Hand und lächelte.

Irgend etwas lag über diesem Abend, das die Erinnerung noch heute weit und wach werden läßt. Die langgestreckten Hügel züngelten wie chinesische Drachen, tiefrot in der untergehenden Sonne. Der Schlängelpfad schlug meine Füße in Fesseln und wollte mich zu Fall bringen. Und der See wallte zischend auf, als wir vorübergingen, und wollte uns mit aller Gewalt hinabziehen zu seinen menschenfressenden Fischen.

Vielleicht bin ich hineingefallen – ich kann mich nicht mehr daran erinnern. Rosie jedenfalls entschwand mir hier endgültig. Ich fand mich allein auf dem Heimweg, naß bis auf die Haut und von Wundern überwältigt. Auf einmal verstand ich die Kunst, die Dinge ganz anders zu sehen als sonst. Ich konnte machen, daß Bäume sich von der Stelle rührten und übereinander wegsprangen und daß Büsche sich in brüllende Eisenbahnzüge verwandelten. Ich konnte die Sterne auflecken wie saure Bonbons und auf mein Gesicht hinfallen, ohne einen Schmerz zu spüren. Ich fühlte mich als Prachtkerl, erlebnisschwer und, zum erstenmal in meinem Leben, gefeit vor den Gefahren der Nacht.

Als ich schließlich, noch immer triefend, zu Hause anlangte, quoll ich über von Kraft und Freude. Ich setzte mich auf den Hackklotz und sang ›Wild braust der Sturm‹ und mehrere andere Lieder dieser Art. Essenszeit war längst vorüber, ich sang noch immer, allein mit meinem Gebrüll in finsterer Nacht. Dann kamen Harold und Jack und schleppten mich ab ins Bett. Mit jenem Tage war ich ein anderer geworden...

Ein Jahr später etwa kam es zu der Vergewaltigung im Brith-Wald. Wenn man überhaupt sagen kann, daß es dazu kam. Ich gehörte inzwischen zu der Bande von Grünschnäbeln, die mit Radau durch die Gassen zog, sich balgte und raufte, ziellos, gefährlich, benommen von Kraft und Langeweile. Irgend so etwas mußte zwangsläufig passieren, und eines Tages, an einem Sonntag, geschah es denn auch.

Schon eine Woche vorher hatten wir im Stall des Baumeisters den Überfall geplant. Die Luft dort war dick von modernder Streu, trockenem Leder und faulendem Stroh; der scharfriechende Boden und die unreine Dunkelheit schufen gerade die Atmosphäre, die wir brauchten. Wir trafen uns regelmäßig dort, spielten Karten, kratzten uns, pfiffen und redeten über Mädchen. Wir waren wohl ein halbes Dutzend an jenem Vormittag; Walt Kerry war dabei. Bill Shepherd, Sixpence, Boney und Clergy Green. Durch die offene Tür sahen wir, wie draußen der Aprilregen über das Tal herniederging. Da saßen wir auf Eimern herum und kauten an Lederstücken vom Zaumzeug. Plötzlich kam Bill Shepherd mit dem Plan heraus.

»Also«, sagte er, »hört mal zu. Ich hab eine Idee.«

Er ließ seine Stimme zu einem pelzigen Flüstern absinken und zog uns zu einem dichten Kreis heran.

»Ihr kennt doch die Lizzy Berkeley, wie?« sagte er. Bill war ein Bursche mit einem dicken Gesicht, er hatte Kraft und war gerissen, und immer sah er aus, als hätte er was auf dem Kerbholz.

»Die wäre recht«, sagte er. »Die ist nicht richtig im Kopf. Das wäre grade recht, versteht ihr.«

Wir dachten nach – das mit Lizzy stimmte; sie hatte einen religiösen Fimmel. Oft ging sie, ein kurzes, dickes Mädchen von etwa sechzehn Jahren, im Brith-Wald spazieren, hatte eine Handvoll Buntstifte bei sich und schrieb Sprüche auf die Buchenstämme. Große Buchstaben in allen Farben des Regenbogens standen auf der glatten grünen Rinde und sagten »JESUS LIEBT MICH JETZT«.

»Ich hab sie am Sonntag gesehen«, sagte Walt, »da war sie wieder drüber.«

»Die macht das regelmäßig«, sagte Boney.

»Jerusalem!« sagte Clergy salbungsvoll.

»Also, was meint ihr?« fragte Bill.

Wir rückten näher aneinander, aus der Hörweite des Pferdes fort. Bill sah einen nach dem anderen mit seinen runden roten Augen an.

»Also paßt mal auf. Das ist verdammt einfach.« Wir lauschten und hielten den Atem an. »Am Sonntag vormittag nach der Kirche verdrücken wir uns in den Wald. Und wenn sie dann von der Kapelle kommt – schon haben wir sie.«

Wir atmeten alle aus. Es stand ganz deutlich vor uns. Lizzy kam allein durch den Sonntagswald, mit ihrem kalkweißen Gesicht, arglos und heilig, ein plumpes Kleiderbündel. Wir sahen sie zwischen ihren beschriebenen Bäumen herankommen; ohne rechts oder links zu schauen lief sie uns direkt in die Arme.

»Sie würde schreien«, sagte Boney.

»Die ist zu blöd«, sagte Bill.

»Die denkt bestimmt, ich bin einer von den Aposteln.«

Clergy brach in sein wieherndes, nervöses Kichern aus, und Boney wälzte sich am Boden.

»Alle einverstanden?« flüsterte Bill. »Wie steht's? Was meint ihr? Paßt mal auf, das wird eine tolle Sache.«

Keiner von uns antwortete, aber wir fühlten uns alle festgelegt; sowie die Sache geplant war, schien sie auch schon vollbracht. Wir hatten alles so lebendig vor uns gesehen, daß es ebenso schon hätte passiert sein können, und es gab nichts mehr darüber zu sagen. Den Rest der Woche gingen wir einander aus dem Weg, aber wir lebten mit unserem wüsten Plan und konnten kaum noch an etwas anderes denken als an die bevorstehende Begegnung, an die verrückte Lizzy und ihren plumpen Körper, die leichte Beute, an der wir irgendwie alle teilhaben sollten...

Am Sonntag vormittag drängten wir aus der Kirche und gaben uns Zeichen mit den Augenbrauen. Die Frühlingssonne stand über einem dunstigen Morgen. Wir nickten, zwinkerten, deuteten mit den Köpfen und machten uns dann getrennt auf den Weg in den Wald. Als wir uns dort schließlich an dem Punkt trafen, den wir für den Hinterhalt ausgemacht hatten, war uns der Schwung irgendwie verlorengegangen. Wir blieben schweigsam und verkrampft; keiner sagte ein Wort. Wie verabredet versteckten wir uns und warteten.

Wir warteten eine lange Zeit. Vögel sangen, Eichhörnchen keckerten und die Sonne schien, doch niemand kam. Allmählich wurden wir wieder munterer und fingen an zu kichern.

»Sie kommt nicht«, sagte einer. »Sie hat zuerst Bill gesehen.«

»Ja, und da hat sie angefangen zu heulen und ist heimgerannt.«

»Da hat sie aber Glück gehabt. Ich hätt sie schon zum Schreien gebracht.«

»Ich hätt sie auf einen Baum gejagt.«

Wir waren wild und glücklich, als hätten wir eine Schlacht gewonnen. Aber eine kleine Weile warteten wir doch noch.

»Pfeif drauf«, sagte Bill. »Wir hauen ab, kommt.« Und wir waren alle froh, als er das sagte.

Im gleichen Augenblick sahen wir die untersetzte Gestalt mit dem albernen Strohhut ernst und gesetzt den Pfad entlangkommen. Bill und Boney wurden kreidebleich und fühlten sich höchst unbehaglich bei ihrem Anblick. Langsam kam sie auf uns zu, eine kleine fette Puppe, das Kleid von einfallenden Sonnenstrahlen gestreift. Keiner von uns rührte sich, als sie uns erreicht hatte, wir blickten nur zu Bill und Boney hin. Beide erwiderten unsere Blicke wie in tiefster Verzweiflung und rappelten sich langsam auf.

Was dann geschah, war plump und ohne Sinn und im Handumdrehen vorbei; es rollte lautlos ab wie ein sehr alter Film. Die beiden Burschen sprangen die Böschung hinunter und verstellten dem dicken Mädchen den Weg. Sie blieb stehen, und so starrten sie einander an... Der kritische Moment in unserer Vorstellung – und ganz alltäglich. Nach einer verlegenen Pause schlurfte Bill auf sie zu und legte eine Hand auf ihre Schulter. Sie schlug zweimal mit ihrer Buntstiftschachtel nach ihm, steif und ruckartig wie eine Marionette. Dann drehte sie sich um, fiel hin, stand wieder auf, blickte um sich und trottete durch die Bäume davon.

Bill und Boney machten keine Anstalten Lizzy aufzuhalten, sie gaben auf und sahen einfach zu, wie sie wegging. Und das Letzte, was wir von unserer jungfräulichen Lizzy sahen, war eine kleine runde Gestalt wie ein Gummiball, der bergab hüpfte, bis wir ihn nicht mehr sehen konnten.

Danach verdrückten wir uns einfach im Wald und schlugen jeder eine andere Richtung ein. Ich trödelte langsam heimwärts, pfiff planlos vor mich hin und zielte mit Steinen auf Baumstümpfe und Torpfosten. Was an diesem Vormittag geschehen war, ließ sich nicht in Worte fassen. Wir sprachen nie mehr darüber.

Und unsere Führer, diese reißenden Wölfe und Mädchenverderber – was ist zu guter Letzt aus ihnen geworden? Boney wurde bald danach selbst vergewaltigt: eine reiche Bauernwitwe stürzte sich auf ihn, er heiratete sie, und sie strapazierte ihn in Bett und Hof, bis er den Geist aufgab. Bill Shepherd begegnete einem Mädchen, das ihn sauber hineinlegte, indem es ihm sein Postsparbuch stahl. Walt ging zur See, wurde ein preisgekrönter Koch und heiratete in eine Fischküche ein. Die anderen heirateten auch, gründeten stattliche Familien und wurden Mitglieder des Kirchenrates in ihrer Gemeinde.

Und die kleinen Mädchen, die unsere Opfer und Lehrmeisterinnen gewesen waren und uns durch jene Tage geleitet hatten? Die hübsche Jo wurde eine dicke Bäckersfrau in Painswick, die lüsterne Bet brachte ihre Kinder in Australien zur Welt, und Rosie, die mich mit ihren Apfelweinküssen eingeweiht hatte, heiratete einen Soldaten – ich habe sie nie wiedergesehen.

Letzte Tage

Die letzten Tage meiner Kindheit waren auch die letzten Tage des Dorfes. Ich gehörte gerade zu der Generation, die es miterlebte, wie eine Epoche von tausend Jahren zu Ende ging. Der Umschwung kam spät in unserem Cotswoldtal, so recht offenbar wurde er erst in den späten zwanziger Jahren. Ich war inzwischen zwölf geworden, aber in jenen paar Jahren sah ich aus nächster Nähe, wie alles zuging.

Ich selbst, meine Familie und meine Generation, wir waren in einer Welt der Stille geboren; in einer Welt der harten Arbeit und unentbehrlichen Geduld, der zur Erde gebeugten Rücken und um Ernten bemühten Hände, des Sorgens um Wetter und Wachstum; in einer Welt, in der Dörfer wie Schiffe in leeren Landschaften lagen und nur in langen Fußmärschen erreicht werden konnten; wo die Straßen weiß und schmal waren, von Hufen und Wagenrädern gefurcht, unbefleckt von Öl und Benzin, nur selten von Menschen begangen und fast nie zum Vergnügen; und das schnellste, was es gab, war das Pferd. Mensch und Pferd – das waren die Kräfte, über die wir verfügten, nur Hebel und Flaschenzüge kamen noch dazu. Doch das Pferd war König, nach dem sich fast alles richtete: Haferfelder und Schmieden, Stallungen, Koppeln, Entfernungen und der Rhythmus unserer Tage. Seine acht Meilen in der Stunde setzten unseren Bewegungen die Grenze, und so war es ja schon seit den Tagen der Römer. Jene acht Meilen die Stunde bedeuteten Leben und Tod, die Ausdehnung unserer Welt und unser Gefängnis.

Das war die Welt, in die wir geboren wurden, und es war – zunächst – alles was wir kannten. Dann kam der Wandel, und das Pferd mußte es büßen. Das Automobil mit den Messinglampen keuchte die Straße herauf; ihm folgten die lärmenden Lastwagen; der Omnibus mit den unverwüstlichen Reifen erklomm die staubigen Hügel, mehr Menschen kamen und gingen. Hühner und Hunde fielen als frühe Opfer, die sich verstört unter die Räder stürzten. Auch bei den alten Leuten gab es Schlaganfälle und Herzattacken angesichts solcher unbegreiflichen Geschwindigkeiten. Dann tauchten allmählich knallrote Motorräder im Dorfe auf, so groß wie ein ausgewachsenes Gartentor, und unsere jungen Leute sausten wie brüllende Raketen hügelan – zwei Minuten kostete sie das –, um dann Wochen mit Reparaturen und Basteleien zuzubringen.

Diese Erscheinungen veränderten unser Leben nicht sogleich; die Automobile waren noch etwas Ausgefallenes, man sah sie nur selten, die Motorräder blieben die längste Zeit in ihre Bestandteile zerlegt, die Lastwagen benutzten wir ein einziges Mal im Jahr, und die Omnibusse wurden erst noch erprobt. Inzwischen fuhr Lew Ayres, einen harten Hut auf dem Kopf, zweimal in der Woche mit seinem Pferdegeschirr nach Stroud. Der Wagen faßte sechs Personen, und man zahlte zwei Penny; trotzdem zogen es die meisten Leute vor, zu Fuß zu gehen. Mr. West aus Sheepscombe kam jeden Tag mit seinem Fuhrwerk und nahm Pakete mit, wenn man ihm einen Penny zahlte. Doch wir legten fast alle den Weg noch immer zu Fuß zurück; mit gesenktem Kopf gegen den feuchten Wind aus Wales ankämpfend, ließen wir die Fuhrleute unbeachtet – sie waren Erpresser, fanden wir – und brauchten einen langen, anstrengenden Tag für unsere Einkäufe.

Doch die autoscheuen Pferde kündeten mit Augenrollen die hysterischen Zeiten schon an, die unserer harrten. Bald würde das Dorf zerbrechen, sich auflösen und versprengen, nur noch eine Heimstatt für Menschen sein, die sich zur Ruhe gesetzt hätten. Ein paar Jahre blieben ihm noch, die letzten seiner tausend, und sie gingen dahin, fast ohne daß wir es merkten. Rasch und schmerzlos liefen sie ab, mit Motorradausflügen, im Schatten des neuen Kinos, mit schnell improvisierten Abstechern nach Gloucester (das einst eine fremde Stadt gewesen war), wo man die grellen Auslagen begaffte. Dennoch schien das altgewohnte Leben an Saft und Kraft bis zum Ende nichts einzubüßen – es war wie eine Euphorie, die dem Tode vorausgeht.

Die Kirche zum Beispiel war scheinbar nie mächtiger gewesen. Jeden Sonntag läuteten die Glocken voller Zuversicht; das Dorf hörte, fragte nicht, zog das Schwarzseidene an und den guten Anzug, füllte die Kirchenbänke, wippte und nickte, verwies die Kinder, neigte sich und betete, brüllte oder tremolierte die Choräle herunter und saß in schwarzen Reihen oder konnte dem Schlafe nicht wehren, während der Geistliche jene schöngeistigen Predigten herunterschnurrte, die er sich aus der Kirchenbibliothek verschafft hatte.

Der Sonntag war in mancher Beziehung anstrengender als ein Wochentag und alles andere als ein Ruhetag. Nie war er langweilig, er gab uns vielmehr Auftrieb, weil er Freiheit versprach und doch Zucht forderte. An diesem einen von den sieben Wochentagen waren wir sauber, denn wir hatten am Vorabend gebadet, trugen wir unsere besten Kleider und aßen Fleisch. Was verlangt wurde, war: Sonntagsschule, den Sonntagsspruch lernen und Gottesdienst morgens und abends. Ob man Lust hatte oder in Stimmung war, spielte dabei keine Rolle, und Zweifel plagten uns auch noch keine.

Sonntags früh gab es zu Hause den üblichen Trubel – ein Chaos in der Küche, schrille Kommandos, die uns ans Waschbecken trieben, und von allen Seiten Blicke auf die Uhr. Wir striegelten unser Haar mit Fett und Wasser und schrubbten uns unter der Pumpe. Da es Sonntag war, gab es zum Frühstück ein Pfund dicke Würste, dunkel gebraten und prall von Fett. Man stippte sie in Pfeffer und aß sie in der Hetze, ein aufgeschlagenes Gebetbuch an den Teller gelehnt.

»Lieber Himmel, du kommst zu spät, Junge.«

Schlingen, Mampfen und Würgen.

»Was machst du denn eigentlich? Schau doch, daß du fortkommst!«

»Laß mich in Ruh – ich lern den Spruch.«

»Was sagst du da?«

»Ich – muß – meinen – Spruch – lernen!«

»Dann mach doch fix und lern ihn!«

»Ich kann nich' fix machen. Wenn du mich nicht in Ruh läßt!«

In Wirklichkeit war es gar nicht schwer; zehn unverstandene Zeilen galt es – zusammen mit dem Frühstück – sich einzuverleiben, und gewöhnlich benutzte ich überhaupt den Dauerlauf zur Kirche dazu. Die Böschung hinauf, die Straße hinunter, mit dem fettigen Gebetbuch in der einen, dem Rest meiner Wurst in der anderen Hand: »Allmächtiger und Allerbarmherzigster Vater, der Du allein große Wunder wirkest...« In fünf Minuten konnte ich alles auswendig.

In der Sonntagsschule dann fragte Miss Bagnall und putzte sich dabei die Nase: »Der Spruch – nun, wer meldet sich?...« Ich sprang auf und plapperte los, genau aufs Wort, eine halbe Seite volltönender Silben. Durch die Augen nahm ich sie in mich auf, und durch den Mund kamen sie wieder heraus, ohne bei diesem Durchgang eine Spur in mir zurückzulassen. Außer daß ich auch heute noch keinen Kirchenspruch lesen kann, ohne eine knusprig gebratene Wurst zu schmecken...

Nach einer Stunde Sonntagsschule gingen wir alle in die Kirche, wobei sich der Chor unmittelbar in die Sakristei begab. Hier stülpten wir unsere speckigen Gewänder über den Kopf; sie wurden nur zu Ostern gewaschen. Der Pfarrer ließ uns antreten und sprach ein knappes, strenges Gebet, dann marschierten wir an Ort und Stelle, nahmen die uns vorbehaltenen Plätze ein und ließen unsere Augen kritisch über die Gemeinde wandern. Die kleinen Kinder aus der Sonntagsschule füllten den kahlen Nordflügel mit Lockenköpfen licht und kraus wie Eisblumen. Die übrige Kirche war schwarz von Erwachsenen, feierlich ausstaffiert mit Katzenpelz und Federn. Die meisten saßen in Familien beieinander, nur hier und da sah man ein frisch verlobtes Paar mit rotem Nacken und roten Händen. Die ersten Bänke gehörten den Honoratioren des Dorfes, hier waren die Pulte mit Visitenkarten versehen; es saßen da die Lords aus dem Herrenhaus, Squire Jones und die Familie Croomes; dann kam das Militär, die Carvossos und die Dovetons; die reichen und begüterten Fräulein Abel und Bagnall und schließlich die wohlhabenderen Gutsbesitzer. Alle waren genau nach Protokoll sorgfältig aufgereiht, und der Squire saß ganz vorn bei der Kanzel. Kein Gebet, kein Psalm und kein lautschallender Choral störte ihm den strahlenden Kinderschlaf, nur wenn einmal ein Gastpfarrer sich zu einem rhetorischen Höhenflug hinreißen ließ, wachte er auf und quittierte das mit einem lauten »Gott verdammich!«

Der Frühgottesdienst begann mit einem freigewählten Orgelvorspiel, das etwa in einem sehr langsam gespielten Straußschen Walzer bestehen konnte. Die Orgel war alt, und ihr Ächzen und Stöhnen übertönte oft die eigentliche Musik. Mit Luft versorgt wurde sie mittels eines gewöhnlichen Pumpenschwengels, was den ganzen Prozeß entsprechend geräuschvoll gestaltete; und Rex Brown, der ihn – in seinem Verschlag verborgen und nur uns Chorsängern sichtbar – zu bedienen hatte, belebte den Gottesdienst durch pantomimische Parodien oder das Einschnitzen von Mädchennamen in seine hölzerne Umgebung.

Doch in der dichtgedrängten Gemeinde herrschte feierlicher Ernst. Da war Allmacht und Klage, Gesang aus voller Kehle, ernstes Gebet und öffentliches Bereuen. Ohne Grund blieb kein Dorfbewohner fern, und es wünschte sich auch noch gar niemand fernbleiben zu können. Wir waren in die Kirche gekommen, weil Sonntag war, genauso wie wir am Montag unsere Wäsche wuschen. Und Gott führte ja auch eine strenge Liste, etwa wie ein alleroberster Hausverwalter, der stets bereit ist, einen Vermerk zu machen, wenn die Mieter in Rückstand geraten, und sie hinauszusetzen, wenn sie die Miete schuldig bleiben.

Dieser Morgengottesdienst war auch noch etwas anderes. Er war eine Rückkehr aller wie immer gearteten Dorfbewohner in die Arche im Angesicht der ewig drohenden Sintflut. Kein Zweifel, wir Menschen von heute suchen diese Zuflucht nicht und werden stolz und einsam untergehen, wenn die Flut wirklich kommt. Doch wie die Dinge damals lagen, kniete der Löwe neben dem Lamm, saß die Taube auf dem Rücken des Habichts, schmiegten Schafe sich an Wölfe; wir erwärmten uns einer am anderen und wußten, daß wir alle Geschöpfe eines Königreiches waren...

Das war der Sonntag vormittag. Wenn die Kirche aus war, stand man noch schwatzend zwischen den Grabsteinen herum, um dann langsam heimwärts zu gehen, wo es Braten zu Mittag gab und hinterher ein Schläfchen mit der Sonntagszeitung. Die Älteren verdösten wollüstig einen faulen Nachmittag, während die Jugend wieder in die Sonntagsschule wanderte. Später kam dann der Abendgottesdienst, der sich von der Frühkirche so unterschied wie ein Rendezvous von einer Versammlung auf dem Trafalgar Square. Die Atmosphäre war milder, weicher und weniger förmlich, und zu alledem galt dieser Kirchgang als freiwillig. Wir Chorsänger mußten natürlich hin, aber von den anderen ging nur wer wollte.

Am Abend war die Kirche in dem dunklen Friedhof nur ein Streifen rotglühender Fenster. Drinnen verengte sich der Raum durch die Schatten, die die Öllampen und die reglosen Kerzenflammen warfen. Jetzt gab es keine Schaustellung wie am Vormittag; das Schiff war schlicht-vertraut und schläfrig. Nur ein paar einsame Beter waren jetzt da, und jeder hüllte sich in seine eigene Versunkenheit: eine von den Fräulein Bagnall, die Witwe White, die die Kirche putzte, im Hintergrund ein Witwer und der Briefträger. Der Gottesdienst hatte etwas Verträumtes, unsere Choräle klangen abendlich und leise, die Psalmen waren immer dieselben, so daß man sie ohne Buch singen konnte. Die verstreuten Gläubigen sangen, halb im Dunkel verborgen, als täten sie es nur für sich selbst. »Herr, nun lässest Du Deinen Diener in Frieden fahren...« Mit geschlossenen Augen sangen sie das, und mit tremolierender Stimme. Am Vormittag wäre das nicht möglich gewesen.

Von unseren Chorsitzen aus verfolgten wir den Kreislauf des Jahres: Weihnachten, Ostern und Pfingsten, Sonntag Rogate und Gebete um Regen, wobei die Kirche dem bäuerlichen Jahr auf dem Fuße folgte. Erntedanksonntag war vielleicht unser liebstes Fest – es ging uns am nächsten an. Welch reiche Fülle häufte sich da in unserer Kirche; das Tal gab das Schönste von seinem Segen, um sie zu schmücken. Jeder brachte vom Besten aus Feld und Garten, und wenn man am Festtagsmorgen in die Kirche trat, war es, als kröche man mit dem Kopf voran in ein Füllhorn, einen überquellenden Speicher, einen Gemüsestand, eine Grotte mit leuchtenden Blumen. Die Wände, die sonst kahl waren, trieben Blätter und Früchte, der Altar war mit mächtigen Weizengarben beladen, und an die Chorschranken gelehnt standen verzierte Brotlaibe, groß wie Wagenräder. Traubenbündel aus dem Weinberg des Squire hingen blau von der Kanzelbrüstung herab. Da lagen riesige unnütze Kürbisse in Mengen, Lauch und Zwiebeln kränzten das Gestühl, Eier und Butter füllten die Fächer des Lesepults, in den Fenstern häuften sich Äpfel, und die dicken runden Säulen, die die Kirche abteilten, waren mit Hafer und Gerste umwunden.

Es gab fast niemanden im Dorf, der hier nicht irgendwie mitgewirkt hätte. Vierschrötige Bauern und Pflüger in Stehkragen, alte Gärtner und Geflügelzüchter – sie nickten und deuteten und stießen einander an, um die Aufmerksamkeit auf das zu lenken, was sie herbeigeschafft hatten. Die Kirche war älter als ihre Stiftung sie auswies, sie war so alt wie das menschliche Leben auf der Erde. Der Samen dieser Früchte und der Samen dieser Menschen kamen noch immer aus demselben Schoß; beschlossen in unserem Tal und stets neu aus sich selbst, reichte er bis in die Tage der Eiszeit zurück. Der stolzen Fülle, dem gnädigen Walten und dem stetigen Wachstum galten unsere Lobpreisungen an diesem Tage. Und selbst wenn wir sangen »In die Scheuer ist nun alles glücklich wieder eingebracht«, obwohl wir nur zu gut wußten, daß beim Lusty noch Hafer auf dem Feld verfaulte, so machte uns dieser Widerspruch irgendwie gar nichts aus.

An ein ganz bestimmtes Erntedankfest erinnere ich mich noch, an dem dieses Gefühl ganz rein zum Ausdruck kam. Ich war damals noch zu klein für den Chor und saß neben dem dreijährigen Tony. Es war sein erstes Erntedankfest, aber er hatte schon viel davon gehört und hegte die größten Erwartungen. Der Chor quirlte schon mit seinen Fahnen in der Kirchentür und sollte gleich seinen Einzug ins Kirchenschiff antreten. Tony ließ die glänzenden Augen rings um sich schweifen und schnupperte inmitten der würzigen Pracht.

Dann fragte er, unmittelbar bevor die Orgel mächtig brausend mit dem Choral einsetzte, mit heller Stimme: »Kommen auch Trommeln?«

Die Frage war ganz natürlich, unschuldig und berechtigt. Trommeln, Becken und Trompeten – für ein solches Fest wären sie ganz am Platze gewesen.

Der Tod des Squire bedeutete nicht zugleich den Tod der Kirche, obwohl beide gemeinsam ihrem Ende zusteuerten. Er starb, und das Herrenhaus wurde versteigert und in ein Genesungsheim umgewandelt. Der See verschlammte, die Schwäne flogen fort, und der große Hecht erstickte im Schilf. Als uns die Hand des Squire nicht mehr zusammenhielt, begann die Auflösung, die freilich ohnedies gekommen wäre. Seine Dienerschaft zerstreute sich und ging in die Fabriken. Der Neffe zerstückelte den Besitz. Zerfall, Freidenkertum und neue Reize begannen jetzt uns zu verwirren und zu bestürzen. Das erste junge Paar, das sich standesamtlich trauen ließ, wurde von der Kanzel herab mit Namen genannt. »Wer da spielt mit dem Feuer, der soll umkommen durchs Feuer!« tobte der Pfarrer. »Ihr werdet noch an meine Worte denken.« Später erwischte er mich bei der Lektüre von D. H. Lawrence, nahm mir das Buch weg und zerriß es. Das mag eine seiner letzten autoritären Handlungen gewesen sein. Bald folgte ihm ein junger Apologet auf der Kanzel nach. Inzwischen schwanden die alten Leute allmählich dahin – mit ihren weißen Backenbärten, den Gamaschen, Schnürschuhen und Kapotthütchen, die letzten ihrer Welt, die noch eine altväterische Sprache führten, die junge Mädchen mit »Jungfer«, Buben mit »Junker«, alte Männer mit »Meister« und den Squire noch in der dritten Person angeredet hatten und sich noch an die Postkutsche von Birdlip erinnern konnten. Kicker Harris, der alte Kutscher mit seinem Zylinder und den Gamaschen, trieb davon wie eine ausgerissene Buchseite. Lottie Escourt, bäuerlicher Sproß eines normannischen Adelsgeschlechtes, legte sich inmitten der Dinge, die ihr teuer waren, zum Sterben nieder. Andere schieden dahin, und man hörte kaum ein Wort davon. Da war die alte Mrs. Clissold, die uns manchmal für Botengänge zu sich rief. »Du komm einmal eine Minute auf unseren Hof, Junker; ich möchte, daß du etwas für mich erledigst.« Man rannte zum Kaufmann, kaufte ein Tütchen Bonbons für sie und bekam den üblichen Lohn: ein Bonbon in der Backe, sank sie in ihren Stuhl zurück und entließ uns mit einem schläfrigen Nicken; »ich hab im Augenblick grad keinen halben Penny – aber Mrs. Crissole vergißt dich schon nicht...« Wir schrieben sie ab als unsere gute Tat des Tages, und sie starb, ohne ihr Gedächtnis erleichtert zu haben.

Jetzt kamen auch für meine Familie die letzten Tage heran, und das begann damit, daß Freier für die Mädchen auftauchten.

Ich weiß noch ganz genau, wie es anfing. Es war Sommer, und wir Buben saßen am Ufer und beobachteten eine große Rauchwolke am Himmel.

Ein Mann sprang vom Fahrrad und schrie: »Das ist in der Kesselfabrik!« und wir rannten den Berg hinauf, um es zu sehen.

Es brannte fast jedes Jahr einmal in der Kesselfabrik. Als wir hinkamen, stellten wir fest, daß es diesmal ein recht ordentliches Feuer war. Das Lagerhaus war wie gewöhnlich in Flammen gehüllt, Decken und Böden stürzten ein, Feuerwehrleute schrien, Fenster schmolzen wie Eiszapfen, und aus dem Gebäude klang es wie Donnergetöse, als die Kessel sich krachend in Bewegung setzten. Wir verbrachten den halben Tag hier und brachen jedesmal in Jubel aus, wenn wieder einmal ein Schornstein umkippte.

Als wir viel später am Abend wieder ins Dorf zurückkehrten, sahen wir unten in unserem Garten einen fremden Mann. Wir musterten ihn kritisch aus der Ferne und waren ein bißchen erschrocken. Bisher waren dort nur Nachbarn und Verwandte auf Besuch zu sehen gewesen. Und dieser unheimliche Fremde lief nicht nur frei umher, er hatte auch noch alle unsere Frauen um sich. Wir sausten die Böschung hinunter und brachen nicht sehr manierlich über sie herein, nur um festzustellen, daß jedermann sich hier vor Höflichkeit beinahe die Zunge abbrach. Unsere Schwestern stießen überraschte Rufe aus, wie sie uns kommen sahen, und begrüßten uns, als kehrten wir von einer Weltreise zurück. Marjorie war ganz besonders sanft und liebevoll, und die anderen strahlten uns ängstlich an; Mutter war zwar nicht besonders herausgeputzt, trug aber doch ihr bestes schwarzes Kleid, und der Fremde drehte den Hut in den Händen.

»Das sind unsere Brüder«, sagte Marjorie, packte zwei von uns und zog uns an sich. »Das ist Jackie und das ist Loll, und der da ist Tone. Und alle drei sind schreckliche Lausbuben.«

Hierauf folgte ein nervöses Gelächter, und alle fühlten sich erleichtert, als hätten sich mehrere dunkle Wolken verzogen. Wir grinsten blöde und wanden uns verlegen, kasperten herum und spielten uns auf, aber was denn nun eigentlich los war, konnten wir uns nicht denken. In Wirklichkeit war der Tag des Brandes in der Kesselfabrik auch ein Markstein im Leben unserer Mädchen. Es war der Tag, an dem der erste junge Mann als Freier ins Haus kam, eben dieser Fremde, der zu Marjorie gehörte und der die erste Bresche in unseren Garten schlug.

Er sah gut aus, der kraushaarige Bootbauer, war sehr stark und eine recht gute Partie. Er hieß Maurice, und wir Buben waren bald sehr von ihm angetan und sahen ihn gerne kommen. Sehr schnell folgten ihm zwei andere junge Männer, einer für Dorothy und einer für Phyllis. Dorothy bekam Leslie, einen Pfadfinderführer, der sehr schüchtern war – jedenfalls bis er meiner Schwester begegnete, und Phyllis präsentierte, als sie an der Reihe war, Harold den Schuhmacher, der einen schönen Südländerkopf hatte, nach Gehör Klavier spielte und Lieder sang, in denen altmodische Mütter vorkamen. Dann wurde auch Bruder Harold angesteckt, besserte unsere Stühle aus, polsterte die Möbel auf und brachte ein Mädchen nach Haus.

Nach diesen Schlägen wurde es bei uns nie wieder, wie es gewesen war; statt zu achten saßen wir nun zu zwölft in der Küche, und das blieb so, bis die Mädchen mit dem Heiraten anfingen. Die jungen Männer kamen jeden Abend, mit Kerzen in Einmachgläsern, und stolperten kopfüber unsere steile Böschung herunter, oder sie bummelten an Sommerabenden mit den Mädchen durch die Gassen und schoben ihre Räder nebenher, oder sie saßen ums Feuer und erzählten gemächlich von ihrer Arbeit, oder sie schwiegen überhaupt und saßen nur einfach da, während die Nähmaschine schnurrte, Mutter sich bald hier, bald da zu schaffen machte und dieses Nichts alle wie ein warmes Bad umplätscherte. Vor Mutter waren sie auf der Hut, sie konnte rasch aufbrausen, wenn sich auch diese ihre Ausbrüche gegen die Welt und nicht gegen bestimmte Leute richteten. Leslie war höflich und schüchtern und lachte kurz und lauthals auf, wenn Mutter Spaß machte. Maurice hielt ihr oft Vorträge über den »Arbeiter von heute«, nach denen sie überhaupt nichts mehr verstand. Phyls Harold setzte sich dann manchmal ans Klavier, griff in die Tasten wie zehn starke Männer und begeisterte uns alle mit lautstarkem Gesang.

Dann kamen Käse und Kakao auf den Tisch, schließlich hieß es »Gute Nacht alle miteinander«, und der erste erhob sich um fortzugehen. Nun folgte ein langer Abschied an der hinteren Küchentür, ein Paar nach dem anderen kam an die Reihe. Die noch drinnen saßen, mußten die Zeit abwarten. »Doth! Seid ihr denn noch nicht fertig?« »Noch eine Minute.« Mm-mm, Geräusch von Küssen. »Na, jetzt macht doch zu! Furchtbar seid ihr.« Nach weiteren fünf Minuten Schweigen da draußen klappert Marjorie mit dem Türriegel. »Wie lange denn jetzt noch, Doth? Du stehst nun schon den ganzen Abend hier draußen. Manche Leute müssen morgen arbeiten.« »Ja doch, werd nur nicht giftig. Er geht ja schon. Gut' Nacht, mein liebes Kleines.« Einer nach dem anderen brach auf; wir schraubten die Dochte herunter, und die Mädchen schlichen ins Bett.

An den Sonntagen und Bankfeiertagen wimmelte es bei uns von morgens bis abends von Liebhabern. Wenn es regnete, war die Sache hoffnungslos, und wir spielten nur Karten, oder die jungen Männer dienten als Schneiderpuppen. War das Wetter aber schön, so dachte sich Mutter wohl ein kleines Fest aus, wie etwa ein Picknick im Walde.

Ich kann mich noch an einen glutheißen Sonntag im August erinnern. Mutter sagte, es wäre doch nett, ein bißchen hinauszugehen. Wir könnten ein kleines Stück laufen bis zu einem hübschen grünen Plätzchen und unter den Bäumen Tee kochen. Das klang so einfach – aber wir wußten, was dahintersteckte. Denn wenn Mutter ein Picknick vorhatte, dann gab es Vorbereitungen, als sei ein ganzer Stamm im Aufbruch. Sie sauste in der Küche umher und kommandierte, während die jungen Männer entsetzt beobachteten, was da vor sich ging. Da gab es in Scheiben geschnittene Gurken, alle möglichen Brotaufstriche, Radieschen, Pfeffer und Salz, Kuchen, Brötchen und Makronen, Suppenteller voller Butterbrote, Marmelade, Sirup, Krüge mit Milch und allerlei frisch gemachte Süßspeisen.

Die jungen Männer waren damit absolut nicht einverstanden und murmelten vor sich hin, sie fänden das höchst verrückt. Aber es hieß einfach: »Sei nett und trag das hier«, und schon hielt jeder irgend etwas in Händen. So glichen wir beim Aufbruch schließlich einem Tempelfries, auf dem spendentragende Griechen zu irgendeinem ländlichen Gott wallfahrten. Mutter, mit einem Tischtuch auf dem Kopf, schritt blumenpflückend dahin, dann folgten die Schwestern mit Kuchen und Brot, Jack mit dem Teekessel, Tony mit dem Salz, ich mit einem Milchkrug; dann die finsteren jungen Männer in ihren blauen Sonntagsanzügen: sie trugen die Süßspeisen in offenen Schüsseln, Speisen, die im Nu in der Sonne schmolzen und ihre Anzüge mit gelben und rosa Spritzern verzierten. Die jungen Leute zerdrückten Flüche zwischen den Zähnen, und Bruder Harold schämte sich so, daß er weit zurückblieb, während Mutter die Spitze hielt und unentwegt sang, fest entschlossen, trotz allem die Sache zum Erfolg zu führen.

Sie merkte sehr schnell, wenn jemand schlechte Laune bekam, und sie machte in solchen Fällen verzweifelte Anstrengungen, die Stimmung wieder zu heben. Und daß sie es merkte, bewiesen dann ihre krampfhafte Lustigkeit und ihre geräuschvollen Attacken auf das Schweigen der anderen.

»Komm, komm, Maurice, keine Müdigkeit vorschützen, tra-la. Leslie! Schau bloß diese hübschen – wie heißen sie doch gleich – diese Dingsda – sind sie nicht wunderschön? Leslie, sag ich, schau doch, sind sie nicht hübsch, mein Lieber? Komisch, daß du den Namen nicht weißt. Ach, ist das nicht ein herrlicher Tag, tra-la-la? Jungen, ist das nicht wirklich ein herrlicher Tag?«

Wortreich und aufgeregt, aber ungebrochen brachte sie uns schließlich doch bis zum Wald. Dort hieß sie uns ausschwärmen, Holz suchen und ein Feuer für den Kessel anmachen. Das Feuer rauchte lustlos und biß uns in die Augen, die jungen Leute saßen wie die Märtyrer rings herum, die Milch wurde sauer, die Butter schmolz auf den Broten, Kuchenkrümel setzten sich an der Gurke fest, Wespen ließen uns nicht an den Sirup, der Kessel wollte nicht kochen, und die Süßspeisen mußten wir schließlich trinken.

Uns Buben freilich störte das wenig, wir konnten überall und alles essen. Aber die jungen Liebhaber saßen auf ihren ausgebreiteten Taschentüchern und starrten voll Entsetzen auf diese Mahlzeit. »Nein danke, Mrs. Lee, ich kann wirklich nicht mehr. Ich komme ja auch grade vom Essen.«

Keiner von ihnen war solche Unordnung gewöhnt, und sie machten sich auch nicht viel aus Picknicks im Grünen, und was die Hauptsache war – sie wünschten sich alle mit ihren Mädchen weit weg, auf eine Wiese oder in eine Schlucht, wo sie von Sommer und Liebe satt würden und keinen von uns zu sehen brauchten.

Als die Mädchen sich verlobten, wurden die Ringe unter heftigem Erröten zu Hause vorgezeigt. »Das sind lauter Brillanten. Kostet über zwei Pfund. Er hat ihn in Gloucester Market gekauft.« Jetzt, wo alles offiziell geworden war, saßen sie öfter im Dunkeln beieinander, und die Spannung wuchs spürbar. Die Mädchen waren nun erwachsen und wollten von zu Hause fort. Sie waren verliebt und hatten ihre Männer gefunden. Die Ungeduld nagte an ihnen allen, bis es an einer Stelle plötzlich zur Explosion kam...

Es war Abend. Ich saß am Küchentisch und zeichnete. Eine von den Mädchen hatte sich verspätet. Als sie schließlich kam, waren wir schon mit dem Essen fertig. Sie brachte ihren Freund mit, was ganz ungewöhnlich war, denn er kam sonst an einem anderen Abend.

»Na, leg doch ab«, sagte Mutter. »Setz dich hin.«

»Nein, danke«, antwortete er kühl.

»Steh doch nicht so rum – so steif und fremd« –

»Danke, Mrs. Lee, ich steh ganz gern.«

»Mama, wir haben gedacht –« fing meine Schwester an. Ihre Stimme klang ruhig und laut.

Immer wenn es anfing ungemütlich zu werden, verstummte ich, drehte mich nicht um und blickte nicht auf. Ich arbeitete einfach an meiner Zeichnung weiter, und der Streit, der jetzt begann, schlug sich in jeder Linie und jeder Einzelheit nieder. Mein Bleistift zog den Umriß eines Blattes, die Krümmung eines Astes, während es vor mir klang: »Red nicht so dummes Zeug ... Du benimmst dich sehr komisch ... Keiner von euch weiß eben, wie mir zumute ist... Das ist grausam, wenn man dich so reden hört... Ich hab niemals eine richtige Chance gehabt... Ach komm doch und setz dich hin und führ dich nicht so albern auf... Das hat alles keinen Zweck, wir haben unseren Entschluß gefaßt... Sie hat jetzt einfach genug, Mrs. Lee, es wird Zeit, daß sie mal aus allem rauskommt...« Mein Bleistift blieb in der Schwebe; was meinten sie denn eigentlich?

Die anderen Mädchen waren empört, Mutter war traurig

und ratlos, der Streit wogte hin und her. »Also, das ist jedenfalls unsere Meinung. Ein Skandal ist das, wie ihr da ankommt. Na und er – kommt einfach so hereingeplatzt –, wofür hält er sich eigentlich? Was denkt ihr euch eigentlich, ihr beide? Also, was ist mit uns? Wir sind ganz Ohr. Ihr denkt immer, hier muß sich alles nur um euch drehen. Das ist nicht wahr! Doch! Eben nicht! Komm mit, Mädchen, ich hab jetzt genug.« Erschrockene Pause, ein entsetztes »Untersteh dich!«

Ich saß und lauschte, den Rücken bis in die letzte Faser gespannt. Nichts geschah. Worte flackerten auf und erstarben. Schließlich gingen wir Buben hinauf in das Schlafzimmer, zogen uns aus und lagen im Dunkeln. Während wir so dalagen und noch immer die Ohren spitzten, wurde es ruhiger unten, der Streit schien in einem Murmeln zu versanden... Plötzlich gab es einen Tumult, die Mädchen schrien, Mutter jammerte, und man hörte Möbelstücke rücken und fallen. Jack und ich waren mit einem Sprung aus dem Bett und sausten in Hemden die Treppe hinunter. Mutter und zwei Schwestern waren dem jungen Mann an die Kehle gefahren und drückten ihn gegen die Wand. Die andere Schwester bemühte sich ihn zu befreien. Das ganze war ein einziges Chaos. Ohne zu zögern und trotz des Gewühls stürzten auch wir uns auf den jungen Mann. Doch bis wir uns durchgearbeitet hatten, war die Schlacht schon vorüber – die Frauen hatten losgelassen. Der junge Mann stand keuchend allein in der Ecke. Ich gab ihm einen Schubs, er versetzte mir eins und bückte sich dann, um seinen Hut zu suchen.

Er hatte versucht, unsere Schwester mit ihrem Einverständnis fortzuholen, und wir hatten ihn mit vereinten Kräften beinahe umgebracht. Jetzt fiel ebenso plötzlich jeder jedem um den Hals, weinte, küßte und verzieh. Mutter faßte den jungen Mann um den Hals und würgte ihn von neuem, diesmal aus Zärtlichkeit. Die ganze Gesellschaft ging in die dunkle Spülküche hinaus, schwer atmend und mit begütigenden Worten; »komm, komm. Es ist ja alles gut. Wir sind doch alle

Freunde jetzt, nicht wahr? Komm, guter Junge... Ach, Mutter...«

Noch vor einer Sekunde war ich blind gewesen vor Zorn und hätte zum Mörder werden können für meine Familie. Jetzt war die Wut vorüber, erledigt, vergessen. Da gurrten sie und schnäbelten – ich wandte ihnen voll Abscheu den Rücken, trat zum Feuer, hob mein Nachthemd hoch und wärmte mir die nackten Lenden am Ofengitter...

Die Mädchen standen vor der Hochzeit; der Squire war tot; es gab Omnibusse, und die Städte waren näher gerückt. Wir fingen an, über das Tal die Achseln zu zucken und unseren Blick mehr der Welt zuzuwenden, wo Freuden lockten, die anonymer und schmackhafter waren. Sie nahten nun rasch, und wir waren schon fast bereit dafür. Jede Woche hielt Miss Bagnall ihre Penny-Tanzabende, auf denen man mit der weiblichen Welt vertrauter wurde. Für einen Penny durfte man die Mädchen im Twostep oder in der Quadrille über die gewichsten Dielen der Baracke schwingen. Schwang man sie aber zu hoch, dann schloß Miss Bagnall ihr Klavier ab und ging heim...

Die Zeit verging immer schneller, das Dorf wurde immer kleiner, und die Entfernungen zogen sich immer mehr zusammen. Die Sonne und der Mond, die doch einst von unseren Hügeln aufgestiegen waren, gingen jetzt in London auf, wenn sie sich im Osten erhoben. Unser Körper war jetzt kein Punchingball mehr, der gegen Bäume und Böschungen prallte, sondern ein in die Ferne starrendes Totem mit unüberhörbaren seltsamen Forderungen, deren wir nur erst wenige erfüllen konnten. An den Gesichtern der Leute aus dem Dorf konnte man ablesen, wie sehr man selbst sich verändert hatte, und an ihren Gewohnheiten, wie auch sie andere geworden waren. Die Pferde waren tot; nur wenige Dörfler hielten noch Schweine; die freie Zeit fraßen jetzt die Maschinen. Die Flöten und Hörner, die Trichtergrammophone und die Windharfen warf man fort – jetzt suchten die Rundfunkantennen den elektrischen Himmel nach Symphoniekonzerten ab. Alte Männer sangen in den Wirtshäusern › Als ich auszog ‹, zogen dann hinaus und kamen niemals wieder. Unsere Mutter war nun grau geworden und noch ein bißchen fahriger, sie sprach von Schlössern, die sie nicht mehr bauen würde.

Und ich selbst – ich verlor meine Unbekümmertheit und begann trüben Gedanken nachzuhängen, Pflanzen und Bäume gewannen ein eigenes Leben, und die Mädchen konnte man nicht mehr so obenhin behandeln, sie waren jetzt Geschöpfe voll Trauer, die man achten mußte. Und alle meine Streifzüge durchs Tal machte ich jetzt allein. Da lauerte Leidenschaft in jedem Busch, und die Bewegungen des Windes, der Wolken und der Sterne galten plötzlich nur mir allein, und Stimmen wählten mich vor allen Lebendigen aus und riefen mich auf, die Welt zu erlösen. Ich stöhnte vor Einsamkeit, errötete wenn ich stolperte, liebte die Fremden, liebte Butterbrote, machte lange Radfahrten im Regen, starrte unglücklich durch erleuchtete Fenster, lachte spöttisch bei dem Gedanken, wie wenig man mich kannte, und lebte in einem Zustand rasender Erregung.

Die Schwestern waren, wie ich schon sagte, im Begriff zu heiraten. Harold stand in einer Fabrik an der Drehbank. Bruder Jack ging in die Lateinschule und war ein vortrefflicher Schüler, und Tony hatte noch immer seine schöne Sopranstimme. Meine Mutter ahnte, was mit mir vorging, doch helfen konnte sie nicht. Ich fühlte mich verdammt, aber trotzdem – es war wunderbar.

Damals geschah es, daß ich anfing, auf meinem Bett sitzend zu den knabbernden Eichhörnchen hinauszustarren und aus tiefster Versunkenheit Gedichte zu machen, Stunde um Stunde, ohne Gefühl für die Zeit, und die Bilder strömten mir zu in einer Fülle, die ich kaum fassen konnte, das Versmaß fügte sich ohne Härte, und derweil riefen die Schwestern nach mir, Sonnen gingen auf und unter, und die Gedichte, die ich machte und die ich nie im Gedächtnis behielt, waren jener Tage ein und alles...

Lena Christ im dtv

Erinnerungen einer Überflüssigen

Die Geschichte einer Jugend, in der die Idylle einer Kindheit bei den Großeltern auf dem Lande von langen qualvollen Jahren in der Gewalt einer lieblosen Mutter abgelöst wird. Es war Lena Christs erstes Buch, und sie trat damit als Dichterin der »kleinen Leute« an die Seite ihres großen Zeitgenossen Ludwig Thoma. dtv 10811

Die Rumplhanni

Die Rumplhanni, Dienstmagd auf dem Hauserhof, würde dort gar zu gern Jungbäuerin werden. Ihr Versuch, der Sache ein wenig nachzuhelfen, geht schief, und so verläßt Hanni das Dorf, um in München ihr Glück zu machen ... dtv 10904

Mathias Bichler

Mathias Bichler hat es als Findelkind nicht gerade leicht. Er erlebt so allerlei, gerät in lustige und weniger harmlose Situationen, bewahrt sich aber trotz aller Schicksalsschläge seine naiv-selige Weltfreude. Ein wundervoll lebensechter, bayerischer Abenteuerroman. dtv 11035

Madam Bäurin

In der Sommerfrische auf einem bayerischen Bauernhof stellt die höhere Tochter Rosalie Scheuflein fest, daß ihr der Sohn des Bauern lieber ist als jeder noch so vermögende Stadtmensch. – Eine heiterbewegte Geschichte aus der Zeit der Jahrhundertwende. dtv 11089

Lausdirndlgeschichten

Lena Christ erzählt von den Streichen und Erlebnissen beim geliebten Großvater auf dem Land und von den weniger guten Erfahrungen als uneheliche, unerwünschte Tochter bei der Mutter in München.
dtv großdruck 2577

Bauern
Bayerische Geschichten

Mit leisem Humor und in lebendiger Sprache schildert Lena Christ das Landleben, wie sie es in ihrer Jugend erlebt hat und wie es selten gezeigt wird. Oft genug gehen dabei die Frauen als Siegerinnen über die hochmütigen und gedankenlosen Männer hervor.
dtv 11169

Isabella Nadolny im dtv

Ein Baum wächst übers Dach

Ein Sommerhaus an einem der oberbayrischen Seen zu besitzen – wer würde nicht davon träumen? Für die Familie der jungen Isabella wurde dieser Traum in den dreißiger Jahren wahr. Doch wer hätte zum Zeitpunkt der Planung und des Baus daran gedacht, daß dieses kleine Holzhäuschen eines Tages eine schicksalhafte Rolle im Leben seiner Besitzer spielen würde? dtv 1531

Seehamer Tagebuch

Heiter-ironisch erzählt die Autorin in diesem unkonventionellen Tagebuch vom Einzug des ersten Fernsehers in die ländliche Idylle des Seehamer Holzhäuschen, von einer Mittelmeerkreuzfahrt, von Putzfrauen und Handwerkern. Erinnerungen an den Vater werden lebendig, an viele kleine Begebenheiten und Erlebnisse. dtv 1665

Vergangen wie ein Rauch
Geschichte einer Familie

Als einfacher Handwerker aus dem Rheinland ist er einst zu Fuß nach Rußland gewandert und hat es dort zum Tuchfabrikanten gebracht, in dessen Haus Großfürsten und Handelsherren, der deutsche Kaiser und der russische Zar zu Gast waren: Napoleon Peltzer, der Urgroßvater des Kindes, das ahnungslos die Portraits und Fotographien betrachtet, die in der Wohnung in München hängen. dtv 10133

Durch fremde Fenster
Bilder und Begegnungen

Treffsicher und liebevoll schildert Isabella Nadolny Menschen, denen sie begegnete und die sie bewundert. »Alltägliche Leute? Sie sind alle etwas Besonderes, denn sie haben ihre Merkwürdigkeiten und ihre Schicksale – man braucht nur hinzuschauen und hinzuhören, so wie es Isabella Nadolny mit Anmut und Empfindsamkeit hier tut.« (Frankfurter Allgemeine Zeitung) dtv 11159

Providence und zurück

»Zuhause ist kein Ort, zuhause ist ein Mensch, sagt der Spruch, und es ist wahr. Hier in diesem Sommerhaus war kein Zuhause mehr seit Michaels Tod...« In ihrer Verzweiflung über den plötzlichen Tod ihres Mannes folgt Isabella Nadolny einer Einladung in die Staaten. Von New York über Boston bis Florida führt sie diese Reise zurück zu sich selbst. dtv 11392

Marlen Haushofer im dtv

Foto: Peter J. Kahrl, Etscheid

Begegnung mit dem Fremden

Siebenundzwanzig zwischen 1947 und 1958 entstandene Erzählungen. dtv 11205

Die Frau mit den interessanten Träumen

Zwanzig Kurzgeschichten aus dem Frühwerk der großen österreichischen Erzählerin. dtv 11206

Bartls Abenteuer

Kaum stubenrein, wird der kleine Kater Bartl von der Mutter getrennt und muß sich in seinem neuen Zuhause einrichten. Zögernd beginnt er die Welt zu erkunden, besteht Abenteuer und Gefahren, erleidet Niederlagen und feiert Triumphe, wird der Held der Katzenwelt und in der Familie die »Hauptperson«. dtv 11235 / dtv großdruck 25054

Wir töten Stella und andere Erzählungen

»Marlen Haushofer schreibt über die abgeschatteten Seiten unseres Ichs, aber sie tut es ohne Anklage, Schadenfreude und Moralisierung.« (Hessische Allgemeine) dtv 11293

Schreckliche Treue. Erzählungen

»... Sie beschreibt nicht nur Frauenschicksale im Sinne des heutigen Feminismus, sie nimmt sich auch der oft übersehenen Emanzipation der Männer an ...« (Geno Hartlaub) dtv 11294

Die Tapetentür

Eine berufstätige junge Frau lebt allein in der Großstadt. Sie hat einige Affären, deren immer gleicher Ablauf sie langweilt. Die Distanz zur Umwelt wächst, begleitet von einem Gefühl der Leere und Verlorenheit. Als sie sich leidenschaftlich in einen Mann verliebt, schwanger wird und auch heiratet, scheint die Flucht in ein »normales« Leben gelungen ... dtv 11361

Die Wand

Eine Frau wacht eines Morgens in einer Hütte in den Bergen auf und findet sich, allein mit ein paar Tieren, in einem Stück Natur eingeschlossen von einer unüberwindbaren gläsernen Wand, hinter der offenbar keine Menschheit mehr existiert. Aber sie will und kann weiterleben. Dieser Roman ist Marlen Haushofers Hauptwerk. dtv 11403 (Juli 1991)

Heinrich Böll
im dtv

Foto: Isolde Ohlbaum

Irisches Tagebuch · dtv 1

Zum Tee bei Dr. Borsig
Hörspiele · dtv 200

Als der Krieg ausbrach · dtv 339

Nicht nur zur Weihnachtszeit
dtv 350 · dtv großdruck 2575

Ansichten eines Clowns · dtv 400

Wanderer, kommst du nach Spa ...
dtv 437

Ende einer Dienstfahrt · dtv 566

Der Zug war pünktlich · dtv 818

Wo warst du, Adam? · dtv 856

Gruppenbild mit Dame · dtv 959

Billard um halbzehn · dtv 991

Die verlorene Ehre der Katharina Blum · dtv 1150/großdruck 25001

Das Brot der frühen Jahre
dtv 1374

Hausfriedensbruch. Hörspiel
Aussatz. Schauspiel
dtv 1439

Und sagte kein einziges Wort
dtv 1518

Ein Tag wie sonst
Hörspiele · dtv 1536

Haus ohne Hüter · dtv 1631

Du fährst zu oft nach Heidelberg
dtv 1725

Das Heinrich Böll Lesebuch
dtv 10031

Was soll aus dem Jungen bloß werden?
Oder: Irgendwas mit Büchern
dtv 10169

Das Vermächtnis · dtv 10326

Die Verwundung · dtv 10472

Heinrich Böll/Heinrich Vormweg:
Weil die Stadt so fremd geworden ist... dtv 10754

Niemands Land
Kindheitserinnerungen
an die Jahre 1945 bis 1949
Herausgegeben von Heinrich Böll
dtv 10787

Frauen vor Flußlandschaft · dtv 11196

Eine deutsche Erinnerung
Interview mit René Wintzen
dtv 11385

Rom auf den ersten Blick
Landschaften. Städte. Reisen
dtv 11393

Heinrich Böll zum Wiederlesen
dtv großdruck 25023

In eigener und anderer Sache
Schriften und Reden 1952 – 1985
9 Bände in Kassette · dtv 5962
(Einzelbände dtv 10601 – 10609)

In Sachen Böll –
Ansichten und Einsichten
Hrsg. v. Marcel Reich-Ranicki
dtv 730

Siegfried Lenz im dtv

Der Mann im Strom
dtv 102 / dtv großdruck 2500

Brot und Spiele
dtv 233

Jäger des Spotts
dtv 276

Stadtgespräch · dtv 303

Das Feuerschiff
dtv 336

Es waren Habichte
in der Luft · dtv 542

Der Spielverderber
dtv 600

Haussuchung
Hörspiele · dtv 664

Beziehungen
dtv 800

Deutschstunde
dtv 944

Einstein überquert die
Elbe bei Hamburg
dtv 1381 / dtv großdruck 2576

Das Vorbild
dtv 1423

Der Geist der Mirabelle
Geschichten aus Bollerup
dtv 1445 / dtv großdruck 2571

Heimatmuseum
dtv 1704

Der Verlust
dtv 10364

Die Erzählungen
1949 – 1984
3 Bände in Kassette / dtv 10527

Über Phantasie
Gespräche
mit Heinrich Böll,
Günter Grass,
Walter Kempowski,
Pavel Kohout
Hrsg. v. Alfred Mensak
dtv 10529

Elfenbeinturm und
Barrikade
Erfahrungen am
Schreibtisch
dtv 10540

Zeit der Schuldlosen
und andere Stücke
dtv 10861

Exerzierplatz
dtv 10994

Ein Kriegsende
Erzählung
dtv 11175

Das serbische Mädchen
Erzählungen
dtv 11290

Erich Kästner im dtv

Foto: Süddeutscher Verlag

Doktor Erich Kästers
Lyrische Hausapotheke
dtv 11001

Bei Durchsicht meiner Bücher
Gedichte · dtv 11002

Herz auf Taille · Gedichte
dtv 11003

Lärm im Spiegel · Gedichte
dtv 11004

Ein Mann gibt Auskunft

»Linke Melancholie« nannte Walter Benjamin diese Verse.
dtv 11005

Fabian
Die Geschichte eines Moralisten

Berlin 1930. Ein arbeitsloser Reklamefachmann erlebt den Niedergang der Republik.
dtv 11006

Gesang zwischen den Stühlen
Gedichte · dtv 11007

Drei Männer im Schnee

Ein vergnügliches »Märchen für Erwachsene«, das durch seine Verfilmung weltberühmt wurde.
dtv 11008

Die verschwundene Miniatur

Die nicht ganz ernstgemeinte Kriminalgeschichte um einen Schlachtermeister im Urlaub.
dtv 11009

Der kleine Grenzverkehr

Die Salzburger Festspiele lieferten den Stoff für diese heitere Liebesgeschichte · dtv 11010

Der tägliche Kram
Chansons und Prosa 1945 – 1948
dtv 11011

Die kleine Freiheit
Chansons und Prosa 1949 – 1952
dtv 11012

Kurz und bündig · Epigramme
dtv 11013

Die 13 Monate · Gedichte
dtv 11014

Die Schule der Diktatoren
Eine Komödie
dtv 11015 (August 1991)

Notabene 45 · Ein Tagebuch
dtv 11016